A TERRA, O TEMPO, O SONHO...
E SERES HUMANOS MERGULHADOS
NA TRAGÉDIA DE UMA
SOBREVIVÊNCIA ABSURDA...

SELVA TRÁGICA

Coleção Gente Pobre:

1. INVENÇÃO DE ONIRA
   Sant'Ana Pereira

2. A MULHER, O HOMEM E O CÃO
   Nicodemos Sena

3. DEUS DE CAIM
   Ricardo Guilherme Dicke

4. O SAL DA TERRA
   Caio Porfírio Carneiro

5. GENTE POBRE
   Fiodor Dostoievski

6. A MALDIÇÃO DE ONDINA
   António Cabrita

7. SELVA TRÁGICA
   Hernâni Donato

Próximos lançamentos:

OS DE BAIXO
Mariano Azuela

SOMBRAS SOBRE A TERRA
Francisco "Paco" Espinola

O PÁSSARO DA ESCURIDÃO
Eugênia Sereno

OS VIRA-LATAS DA MADRUGADA
Adelto Gonçalves

A ESPERA DO NUNCA MAIS
Nicodemos Sena

CAVALOS SELVAGENS
Silas Corrêa Leite

DIÁRIO DE UM MÉDICO LOUCO
Edson Amâncio

Hernâni Donato

SELVA TRÁGICA

Romance

LetraSelvagem

Grafia atualizada segundo o Acordo Ortográfico
da Língua Portuguesa de 1990, que entrou em vigor no Brasil em 2009.

Direitos desta edição reservados à
Associação Cultural LetraSelvagem:
Praça Santa Cruz da Exaltação, 21 – Jd. Maria Augusta -
Taubaté-SP/Brasil – CEP 12.080-540. Telefone: (55) (12) 3635-3769.
E-mail: letraselvagem@letraselvagem.com.br
Sítio: www.letraselvagem.com.br

Diagramação: Cesar Neves Filho
Capa: James Cabral Valdana
Ilustração da capa: montagem sobre fotograma do filme
"Selva Trágica" (Roberto Farias, 1963)
Preparação de texto: Nicodemos Sena
Revisão: Juliana Perim Sena e Marcelo Ariel

Prefácio: Fábio Lucas

O logotipo LetraSelvagem *foi idealizado a partir de cerâmica Aruak, padrões utilizados nas bordas dos vasos, compilados por Koch-Grünberg em 1910.*

Coleção Gente Pobre
Organizador: Nicodemos Sena

Dados Internacionais de Catalogação na Publicação (CIP)
(LetraSelvagem, Taubaté, SP, Brasil)

Donato, Hernâni, 1922 –
Selva Trágica / Hernâni Donato. –
Taubaté, SP: LetraSelvagem, 2011.
288 p.
1000 exemplares

ISBN 978-85-61123-09-3

1. Literatura Brasileira – Romance
I. Título. CDD – B869.3

coleção gente pobre
Vol. 7

Prefácio

NA *SELVA SELVAGGIA* DA CRIAÇÃO

Por Fábio Lucas (*)

Livro de inegável valor literário é *Selva Trágica*, de Hernâni Donato. O tema social continua sendo a exploração humana no campo. O cenário é o sudeste de Mato Grosso. Trata-se da produção de erva-mate, quando os ervais eram aproveitados por uma Companhia que deles tinha o monopólio. O romance, a par do relato da vida degradada dos ervateiros e mesmo dos satélites da Companhia, conta paralelas histórias de amor (entre o Curã e Zola, Aguará e Anaí, Pablito-Flora, Isaque, Osório e Nakyrã), episódios de fuga e consequente caçada humana.

Documento eloquente, de notáveis revelações, de alto poder comunicativo e obra de grande valor estilístico, *Selva Trágica* mostra as dantescas condições de trabalho da região. O Curãturã, empregado que passa 48 horas seguidas revirando a erva no fogo, faz para o seu sucessor, o rapazinho Aguará, a descrição de seu labor:

"... *Então começa a respirar fumo* e *resina, a ser defumado em suor* e *fumaça. Primeiro a gordura, depois as carnes, a saúde, escorrem pelo corpo, dia* e *noite, feito suor. Nenhum pelo lhe fica grudado ao corpo, nem saliva na boca, nem dentes nas gengivas, nem lágrimas nos olhos. Vai sendo cozido dia a dia; os intestinos acabam secos* e *mortos, envenenado o corpo; o estômago ácido, os pulmões cavernados, as veias saltadas, os olhos afundados. E dia e noite, com a forquilha nas mãos, revolvendo erva. No fim da primeira safra desce um fantasma do piso onde subiu um homem. Na segunda é um mecanismo. Começa a sofrer uma sede tão grande que até faz dor, queima, atordoa. O remédio é beber. Quanta bebida queira, tanta lhe dão... (os capatazes)" (p. 49).*

Os ervateiros trabalham desde as três horas da madrugada até a tardinha. Transportam, diariamente, um fardo de erva de vinte arrobas, preso à testa, aos ombros e ao peito. Se tropeçam (não podem olhar para o chão), a morte é instantânea, pois a coluna vertebral se parte. Para mantê-los indefinidamente no emprego, a Companhia força-os a gastar o que ganham, prolongando, assim, o contrato dos empregados perdulários (todos o são: descarregam as semanas de tensão sem pensar duas vezes). São mobilizados nas cidadezinhas da fronteira Brasil-Paraguai, levados, a poder de engodos, promessas e fantasias, às bailantas (casas de mulheres e bebidas), forçados a gastar numa noite um dinheiro prometido e inexistente, até que, ao raiar do dia, endividados, assinam compulsoriamente um contrato com a Companhia. É o começo.

Não há organização dos oprimidos, nem elementos instigadores para os arregimentar. O protesto é a fuga, cada um que se cuide, havendo até quem planeje o sacrifício de um colega para facilitar o escape. Os funcionários da Companhia, que tomam conta dos mineiros, ficam inteiramente brutalizados: batem, espancam, trapaceiam, tudo com indiferença e sadismo.

As festas de fim de colheita coincidem, no livro, com a Semana Santa. São sete dias de orgia, com abundância de mulheres, comidas, jogos e bebidas.

As mulheres pertencem a seus maridos até onde o permita a Companhia. Os capatazes podem dispor delas à vontade. São coisa, servem até para pagar dívidas. São negociáveis.

Há exploradores clandestinos da erva que se arriscam permanentemente, pois, descobertos, são mortos: os *changays*, "os mais miseráveis dos miseráveis tiradores de erva" (p. 79). Sendo os que podem sair das minas, pois trabalham sem patrão-algoz, são os que mais pugnam pela extinção do privilégio.

"A Companhia faz a grande política, em Cuiabá, em São Paulo, no Rio, em Buenos Aires, sei lá onde mais. Assim, cobre e abafa os gemidos e os gritos da gente pobre nos ervais. No andar em que vamos, nem no fim do século teremos força para emparelhar o nosso passo com o passo da Companhia. Lá fora é que é preciso gritar. O Governo é que nos pode ajudar se chegar a nos ouvir. Mas Governo só ouve ribombo, soluços não" (p. 136).

Esse falar vem de Luisão, um líder de precedentes não muito definidos. Reconhece os méritos da Companhia, ataca-a frontalmente, luta pela extinção do monopólio, até que chega a notícia da vitória de sua causa: o Governo resolve extinguir o monopólio; agora todos poderiam obter concessão e tirar a erva.

"Isto custou dez anos de espera. Não pensem que com isso – esse papel do Governo – os apuros se acabaram. O Governo está longe, tem a vista fraca demais para enxergar o que se passa no meio do mato. E a erva está no meio do mato. Não nos jardins do palácio do

Governo. Agora vamos lutar contra outro tipo de poder: o dinheiro, a política, o suborno, a malícia" (p. 250).

Em suma, *Selva Trágica* constitui um dos mais altos momentos da novelística de conteúdo social no Brasil.

(*) Fábio Lucas (Esmeraldas, MG, 27/07/1931) é escritor, crítico literário e professor, membro da Academia Paulista de Letras e da Academia Mineira de Letras. O texto deste prefácio foi extraído do livro-ensaio *O Caráter Social da Literatura Brasileira (Ed. Paz e Terra, RJ, pág. 83/85 - Prêmio Jabuti da Câmara Brasileira do Livro, 1970)*

SELVA TRÁGICA

Nem ataque nem defesa do acontecido nas regiões ervateiras durante os anos áureos da extração da erva. Relato da vida e do trabalho sob o ângulo dos que a suportaram mais rudemente: mineiros, changa-y, marginais, pequenos funcionários. Bem por isso o personagem principal é a erva. E personagens secundários são a terra, o tempo, o sonho. Depois é que aparecem os humanos, falando aquela "língua errada do povo/ Língua certa do povo/ Porque ele é que fala gostoso o português do Brasil" (M.B.). Contada a história com a tranquilidade assegurada por São Bernardo: "Mais vale escandalizar do que sonegar a verdade."

Com notas de rodapé, para o conhecimento dos termos guaranis cujo emprego foi obrigatório.

E um agradecimento ao Ênio "Gato Preto" Martins, ao Galdino Agostini, ao Carlos Freire, que, entre muitos outros, me revelaram os segredos do mundo do mate.

Aracatu, colheita de 1957

A SELVA DE QUE TRATAMOS NESTE LIVRO ERA DE FATO TRÁGICA:

"... éramos simples bugres, pelados, no meio dos ervais, que têm de pedir facão, sal, fósforos, algumas roupas, farinha e charque, para poder trepar na erveira, podá-la e fazer erva." ("O Drama do Mate", Antônio Bacilla, pág. 34.)

"... despojados de sus tierras, pobladas de una rara yerba, de la que obtenía uma bebida sustanciosa muy solicitada ya por los españoles consquistadores, obligando a los indigenas a trasportarla a costillas muchas léguas, de tierra adentro, por caminos intransitables, tratados con la mayor tirania..." (Carta de Hernandarias ao rei da Espanha.)

"... estaba buscando escaparme porque nos hacían vagar desde que aclaraba hasta l'anochecer entre malezales y caraguatas buscando yerba silvestre sin dejarnos volver al campamento si no traímos varias arrobas bien quebradas y sapecadas y nos tenían a cintarazo limpio; entonces con otros dos mitã nos escapamos y salimos a media noche después de preparar la linyera donde llevábamos una torta de carne frita y chipa; y había que atravesar el desierto Ressurrección que no conocíamos y por ahí nos perdimos n'el monte y teníamos un bruto miedo; y ya'tábamos desiando que nos alcanzara la Comisión y así sucedió porque de pronto nos alcanzaron y nos apuntarom con laj'arma diciendo "Entreguensen" y nos entregamos y no nos mataron de casualidá porque dijeron "hoy no es dia de morir" y nos llevaron de vuelta a l'administración y el administrador Segismundo Gallardo tenía el cinto lleno e'ballas y un tremendo cuchillo metido en la bota y..." (Depoimento do mineiro aconchavado Antônio Cardozo, fugitivo de ervais.)

"... Los departamentos de yerbales Igatimi, San Estanislao, se han convertido en cementerios. Treinta años de exploración han exterminado la virilidad paraguaya entre el Tebicuary Sud y el Paraná. Tacurupucú ha sido despoblado ocho veces por la Industrial. Casi todos los peones que han trabajado en el Alto Paraná de 1890 a 1900 han muerto. De 330 hombres sacados de Villarica em 1900 para los yerbales de Tormenta en el Brasil, no volvieran más que 20." (Depoimento de Rafael Barret.)

Capítulo I

1

– Hein, velho Bopi? Silencioso assim você quer dizer que eles abusaram da minha mulher, não é?!

No vigésimo dia da monteada[1] entardeciam num pindobal beirando fio d'água buliçoso. Ao mais novo dos três importava pouco encontrar as erveiras. Ia roído pela enormidade da mágoa. E insistia com o velho:

– Diz de uma vez, caraí[2] Bopi. Eles fizeram isso com a Flora, hein?

O Bopi deu de ombros, mostrando o sol inclinado sobre a cobertura do mato. Ele vivia a vida do mate o tempo bastante para não sofrer com a dor alheia. Saíram para uma clareira enxameada de mosquitos e borboletas. O capataz Lucas apontava o coqueiro mais alto:

– É a sua vez. Suba e espie.

Pablito distendeu a peia, meteu os pés e grimpou o pindó até a primeira folha. O capataz perguntava, aos gritos:

– Na direita?

Olha a direita e não vê mais do que selva.

---

[1] Trabalho de localizar as minas no recesso da mata.

[2] Velho (tratamento respeitoso). Conselheiro.

Avisa:

– Mato alto.

– Na esquerda?

– Mato alto.

– Na frente?

– Mato alto. Depois, uma baixada. E água pouca. Depois, sapezal.

Lucas mudou a masca de fumo na boca e mostrou a direção a seguir:

– *Bueno*, então vamos pra água.

Bopi esperou o rapaz escorregar do coqueiro e recolher a peia. Foi quando viu que o Pablito punha sangue pelo nariz. O calor, o dia inteiro andado no mato de sapé e de caraguatá, não eram coisas de se pedir duas vezes a Deus. Pablito enrolou a peia na cintura, limpou o sangue com o dorso da mão, mas estava se importando era com outra coisa:

– É o que você quer dizer, não é, caraí Bopi? Eles abusaram da minha mulher. Não é isso o que você quer dizer?!

Onde o sapezal enfiava uma ponta no mato fizeram alto, com o cantar do riacho às costas e uma promessa de lua pela frente. Gostosura de lugar!

– Nem adianta fazer fogo. Dá só um bocado de carne pra cada um, avisou o Bopi.

Mas o Lucas, despindo a camisa, brabejou:

– Que nada! Acenda fogo mesmo sem o que cozinhar. Um lume esperto sempre alegra o homem nascido dentro de casa. Corte os bocados da carne. Encham a boca de vez e não tenham pressa. Deixem a saliva e a língua desmanchar a carne.

Fizeram assim. Quando tinham engolido, a noite quente se abria em estrelas. A clareira cheirava a tipichá, iuqueri e chivataguaçu – plantas amigas que perfumam as trevas lenindo a solidão do homem. Tomaram tereré[1] e deitaram-se. O sapezal seguia penteado e despenteado pelas idas e vindas do vento. E mais o zumbir dos pernilongos e embaguaris[2] bebedores de sangue.

Erguido nos cotovelos, farejando os cheiros noturnos, o Lucas murmurou, enrouquecido pela certeza:

– Juro por Deus, companheiros, o erval[3] está aí mesmo. Amanhã rompemos na mina[4]. Voltamos pro rancho[5] e encostamos o corpo numa vida regaladita de muitos dias.

Para o Pablito foi como se não tivesse ouvido. Estava longe, metido nas memórias, no fundo de um desconsolo sem remédio. Para não pensar na mulher e sofrer de novo, começa a rezar, em voz sussurrada.

– Ei, mitã[6]? – chama o velho. – Está mal de novo, caramba!?

Existe carinho nesse cuidado e isso o Pablito entende:

– Maldita monteada! Me dói o corpo todo.

– *Bueno*, mitã, isso é duro mas não o bastante pra quebrar um homem. Não é o corpo que lhe dói, hein? Não, mitã, sei que a sua danação é outra. É o carinho que tem por aquela senhora dona, hein?

Assim é que era. Não por nada o Bopi vivera o que já

---

[1] Mate frio e refrescante, sem açúcar, tomado com a bomba.

[2] Mosquitos noturnos, hematófagos.

[3] "Mina" de erva-mate – *povoado*, quando largo e compacto. *Raleado*, quando ralo, disperso, ilhado.

[4] Concentração de árvores da erva.

[5] Habitação dos mineiros. Dividiam-se em "bendito" e "rabo-de-pato".

[6] Menino-menina.

vivera. Conhecia o mundo e os homens do mundo. Fazia bem falar com ele:

– É isso, caraí Bopi, é mesmo isso que me morde e corta.

Foi sentar-se perto do velho. E deitando-lhe a mão ao ombro pediu de novo:

– Fale, caraí. Três luas já que estamos fora do rancho. Acha que eles respeitaram minha mulher? Vinte dias, aqueles homens todos passando em frente do rancho e ela sem poder nem ter onde se esconder. Diga, caraí, é de propósito que mandam os homens montear, não é? Só pra ficarem lá embaixo com as mulheres deles?

O Bopi sabia dessas coisas o que bastava. Ele mesmo, nos começos da loucura do mate, mandara donos de mulheres bonitas montear nos longes e fora fincar pé diante do rancho, mal o escuro aumentava as distâncias e a solidão da mulher.

– Que tal, caraí Bopi? O que é que me diz?

– Nei, nei, mitã, se você se põe a remoer essas ruindades, acaba de juízo mole e não junta coisa com coisa. Ela está longe longe e você aqui, no fundo do caatim[1]. Quando voltar, não olhe logo pros olhos dela e faça de conta que nunca estiveram separados.

– Ei lá, ei lá! Como é que posso?! Não, caraí, que não posso fazer assim!

O Bopi comoveu-se com a fúria magoada que vibrava na voz do companheiro. Pensou que falar seria um alívio para o rapaz. Convidou:

– Bom, diz então como é que você gosta dela. E o que

[1] Mato rasteiro, caatinga.

faria se ela estivesse aqui, agora, no comprido da sua mão.

– Ai, Bopi! Isto não se diz assim da boca pra fora. É agonia de se remoer por dentro. Mas preciso dizer, sabe?! Pra mim a Flora não é só mulher, que mulher sobeja por esses tapês-guaçú[1]. Não senhor! Pra mim é o fim da picada. O que ela fez, de bom ou de ruim, antes de me encontrar, dou por feito, acabado e esquecido. Digo que não é fácil, não senhor! Tinha medo de gostar demais porque mulher dos ervais faz vida com certo homem enquanto ele tem forças pra carregar o raído[2] maior. Depois, passa pro rancho e o amor de outro. É o faz-fazendo de por aqui. Mas aconteceu comigo o que você sabe que aconteceu! Querendo, me dei por querido. Aí é que levou quem trouxe! Acabei rendido, entregue para o que ela me quisesse. Ah! que tem sido bom, até demais de bom, isso tem!

– E quê?! – chasqueou o Bopi, querendo fazer-se cético. – De quando em quando a gente pensa que encontrou mulher assim...

– Chasco! Não houve outra que me pusesse de garganta seca e de cabeça no ar. Eu não conhecia o que fosse mulher certa no certo. Você não sabe, Bopi, o que isso quer dizer...

Então sim, ao velho pareceu que era ofensa demasiada. Rodou a masca de fumo para um canto da boca e cuspiu raiva contra o escuro. Depois gemeu, de ira e de saudade:

– Ah! Você, menino, o que me dá é vontade de rir. Pois olhe, você ainda vivia chupando tetas e eu já sabia das mulheres o que se pode saber. Por isso lhe digo que no país do mate a mulher é como o erval – sempre se pensa que se deu no melhor e no último. Pois o tempo roda, o erval

---

[1] Estrada-mor, larga e limpa, para o trânsito de carretas.

[2] Fardo de erva e o trançado de correias que o contêm.

acaba e a mulher cansa. Toca sair de monteada, buscando erval novo e novo amor. Coisas que nem sempre se encontra...

O Pablito não se rende:

– Diz isso agora, velho Bopi, mas nos seus anos bons...

Bopi já sofreu o tanto que lhe basta com ouvir lamúrias.

– Ei, mitã? Você estava rezando, não? Continue rezando, continue. Não pense na Flora. Muito menos no que acha que fizeram com ela lá embaixo no rancho.

2

A Flora foi esperar a volta dos mineiros[1]. Junto do balanceador[2] sentou-se, cobriu a cabeça com o xale e não quis ouvir nada nem se moveu por nada até o Pytã tombar sobre a balança a colheita do dia – duzentos quilos de erva.

Pytã volta do erval numa das tardes que lhe valeram o apelido: o vermelho. Todos os mineiros chegam suados e sucumbidos sob as arrobas[3] de erva. Mas Pytã sente no rosto e nas mãos, nas orelhas principalmente, um rubor de asfixia. Seu querer é arrastar a canseira para o rancho, cair no catre e dormir até a madrugada. Acompanhou a pesagem e tocou caminho abaixo.

Flora seguiu-o dois passos atrás:

– Então? O que dizem? Quanto tempo dura essa

---

[1] Os trabalhadores da erva; os que lidam na mina.

[2] O encarregado de pesar a colheita diária.

[3] Neste livro, é a paraguaia.

desgraçada monteada?

Fez com os ombros gesto de que não sabia nem se importava.

– Não vem mais o seu irmão?

Pytã não quer falar. É um corpo batido pela fadiga, aquecido de rancor. Seja o que for que deva dizer, dirá com palavras amargas. Prefere alargar as passadas deixando a Flora para trás. Mas só o tempo dela arrepanhar a saia, trotear, pôr-se diante dele e caminhar de costas pela trilha abaixo. Isso aos gritos:

– Para e fala comigo, ôô cunhado! Não vê?! Quero saber do seu irmão.

Pytã leva as mãos às orelhas grossas, purpurejadas. E sem se deter, querendo ofendê-la para fica sozinho:

– Ele vem, vem sim! O mato é que é grande! Raios de vontade a sua...! Como se por aqui faltassem homens, cuña hecó vaí! Estão todos na sua saia! Não chegam esses?

Ela podia conformar-se com a antipatia do Pytã, mas não que a chamasse mulher à toa. Cuña hecó vaí, ela, companheira do seu irmão? Agarrou-se ao braço com que ele afagava uma orelha:

– Não é preciso que a gente se goste, mas, que diabo! ao menos é bom que se aguente. Eu e você, de nós dois é que digo isso. Veja como está o andamento da minha vida: faz coisa de mês que o Pablito saiu pra monteada. Um mês e não sei se volta, se morreu ou fugiu. Um mês sem meu homem... com todos esses arrieiros por aí.

Era no entre tarde e noite, com bandos de biriguis[1] zumbindo tormentos sobre o arranchado. As mulheres e

[1] Mosquitos hematófagos, encontradiços em nuvens nas zonas ribeirinhas.

os solteiros puxavam para fora as trempes, cozinhando o charque e o milho para a comida da tarde. Nem um sopro de vento arejando o mau cheiro e o calor. A lua, num apático minguante, banzava no céu ruborizado. Os mineiros desafogam o ruim humor da jornada chimarreando, resmungando, catando-se os carrapichos apanhados no vaivém do sapezal.

Na ponta baixa da rancharia, a cavaleiro da água, a tacuaipi[1] do Pytã é um entrançado de folhas de pindó fechado pelos quatro lados porque não lhe agrada vejam de fora o que faz dentro.

Não queria discutir. Perguntou:

– Não lhe dá sossego esse filho do diabo do capataz?

– Nem pra um isto! Sabe o que faço...?

Mesmo porque fosse comovedora aquela fidelidade, Pytã quis bulir mais fundo com ela:

– Se você tivesse fugido de todos que ciscaram na sua roda...!

Ela escorregou o corpo para sentar-se sobre os joelhos enquanto respondia:

– Por que assopra só por assoprar esse braseiro? Acaba me queimando e se judiando. Não sabe? O meu ontem se acabou quando o Pablito me trouxe? Você me ouviu prometer...

O homem se livrara do porongo e do machete:

– Pois sim. A quantas mulheres de bailanta[2] ouvi jurar e desjurar...

Ela se defendia com mágoa maior do que raiva:

– Você é que sabe se tanto conhece as tais fulanas. Mas

[1] Parede de palha do rancho.

[2] Local de danças e bebidas, onde se levavam ou encontravam mulheres.

diga se tenho pecado a pagar desde que me juntei com o Pablito. Diga!

Tendo sacado as perneiras de couro de veado, Pytã acariciava as costelas doloridas.

Mas a mulher insistia:

– E se venho ao seu rancho buscar encosto e você não me sustenta, não pode reclamar que a promessa fique pesando sobre a minha cabeça. Ou pensa que é pra abanar o fogo que me querem o mayordomo[1], o ajudante e os outros?

Sentado, ele desenrolava das pernas e dos pés o apertado protetor das *plantillas*[2], catando as pontas de espinhos sobradas do arrastapé nos mil passos da trilha.

– Bom, vá lá. Se é assim, assim é que é. Cuida então do fogo. Um pouco de coisa que se coma devo ter. Não precisamos de muito, hein?

Mais feliz e tão depressa, ela não poderia ficar. Disse-lhe isso com um olhar agradecido e um riso quente e longo. Mas Pytã não queria fraquejar tam-anhamente:

– Despacha, mulher. Pois é noite, não vê?

Fez que sim, com a cabeça, e correu a puxar a trempe.

---

[1] O que superintendia os fornecimentos e a vida do arranchado.

[2] O sapatão do mineiro em trabalho.

3

A noite quente do sertão silencia a ranchada[1]. Noite profunda, cheia de sons e de aromas. Os mineiros não gostam de que haja sonhos durante a noite para não perder minuto do sono precioso. Eles se deitam depois do sol, mas quando o sol acorda já os encontra lavados em suor. Por isso os mineiros amam a noite que os cobre com sombras perfumadas a capi'i' cati e guavirami[2] – cheiros doces, bons para esconder o bodum dos homens suados, da imundície dos ranchos, da erva fermentando.

Pytã quer da noite todo o descanso que ela oferece. Dormir bastante para dar ao corpo a força que a erva retira durante o dia. Nega muita coisa ao seu corpo para dar-lhe tudo mais tarde, quando houver pago as dívidas, tiver dinheiro chacoalhando na bolsa[3] e puder tomar uma carreta, ir até o rio e descer rio abaixo, rumo de casa. Então sim, levará seu corpo judiado a viver uns quantos dias de pagode lascado nas ruelas buliçosas de Capilha-Salsa – o bairro mais alegre da América. Lá estão – pacientemente à sua espera – as mulheres mais carinhosas, os risos mais alegres, a canha esquentadora de sangue. Tudo isso quando tiver deixado o erval. Por agora, deve guardar forças e dinheiro. Fecha os olhos e chama o sono, mergulhando no silêncio.

O ruim é que não pode dormir. Tem perdido muitas horas de sono desde que a companheira do irmão veio deitar-se do lado de fora do rancho, fugindo à caça do

---

[1] O conjunto dos ranchos do erval.

[2] Planta e fruta silvestre e a bebida dela obtida.

[3] Bolsa – 1) Sistema de contrato entre trabalhador e administração; 2) Fornecimento de gêneros alimentícios ao trabalhador.

capataz femeeiro. Se ao menos estivesse calada. Mas não! Deitada, chora e suspira até vir o sono agitado pela saudade e a solidão. Com isso, ele também custa a dormir. Mexem com ele os suspiros e o choro da mulher. Maldito coração mole! Tem vontade de sair e gritar com ela, mandá-la embora. Cobre a cabeça com os braços e arranca das queixas da mulher uma lembrança que o embale.

Imagina as noites que dormirá na sua casa do rio abaixo e nos dias fuzarqueados que viverá nas casas alegres das mulheres de Capilha-Salsa.

4

O dia do mineiro, peão cortador de erva, começa no meio da noite, às três e trinta. A mata, os bichos, os caminhos, as aves dormem ainda e o mineiro estremunha. Cansado da véspera e das muitas vésperas. Prepara o tereré, enrola nos pés e nas pernas a *plantilla,* bebe tereré, calça as botas de couro, bebe tereré, come bocados da comida sobrada da tarde anterior, bebe tereré e mergulha no caatim.

Caminha tonto de sono, agoniado e sombrio. Enquanto a noite se desmancha no dia ainda distante, essa tristeza escorre pelos caminhos, remansa no largo central da *vaqueria*[1] e de novo se espalha e flui pelos tapê-hacienda[2] e destes aos tapê-poí[3], trilhas furadas no mato até a mina – a ilha da

[1] O rancho central.

[2] Caminho de casa; caminho-mestre

[3] Trilhos que cortam o tapê-hacienda em todas as direções.

erva-mate no mar verde da selva.

Como na madrugada anterior, o Augusto vem andar junto aos ouvidos do Pytã. Para ir repetindo:

– Que macho é você que tem medo? Ou dá certo e chegamos ao rio ou morremos no caatim. Venha também.

Pytã não quer fugir nem dizer que não quer. Tem planos feitos e desconfiados no resultado da fuga. Nenhuma promessa de chegar ao rio valia a certeza tranquila do seu plano. Responde, perguntando:

– *Bueno*, um macho é um macho e pode sempre fugir. Mas os comitiveros[1] da Companhia? O que é que vestem? Saias?

– Quem não sabe! Mas o pior deles, o Lucas, está longe, monteando. Não ficou gente boa nem bastante pra mandarem atrás de nós.

– *Tonteria!* E para que precisam de gente boa?! Vocês vão de mãos limpas, abrindo caminho. Eles levam armas e encontram caminho aberto e pista mui clara. De longe, dão os tiros. Pra matar!

– É certo! Tem sido assim. Mas acredite que tenho as coisas bem pensadas. Saímos na virada da noite, levando tempo de vantagem. Depende das pernas, sabe? De pernas rápidas.

– Tontices! Vi dezenas de mineiros pular no mato mas são menos do que os meus dedos os que atravessaram o rio. Quem não voltou amarrado e acabou no chicote, morreu baleado por aí. Nos ervais ninguém chega a velho. Você sabe de alguém com mais de cinquenta anos nos ervais?

Augusto balançou a cabeça, desanimado:

---

[1] Guardas armados do erval, especializados na perseguição de mineiros fugidos.

– Que triste, homem! Com você dando a direção e batendo o machete, decerto a gente chegava ao rio. Mas suas contas estão quase prontas e pensa ir embora limpo e lindo, não é?

Assim é que pensava e não iria trocar os planos longamente acarinhados por uma loucura de fuga. Explicou:

– Pois sim. Este rancho tem erva pra mais uma lua. E depois se muda. É o tempo de que preciso pra cobrir minhas dívidas. Cumpro o contrato e pago o que devo. A Companhia não pode me prender no erval.

Isso era tudo, mas percebendo no Augusto o montar da tristeza, ajuntou:

– Bom, sabe onde nasci. É onde mora a minha velha. Se passar o rio, encoste ali e finque pouso. Faça as vezes de filho pra minha mãe. Logo mais eu chego. Fazemos de irmãos. Afogamos em canha da boa as mágoas deste inferno.

Isso dizia no ponto em que o caminho geral começava a abrir-se nos menores, os nhandu-puiçum[1] que levavam às tendidas[2] dentro de cujos limites cada homem labutava o seu dia.

Era o instante cinza-pálido em que a manhã desmanchava o escuro. Calçando as *plantillas*, tendo as pernas e as coxas endurecidas pelas botas de couro, carregando a um lado o porongo da água e do outro o machete, haviam caminhado quilômetro. Quatrocentos mil quilos de erva já haviam saído daquela bolsa verde, deixando clareiras de árvores abatidas. Era crime derrubar as árvores da erva. Sabiam. Mas derrubavam. Nos começos, trabalhavam de

---

[1] Dedo de ema. Nome dado, por extensão, à bifurcação dos caminhos do erval.

[2] Limite do eito de cada mineiro.

tiru[1] – subiam nas erveiras até o máximo de seis metros, e agarrados aos galhos cortavam os ramos. Depois, parece que o mundo endoideceu e começou a exigir mate a mais não haver. Abandonaram o tiru e começaram a bater machado, derrubando as árvores para desgalhar no chão. Rendia mais assim! A ordem de todos os dias é produzir mais e mais. Isso mandam dizer, repetidamente, de Ponta Porã e de Buenos Aires – onde vivem os que mandam na erva e nos mineiros. Quando já não há o que derrubar, fazem os monteadores afundar no caatim buscando outra mina de erva.

Pytã calcula quantos dias ainda poderão trabalhar aquele erval. Precisa de alguns dias para saldar a dívida, dizer "adeus!" e ir-se embora para nunca mais. Começa o serviço ainda no escuro, aqueles pensamentos gostosos de pensar aquecendo e animando o bastante para levar nas costas um raído de duzentos quilos. Poderia levar mais, porém não se esquece de que até o cargadero[2] há três mil passos. Não quer se arrebentar, mas fazer uma carga regular proveitosa, todos os dias, até pagar as dívidas. A cada golpe do machete calcula o peso do amontoado. Trabalha no sistema de arroba-carém[3]: se apresentar ao balanceador dez arrobas e mais oito quilos, recebe o valor de onze arrobas. Mas se levar dez arrobas e dez gramas menos do que os

---

[1] Operação de subir na erveira (altura máxima de seis metros), para fazer a poda.

[2] Sítio onde o mineiro passava a carga para o lombo das mulas quando o sítio do corte distava mais de três mil passos do barbaquá.

[3] Nos ervais independentes, brasileiros, se o raído dava cento e cinquenta e oito quilos, isto é, dez arrobas e oito quilos, o patrão recebia o fardo por onze arrobas, ganhando o mineiro os dois quilos da diferença. Mas, se pesasse dez arrobas, sete quilos e até novecentos e noventa e nove gramas, o mineiro entregava o raído por dez arrobas justas, perdendo os oito quilos. Neste caso o patrão o presenteia com a erva necessária ao tereré do dia.

oito quilos, terá que entregar o fardo pelas dez arrobas. Ele não faz questão de ganhar a mais, porém teima em não receber a menos.

Quando cortou o que parece suficiente arrasta os galhos para o sapeco[1]. É uma operação delicada e necessariamente rápida. Se se demora, as folhas perdem o alegre verde para um escuro funéreo. A seiva fermentada nas veias das folhas azeda, arruinando a colheita.

O capataz encoraja:

– Pro sapeco! Vamos, gente, e esse sapeco!?

Quase dia, hora em que a mata refresca, as flores trescalam e descansam os insetos bebedores de sangue. Mas os mineiros não têm nada com isso! Estão acendendo as tataguas – fogueiras espertas, de metro quadrado de folhas, gravetos e palhas, entre paredes de pranchas de pindó. Protegidos por essa paliçada, abraçam ramos de erva que passam e repassam no banho de fogo e calor. O mate, verde, resinoso, estraleja, crepita. As veias das folhas se rompem, queimam a seiva, impedindo que fiquem ardidas e embolando-se para facilitar o transporte. O fogo, a fumaça, o cheiro forte da resina crestada tornam difícil respirar. Entre o sapeco de um e outro feixe, os homens engolem o ar, limpam-se do suor.

Nesses rápidos momentos, Pytã procura enxergar os que vão fugir com o Augusto. Movem-se lentos, economizando as forças dos braços e o gume dos machetes. Sente pena deles. E inveja. São homens!

Ao fim do sapeco o sol está todo de fora. A manhã cresce com um calor de trinta e nove graus, ajuntando

[1] Operação de passar a erva recém-colhida pelas chamas.

pernilongos e biriguis no suor dos homens já entregues às manobras do depinico[1]. Arrancam aos punhados as folhas ainda quentes, depositando-as no raído: um trançado de correias compondo o fardo que o homem levará às costas, sustentado pela cabeça, os ombros, a espinha. O raído médio deve pesar dez arrobas paraguaias. O máximo é o limite de forças do mineiro. Uma vez debaixo dele, o homem tem que levá-lo a destino ou cair ao chão – geralmente com a espinha partida. Muitos morreram assim, en-sinando que o cuidado com o raído é coisa impor-tante. Daí o Pytã, que não quer morrer pois está próximo o dia da partida, desvelar-se no preparo do seu raído. Coloca a estaquilha a jeito e modo de não lhe ferir a cabeça; distende caprichosamente a ponchada para que durante o trajeto não escapem e se percam ramos e folhas.

Alguns mineiros já voltam ao rancho. São moços, fortes, ou estão muito endividados. Estes decidem fazer o juruacuá[2] – uma segunda carga na parte da tarde. O Pytã regula seu andamento pelo do Augusto, a modo de se falarem. Tem um conselho de última hora:

– Erro grande dos que fogem é parar no potrero[3] do rancho. Não faça isso. Passe direito. Quem para no potrero por amor da água ou da carne, não consegue ir longe. Fugir é um pouco como beber ou dar um beijo. No arranco, vai-se direto até onde o fôlego chegar.

– Assim é que vou fazer.

Mais não dizem. Começa o trajeto da volta.

[1] Operação de separar as folhas dos ramos.

[2] Operação de voltar à mina para fazer uma segunda carga no dia.

[3] Várzea redonda, com aguada, onde eram guardadas as reses de corte.

Meio-dia. Avançam pelo tapê, pernas duras, passadas curtas. Cada passo debaixo do raído de quase duzentos quilos exige grande esforço. O raído passa uma alça forte ao redor da cabeça do mineiro. Ela solda a carga ao homem e evita que a espinha dorsal se parta. Ao fim de cem passos, quando o raído "assenta", a alça começa a latejar, como se batesse para entrar nas paredes do crânio. Vencido um quilômetro, os ombros ficam insensibilizados pelas duas correias que os enlaçam. Por cima dos outros pesos há também o de duas preocupações: não errar um passo – pois o tombo pode quebrá-lo debaixo do fardo; e não permitir que a espinha dorsal se curve. O piso do tapê-hacienda é plano, limpo de raízes e cipós, porque o homem, de cabeça presa ao raído e o corpo entesado, não enxerga onde pousa os pés. Se pisa fora da trilha e escorrega ou tropeça morrerá debaixo do fardo. Se nesse tombo a espinha fratura, agonizará dolorosamente durante horas. Sabe disso e vai atento. Passos curtos, pernas estendidas porque o só dobrar os joelhos roubaria força preciosa e seria risco de tombo.

Caminha bestializado, ao calor de quarenta graus, sob o abafador verde do mato. Nem palavras, nem cantos, nem chamados. Só o zumbido dos pernilongos, o guizalhar das cascavéis. Boca fechada nos primeiros cem metros para não gastar fôlego e, depois, escancarada, engolindo o ar necessário e que só o nariz fremente não pode levar aos pulmões comprimidos, congestionados.

Quando se sente vencer pelo peso, para e tungueia o fardo, descansando-o no toco aparado de propósito ao lado do caminho, a meia altura da coxa. O corpo se relaxa e treme no rápido descanso. Não pode sentar-se, deitar-se, voltar-se para os lados, afrouxar as correias pois a altura do raído exige equilíbrio. Não há com quem trocar palavras e quase sempre não há forças para falar. Podem apenas pensar. Pensam nas histórias vividas ao longo dos tapês e que marcarão a lembrança de cada erval nas sofridas memórias.

5

Muitas memórias ao fim de cada safra e de cada erval. Na tarde em que uns vão fugir, Pytã recorda a história do tungueador maldito, onde nenhum mineiro, por mais arrebentado esteja, descansa o seu raído. Pode vê-lo de onde está e recordar toda a história.

Do toco pende um trapo encardido – o curuzu-paño[1] – lembrando o tombo do jovem mineiro, nos primeiros dias do rancho. A chuva cobrira o tapê com lama e o rapaz era novato. Fizera um raído de cento e cinquenta quilos. Falseara o pé. O raído desabando sobre ele partira-lhe a espinha. Não era a primeira vez que os veteranos assistiam a morte chegar por esse caminho. Mas essa foi a vez mais dolorosa, pois a vítima era jovem e forte. Gemeu toda a tarde e o começo da noite e nada podiam fazer que lhe servisse. Então os da sua terra, com o cunhado dele à frente, foram pedir ao administrador:

– Faça uma caridade! É pra descanso do pobre!

---

[1] Sudário, pano lembrando o da Verônica, colocado nas santas cruzes dos caminhos ou onde haja ocorrido morte violenta.

O administrador, claro que se aborreceu:

– Sempre digo que é preciso trabalhar com cuidado. Quem anda de olho fechado morre depressa.

Sabiam. Desde sempre ouviram dizer que era assim:

– É como o senhor diz, sim senhor. Mas aconteceu...

– E vocês queriam que eu mandasse...

– Muito pronto, sim senhor! É descanso para o pobre!

Dentro arrastaram cadeiras com murmúrios de desaprovação. O mayordomo, o capataz e o ajudante, que por lá andavam na jogatina, vieram à porta. O capataz embaralhava descansadamente um maço de cartas.

– É só aborrecimento! – resmungou o administrador, desfiando os cabelos. – Me faltam mineiros e esse se deixa quebrar. Sempre digo que o raído é pra chegar ao rancho e não pra matar homens no caminho.

Responderam depressa, pois sabiam que era mesmo assim:

–*Bueno*, senhor, é como o senhor diz! Mas aconteceu...!

Então o administrador baixou a cabeça, suspirou o seu enfado, abriu caminho entre os homens agrupados na porta e acedeu:

– Pois se é caridade...!

Noite já. O ajudante pendurou o lampião numa travessa, deitando luz no pátio a modo de todos enxergarem as cartas que o capataz embaralhava. Os mineiros subiram, curiosando a sorte. No fundo era também um jogo: o perdedor iria dar paz ao moço desgraçado.

– A carta mais baixa manda – lembrou o capataz.

Estendeu o baralho. O mayordomo puxou uma carta. O ajudante fez o mesmo. Por último, o dono das cartas. Ao mesmo tempo voltaram-nas para o lampião e os olhos dos mineiros. O ajudante deixou cair a sua, sungou as calças, reclamou da sorte com um mover de ombros. Tomando o lampião e o revólver, perguntou:

– Vai alguém comigo?

Adiantou-se o cunhado do moço:

– A irmã dele me pediu pra lhe fechar os olhos e rezar uma reza.

– *Bueno*, vamos indo. Rezo com você.

Os mais sentaram-se no pátio à espera. Fizeram rodar a garrafa de canha e, tendo todos bebido, começaram:

– Era bom. O anjo da guarda lhe pegue...

–... e leve pro colo da Virgem...

–... que é a Mãe de todos nós...

–... pra glória do Divino Filho...

–... que é o pai de todos nós.

Até ouvirem o tiro de graça, lá em cima, no tapê. Ouviram e disseram:

– Amém!

Beijaram a unha do polegar direito, fizeram rodar a garrafa e nisto voltavam o cunhado e o ajudante. O cunhado, chapéu na mão.

Levantaram-se todos e cabeça descoberta foram buscar o corpo.

6

Isso o Pytã relembra ao passar pelo curuzu-paño encardido. Sunga o raído atento ao caminho. Sai do tapê-hacienda, cruza lentamente o largo já com a Flora andando ao seu lado a esfregar as mãos pelas pernas e a olhá-lo suplicante:

– Nada! Nem hoje! Não veio ainda, nem disseram quando vem o homem, o seu irmão. Outra noite sem ele. Vê que tipo de miséria é a minha, ó cunhado?

Estão juntos do balanceador. Pytã traz as orelhas em ponto de fogo e a raiva azedando o seu cansaço. Acomoda o raído na balança e senta-se sobre as pernas a ver como o homem deita os pesos medindo seu trabalho.

– O justo! Nem mais nem menos. Duzentos quilos!

Pytã levantou os olhos para ele:

– Nunca mais do que o justo?... Nunca?!

O balanceador faz um gesto de "não me aborreça" e manda aproximar-se outro mineiro. Flora toca o ombro de Pytã ainda sentado. E mostra-lhe as mãos vazias:

– Nem milho, nem carne.

O mineiro seguinte já está por cima de Pytã quando ele se domina, engole a saliva amarga da raiva e estende a mão ao balanceador:

– Um certificado. Pra milho e carne.

O homem corre os olhos do Pytã para a Flora, demora-se nela de cima a baixo e provoca:

– Então, é você quem lhe dá de comer?! E só comida?!

Pytã coça as orelhas ingurgitadas:

– Ganho bem, ganha a minha bolsa pra comer com quem me agrada. Lhe aborrece?

O homem queria paz com todos. As trapalhadas do ofício ele as tecia por mãos de outros, que essas eram as ordens da Companhia. Recolheu o sorriso fazendo o certificado:

– Que te divirtas, chê Pytã!

Pytã recolheu o papel, arrastou-se para junto da parede da comissaria[1] e estirou o corpo, raspando as costas contra o muro. Era a maneira de obrigar espinha, rins e pulmões a voltarem às suas posições depois da luta de quilômetro contra o raído. De olhos fechados sentiu a Flora se aproximar e envolver sua cabeça num pano molhado. Coisa que foi bênção para as orelhas! E a Flora tão calada que ele estendeu o certificado como quem pede um favor:

– Pras comidas!

– Miles de obrigada! Um bom homem é o que você é, ouviu, Pytã?

Mas o Pytã se plantara ao pé da comissaria para vigiar a passagem do Augusto pelo balanceador:

– O justo menos um tantinho. Você folgou um bom pedaço o dia de hoje, hein, Augusto?!

Já acocorado, o Augusto respondeu sem olhar:

– Yasy[2] – como a lua é a sua medida! Cresce um dia e míngua outro dia. Nunca é como a gente pensa que é!

Não põe nenhum disfarce no ódio que lhe tempera a voz. O balanceador repete o gesto de "nada disso é comigo". E como a ele não beneficiam os pesos viciados, preocupa-se em manter a paz com todos:

---

[1] Almoxarifado do rancho.

[2] Lua.

– Se não lhe serve, caraí...?!

Augusto estira os lábios como a quem já não importa quilo a mais ou a menos de erva colhida.

– Pois me dê um certificado em cima dessa erva.

– De toda? Sua dívida na comissaria é um coqueiro de alta!

– Bom... do que puder.

O balanceador rabisca um certificado. Demorou-se nisso o tempo suficiente para o capataz Casimiro se aproximar. Passou o papel ao mineiro:

– Farra esta noite, hein?

– Comida! Comida e panos. Não vê? Não sou mais homem pra aguentar noite de farra em tempo de safra.

Enquanto ele se afastava o balanceador contou ao Casimiro, mansa e vagarosamente, como quem repete velha história:

– É tipo pra ser olhado com o vermelho dos olhos. Fez pouca erva, pediu vale de importância. No meu entender está minhocando extravagância.

Casimiro, de olhos no andar estugado do Augusto e enxugando com a mão o suor da nuca, rosnou:

– Aha! São loucos pra me dar trabalho! Se ele se mete em doidice dou-lhe voltas com um couro cru que tenho pras ocasiões.

Ainda estava o Pytã encostado a ver e ouvir, quando a Flora voltou a falar:

– Não vem?!

A fúria com que ela esfregava os pés um no outro deu a medida do seu desassossego:

– *Bueno*, mulher, e agora, que lhe falta?! Não é de gordura nos ombros que preciso!

Ela usou as duas mãos para abrir-lhe os olhos, a fim de que ele visse o medo em que estava metida. E ajuntou:

– Pois... na comissaria está sempre o capataz. Se me apanha lá dentro não me deixa sair.

Pytã gemeu de desconsolo derreando parede abaixo até acabar sentado, cabeça entre os joelhos, mãos cobrindo as orelhas envoltas no pano molhado.

– E quê? Sou o seu anjo da guarda?!

Ela continua, sem atender à recusa:

– Já um dia me pegou! Mandou sair a gente e sabe o Cristo quanto me custou escapar.

Pytã sente ganas de gritar e de bater. Mas nesse dia as coisas estão mesmo pelo avesso. Engole a raiva e diz magoadamente o que poderia ser ofensivo e nesse caso capaz de fazer com que ela o deixasse em paz:

– Mais um pouco e se vai como vai, acabo lavando seus pés. Ainda se fosse donzela, mas de cuñataí[1] nem mais o cheiro há em você.

Como se todo o tempo tivesse esperado por aquele repente, e decidida a conseguir o de que necessitava, a Flora abaixou-se até pôr o seu rosto diante do rosto dele. E metendo brandura e calor na voz, confessou:

– Que tonto você é, Pytã! A coisa, pra mulher, não acontece assim, não senhor. Ela é nova outra vez quando se guarda pro homem que escolheu. Não tem memória pro acontecido antes. De cada vez é como se fosse a primeira. Entende?

Levantou-se e alongou um passo de retirada. Sabia que

[1] Moça virgem; donzela.

o dolorido Pytã estava trabalhado e decidido. Atirando o pano para as pernas dela, e sempre de olhos fechados, ele pediu:

– Por Cristo, cuña, que você encontrou um bendito jeito de me abrandar as orelhas. Vai molhar esse pano de novo. Quer?!

Ela abaixou-se e, sorrindo para o homem que não a olhava, ensinou:

– Por que é que você não se deita, agora mesmo, com a cabeça bem baixa?

Pytã escorregou, estirando o corpo. Sentiu-se bem. Abriu os olhos ligeiramente alegrados e com a mão tentou um gesto de agrado:

– Criatura, verdade verdadeira que você sabe cuidar de um homem. Está visto por que meu irmão se enrodilhou em você.

7

Era chegado o tempo de dar um baile pois o mau humor dos homens ia de subida. Já precisavam de usar pulso e isso era ruim.

– Pois se é assim, concordou o administrador, que vá lá.

Os outros esperavam por isso. Sempre seria deles o melhor bocado de qualquer festa.

– Pois então montamos um baile. Façam correr a notícia que é pra esquentar os homens. Falem na canha, na carne, na música. Você, Casimiro, veja quantas mulheres arranjamos por aqui...

– Já lhe digo. Dos quinze mineiros, três são casados e trouxeram mulheres. O atacador[1] tem duas filhas mas são quase meninas...

– Meninas? E quê?! Ficam promovidas a mulheres para o baile! – rugiu, alegre, o Curê.

O Casimiro seguiu:

– Outras quatro vieram de arrancho feito. É só!

– Nove mulheres pra vinte homens? Não dá animação em baile algum. E quero que eles se desaguaxem nas suas vontades. Pelas redondezas, que raça de mulherio se pode combinar?

– Se mando rastelar as quilomberas[2], desentocamos sete ou oito. Faço?

– Ué?! Quilomberas são mulheres, não são? Até que num baile as públicas são de maior valia. Antes da festa, leve as tais ao armazém. Deixe que se cubram de enfeites e de cheiros... Mas tome nota do gasto por vias do desconto.

Ele mesmo riu e os outros gargalharam quando ele concluiu:

– Ponha as cuñas bem afortunadas. Quem sabe vou abrir o baile!

Tudo combinado. Saíram andando juntos um bom pedaço. O Isaque tinha um pedido a fazer e o Casimiro esperava, deliciado, que o tal pedido lhe fosse feito. Diria que sim, porque logo mais algumas semanas seria sua vez de pedir.

O Isaque deu-lhe com a mão espalmada nas costas, amistosamente:

---

[1] O que realiza a operação de "atacar": ensacar ou embolsar a erva.

[2] Prostitutas.

– Pois não sabe? Não quero ver a Flora metida nisso! Estou guardando essa mulher para mim.

O Casimiro quis fingir que não, não sabia. Mas reparou na sinceridade com que o Isaque se angustiava. E gostou de vê-lo sofredor. Alongou a palestra:

– Companheiro! Esse é um raio de pedido que não gostaria de ouvir de meu tio mais querido. Pois se não temos bastante mulheres, como é que vou deixar de fora logo a mais cobiçada?! Só ela vai me aliviar um punhado de homens!

A mão do Isaque encrespou-se. Ele quis dizer algo mas não soube o quê. O Casimiro valorizava o favor:

– É que sou mole, você sabe, não sabe? Melhor pra mim se soubesse dizer não. Mas não aprendi. É o que lhe vale. O segredo fica entre nós dois que o Curê não vai às danças. Mande dizer à Flora que desapareça na tarde da festa. Se rodar por aqui não tenho remédio... Você me entende?!

– Miles *gracias*, Casimiro!

Era o momento de cobrar:

– Não pense que liquida o assunto só com dizer muito obrigado. Espere e me pague com favor da mesma monta.

– Pois é coisa feita. Quer dizer que na Semana Santa...

– Você aceita ser o juiz de chegada na corrida. E cuida que o meu cavalo não perca.

– Bom, desde que não chegue na poeira do outro.

– Quê? Pois o que tenho pra correr é cavalo demais pra estes cafundós. Olhe lá, mande dizer aquilo pra Flora. Se for vista na redondeza do rancho, tem que ir ao baile.

Fizeram conforme o mandado. E passam a ordem de estar feliz e de falar muito no baile. Falar bem. Porque as mulheres empalidecem. Sabem que o baile é feito como oportunidade forçada para elas desafogarem os ardores reprimidos dos homens do erva! Durante a noite do baile, os mineiros usavam das mulheres como durante o dia serviam-se dos instrumentos de trabalho. Ai da mulher que não com-parecesse, saudável, doente, velha, feia ou grávida. Durante as horas do baile deixavam de funcionar todos os códigos de honra e de costumes de que se servem os homens e as mulheres.

Enquanto mediam a erva colhida no dia o Isaque explicou ao Pytã:

– Ouviu falar do baile? *Bueno*, sei que não é coisa pra seu proveito. Quero que pegue a Flora e dê um passeio comprido com ela. Até o meio da noite. Vá ao potrero ensinar os nomes das estrelas. Não me apareça por aqui com essa mulher antes do fim das danças.

O Pytã sabia como era o baile. A Flora também. Foram passar a noite fora.

Para a festa, os peões limparam um rancho dos maiores, ergueram o estrado dos músicos, trouxeram bancos para as mulheres. Na bebida misturaram ervas, raízes e fumo desfiado, coisas que mantêm os homens sedentos e apressam a embriaguez. Festa boa, só com embriaguez geral. Um homem que permaneça sóbrio pode comprometer a alegria de todos.

Mal escurece, as mulheres são tangidas para o telheiro onde podem beber e descansar alguns minutos. Os homens recebem a primeira rodada de canha. Os músicos ocupam seus lugares. São quatro, sobraçando acordeão, violino, harpa índia e violão. O Isaque avisa:

– Já sabem! Não quero homens brigando por causa de

política. Uns são liberais, outros são colorados[1]. Não me toquem música do Partido Colorado nem do Partido Liberal. Só música neutra. Entendido?

Disseram que sim. E de saída, atacaram a polca mais neutra e animada do repertório, a *Cumandaré.*

Correm segunda rodada de canha. Todos têm que beber.

O capataz contou as mulheres. Empurrou os homens mais desenxabidos sobre as que haviam ido se encurralar num canto. E saiu com o auxiliar para apanhar a pulso as faltantes. Elas virão mesmo se puxadas a tento de chicote. Das que dançam, as veteranas e as quilomberas conhecem e se resignam com o que está para lhes acontecer. Vivem no mundo da erva e nada naquele mundo poderá desviar delas as coisas que estão por acontecer. O mais que podem é retardar os abusos para o fim da noite quando os dançarinos estejam completamente bêbados. Ultraje de bêbado lhes parece menos ultraje. Mas os homens vieram ao baile mesmo por aquelas coisas e exigem aquilo antes do mais. Às quilomberas, tanto faz. Vivem disso e para isso foram chamadas e serão pagas. Não fosse por elas e o começo do baile seria uma tristeza! Entusiasmadas, vão convidar os homens, dançam sem parada, bebem, riem, arrastam os mineiros para o bosque e voltam de lá como se tivesse havido apenas mais uma contradança. Tantos homens as procurem, tanto será a sua paga. Antes que comecem a apertá-las, elas os apertam, levam-nos a beber mais e mais, riem, vão com eles de bom grado para onde queiram ir, gritam para os músicos chamando-os vadios e desafinados.

---

[1] Membro de partido político paraguaio que levava até os ervais a oposição aos liberais.

Sempre mais bebida para os homens! Nada de comer. Só bebida. Bastante e forte. É preciso que os homens bebam, dancem, gritem, arrastem para fora e para o mato a mulher que possam levar. Depois voltem, bebam, dancem outro tanto e se quiserem dormir que o façam de madrugada, ao relento que a noite é calorosa. E sempre há mais bebidas para quem quiser beber.

Os tocadores estão derreados, cobertos de suor, quase alheios à sua música. As mulheres deixam-se agarrar, abraçar, voltear na cadência agora arrastada das melodias nostálgicas. Mais canha. É obrigatório beber. Os que já não aguentam dançar, os maridos e os arranchados com as dançarinas, estão por terra ou ausentes. Beberam logo tudo quanto podiam para cair no sono da embriaguez e não ver nem ouvir o que os outros faziam com as mulheres. O baile fora feito mesmo para aquilo.

Vieram o mayordomo, o Isaque, o Casimiro e o ajudante examinar um por um dos homens, os que ainda dançavam arqueados sobre as mulheres exaustas, os que dormiam ao ar livre e os poucos que ainda bebericavam. O baile fora sucesso! Fizeram sinal aos músicos, agarraram cada qual a quilombera sua preferida. Mandaram apagar as luzes e saíram. O baile terminara. Durante semanas os mineiros e o pessoal do rancho iriam para o trabalho sem grandes azedumes. Seria mais fácil mantê-los na linha. Haviam tido no baile o de que sentiram falta nas intermináveis jornadas de cortar e trabalhar a erva.

Homens e mulheres rolaram para o chão, à fresca do arvoredo, e quiseram dormir. Algumas horas de silêncio sobre o rancho e a rancharia. Antes de o sol romper foram sacudidos e postos em movimento. Os homens, brutalizados pelo álcool, o cansaço e o sono, mas esquecidos dos rancores, das frustrações, dos desejos, calçaram as botas de couro de veado, empunharam o machete e foram à mina. As mulheres cuidaram de reparar os estragos, tirar da boca e da pele o gosto e os cheiros da noite. As quilomberas e os músicos receberam o seu vale, descontado no armazém em coisas de sua precisão, e partiram.

O Curê veio à porta, mediu na palidez da manhã quanto o dia seria luminoso e quente, atirou para o chão o resto de bebida e ouviu o Casimiro prestar contas:

– *Muy bueno* tudo. Se arrebentaram de divertir.

– Rusga nenhuma?

– Não de importância.

Coçou o peito e as costas, aproveitando o sopro do vento fresco. E estremunhando:

– Pois você os tem aliviados. Agora, é fazer render. De Ponta Porã mandaram recado. Querem mais produção.

Quando ao fim da tarde os maridos e os arranchados voltaram, traziam uma noite de excessos e um dia de trabalho. Vinham prostrados demais para olhar, lembrar, desprezar as suas mulheres. No mais, sabiam que fora sempre o sucedido com as mulheres dos ervais. Assim como assim, no fim das contas o melhor era continuar tendo a mulher do que mandá-la embora. Vida dura com mulher, vida muito mais dura sem mulher. Nem elas nem eles podiam rir-se. A porcaria escorrida no baile sujara a esteira de todos. Mais um dia, dois dias, e ninguém estaria lembrado do acontecido. Importante mesmo era cortar e transportar a erva.

Olha ali outra noite chegando! Vai ser muito que bom poder dormir!

8

No barbaquá[1] o dia seguinte ao baile foi como todos os dias. O Curãturã já não padecia das precisões que o pessoal foi cumprir no baile. E o Aguará ainda não se curtia por causa delas, sendo pouco mais que menino. Enquanto a gente bebeu, dançou e amou eles lidaram a noite inteira, avivando o guaicuru – que é o foguinho esperto de quando não se trabalha com barbaquá atochado.

O bum-que-bum da noitada descera a colina, bulindo com a tristeza do uru[2]. Não podia tirar do sentido a ideia da sua Zola rastelada para o baile. Decerto, naquele instante, já emporcalhada – ainda bonitona que era! – por uns quantos mineiros embrutecidos pelo álcool e o desejo amoroso.

O huayno[3] tomou por obrigação distrair o mestre de sua tristeza. Vigiara o fogo insistindo:

– Sim ou não, Curãturã? Pois o uru não é mesmo o rei do rancho?

Isso dizia com o orgulho do aprendiz que compromete a alegria e a saúde para um dia chegar a uru! Ser chamado *señor* em festas e bailantas, passar de cabeça erguida diante dos capatazes, receber no rosto a inveja sofrida dos mineiros e dos peões. E ir beber na comissaria a convite do administrador, andar apontado pelos patrões como um uru

---

[1] Jirau de forma circular, emborcado sobre um buraco. De "boberaquá" – buraco que reluz. Sob uma coberta de palha, a dois metros do solo, um arcabouço de varas curvas firmadas em esteios.

[2] Aquele que trabalha a erva no barbaquá.

[3] Menino, ajudante, aprendiz do uru.

de mão certa e medida que nunca deu uma só bolsa de jaguarembó. Faria assim durante seis anos, ou oito, ou dez se muito saudável. E pronto! Um uru jamais chega à idade madura. Vive oito ou dez anos que são oito, dez safras, ao redor do barbaquá, virando e revirando a erva, recebendo no peito o calor do fogo e nas costas a friagem da noite. Oito ou dez anos o uru vive e é rei. Depois morre-morrendo.

– Sim ou não, hein, Curãturã?

Mas o Curãturã pensava na Zola abraçada e emporcalhada pelos homens bebidos. E devia estar atente às folhas que vai torrando – para que nenhuma delas, entre milhões, fique um pouco menos crua, um pouco mais torrada. Era seu trabalho, dia e noite, quarenta e oito horas seguidas. Depois, vinha um dia de descanso, enquanto carregavam o barbaquá. E de novo, atenção, fogo, fumaça, calor no peito e friagem nas costas.

Mas ele quer bem ao menino a quem Criou e vai ensinando o que sabe. Vira e revira o estardalhaço da erva:

– Rei? Sei lá! Quando o patrão lhe põe nas mãos a forquilha e lhe dá o piso do barbaquá, diz que ele é senhor. Então começa a respirar fumo e resina, a ser defumado em suor e fumaça. Primeiro a gordura, depois as carnes, a saúde, escorrem pelo corpo, dia e noite, feito suor. Nenhum pelo lhe fica grudado no corpo, nem saliva na boca, nem dentes nas gengivas, nem lágrimas nos olhos. Vai sendo cozido dia a dia; os intestinos acabam secos e mortos, envenenando o corpo; o estômago ácido, os pulmões cavernados, as veias saltadas, os olhos afundados. E dia e noite, com a forquilha nas mãos, remexendo erva. No fim da primeira safra desce um fantasma do piso onde subiu um homem. Na segunda é um mecanismo. Começa a sofrer uma sede tão grande que até faz dor, queima, atordoa. O remédio é beber. Isso, menino, isso é um uru. Você pensa que pode ser rei?

O huayno não sabe que existe coisa melhor do que ser uru. Quase grita:

– Bah! Claro que o uru é o rei do rancho!

O Curãturã comovera-se. Pois o mitã era cria que ele criara à beira dos seus barbaquás. Uru que se preza forma ao menos outro bom uru além de toneladas de boa erva. Aquele menino era a sua vaidade: ensinava-lhe o que sabia. A princípio só lhe contara das coisas da erva, do fogo, de como se deve remexer, precaver-se contra o tempo, a noite e a luz. Quais as lenhas que devia preferir e quais as que valia a pena evitar. Depois lhe contaria a respeito dos homens e das mulheres, do trabalho e do amor.

O menino era vivo, curioso, entusiasmado. Por isso, quando aceitara tomar conta dele, lhe pusera o nome Aguará, o lobinho simpático e esperto, que mesmo dando prejuízos não ganha o ódio da gente pobre.

O huayno voltara-se a rir de alegria por ver confirmada a sua certeza de sempre. Mas o Curãturã não ouviu. Levantava um graveto fumegante à altura dos olhos. Premeu os dedos e o estalido foi seco, distinto. Olhou as fraturas das duas bandas. Uniformes, limpas. Suspirou, tranquilo. Mais duzentas arrobas de boa erva ele tirava da selva e do fogo preparadas para o regalo dos homens. E suspirou um resmungo de fechar conversa e parar trabalho:

– O diabo me coce a barriga se o uru não é a coisa mais triste de um erval! Lhe tiram tudo, até a mulher de que ele gosta. E mandam essa mulher ser agarrada pelos vinte peões do erval.

9

A bugra Nakyrã chegou-se ao pé da árvore e gritou para cima:

– Basta, chê! Faz coisa de tempo que a noite tombou. Não vieram, não vêm mais. Desça e descanse.

Osório passeou outra vez o olhar pelo regaço do vale batido de luar e o descampado – caminhos por onde, dia mais dia menos, investiriam os comitiveros da Companhia. Viriam para dar com ele e os seus no chão e botar fogo no ranchito. Mas por então só havia a noite. Noite calma e quente. Assossegado, desceu.

Tão logo o teve ao lado, a bugra encostou a cabeça ao peito dele e enlaçou-o. Osório disse-lhe:

– Mulher, você cheira a erva que é uma desgraça. Erva e suor. É uma tristeza de cheiro ruim pra andar grudado em corpo de mulher moça do seu feitio.

Apertando-se mais, como para abafar o tal cheiro, ela murmurou um pedido de desculpa:

– Por mim, queria me achegar a você banhada em água de malva branca ou limasuti. Mas não se ganha esse cheiro de gostosura machetando erva e atochando barbaquá feito homem desbarrigado. Dói aqui, dentro de mim, que não venha cheirando os cheiros do seu agrado. Mas é que andei todo o dia suando por amor do seu trabalho.

Era certo. Deitou-lhe os braços aos ombros, mais para dar consolo que carícias. Estava cansado em demasia para entender que a bugra ansiava por amor naquele começo de noite. Mas porque ela se fizesse meiga e trêmula debaixo dos seus braços, explicou:

– Sei disso! Pois o dia inteiro trouxe um olho na erva e o outro em você.

Ela gemeu a queixa:

– Mas o seu sentido onde estava?

Afastou-a e começou a andar, irritado com a pergunta:

– É fácil dizer isso. É baixo... Aqui somos changa-y[1], ervateiros clandestinos. De dia não pode-mos fazer barulho, de noite não podemos acender fogo. Não temos terra, nem rancho, nem amigos. Mais do que os outros só temos trabalho. E medo. Você, mulher, não tem medo?

– Tenho. Se descobrem a gente, estouram por aqui e liquidam com você. E com os outros. A mim me dão pra uso dos comitiveros e depois, dos mineiros. Por fim, me encostam de quilombera num afora do rancho pra desfastio dos aborrecidos...

Havia tanta tristeza quanta verdade no que ela dizia. Quis ser bom. Voltou dois passos e, abraçando-a, tapou-lhe delicadamente a boca e trouxe-a para junto do seu ombro. Seguiram assim pelo trilho até a pobreza das instalações onde, às escondidas, num canto das grandes concessões dadas à poderosa Companhia, preparavam o seu punhado de erva.

Ela se ofereceu, esfregando-se contra ele:

– Se quer vou me banhar! Tiro o cheiro da erva. Me banho com malva e pacuri.

– Pois não vê, bugra? É noite fechada. Tempo de capivara entrar na água e de gente cair no sono. Ou pensa que o dia foi de divertimento?!

– Ehhh... meu branco! Dou por entendida. Murchou

[1] Ervateiro clandestino, operando em concessão alheia.

o seu querer, não é?! Por que não diz isso de vez?

Estava certa; um pouco já não a queria e de fato estava cansado. Parou e puxou-a para diante dos olhos, tão próximos os rostos que quase se tocavam. Procurou ser manso e carinhoso ao dizer:

– Você é ruim, bugra, você é ruim! Pois não vê? Estou frouxo até o fundo. Olha pra lá! É quase o fim da safra. Quanto mais ficamos, mais arriscamos a erva e o pescoço. Tem, acontecido, você sabe, que o pessoal da Companhia espera com paciência e malícia que os changa-y façam a erva que possam. E depois lhes caem em cima. Enterram os homens e levam as bolsas bem atacadas, prontinhas. Vê como é? Tenho medo, sim, tenho medo. Três homens e mais você aqui, comigo. São quatro bocas pra encher e quatro couros que prometi levar de volta pra fora do mato.

Se o Osório dizia assim, assim era o certo, pois não! Mas a Nakyrã não viera cuidar de negócios. Viera como iria para onde fosse o Osório, que ele sim, e não a erva, mexia com ela. Desoladamente se desvencilhou do abraço e retomou o caminho, murmurando:

– E mais a mulher que você tem na cidade! Bastante do seu medo é por ela, ou não é?

Sem querer alcançá-la, advertiu:

– Nunca disse que não e você sabia disso. Agora não invente modas que me põe brabo!

Chegaram ao ranchito. Ela encostou-se à tacuaipi enquanto Osório meteu a cabeça pela abertura a ver o que faziam os homens:

– M'baeicha pa ndé coé?

Como ninguém respondesse, repetiu, gritando:

– Então, pessoal, como vai isso?

Atendeu uma voz alegre de embriagado:

– Adiante, *patroncito!* Misturamos uma gualipola[1] braba com um bom ca'a caigué[2] de rapadura. Pecado que esteja acabando! Venha!

Não entrou. Girou nos pés, olhou a posição da embuçada no arvoredo e avisou a mulher, imóvel:

– Bom, pois apagamos o barbaquá e com o sol de fora podemos canchear. Se os da Companhia não perceberam a fumaça temos dois dias de sossego.

Tirou a camisa para sentir no peito e nas costas o ar fresco da noite. A bugra sibilou, voz morna e trêmula:

– Pois vê?! A noite tem ainda um estirão. Se quiser, vou ao rio e me lavo.

Estendeu-lhe a mão, pedindo:

– Deixe. Estou que é uma canseira só. Vem e me faz um travesseiro com seus cabelos.

10

Fim de madrugada na dormência calorosa de Ponta Porã. Chega do sul um arpejo de vento trazendo cheiro de mato e rubor de manhã.

O Luisão se levantou e ninguém disse palavra. Reunião acabada. O mais próximo do portão vigiou a rua e, achando-

---

[1] Cachaça barata.

[2] Mate queimado com açúcar.

a deserta, saiu, descendo para a cidade. Quando torcia a primeira esquina outro homem começou a andar para o bairro fronteiriço. Repetiram a manobra cautelosa até que no balcão, sob as mangueiras, restaram o velho Luisão, chuchurreando o tereré, e mais o homem da cidade. Esses, sem pressa de partir. O silêncio cobria a retirada dos outros e o nascer da manhã. Até que o Luisão despegou-se da bomba e da cuia, espreguiçando-se:

– Não queria ter, mas tenho um sono danado.

– Pois eu tomaria outra canha antes de ir dormir.

O velho riu, malicioso:

– Conheço essa espécie de sede. É um nadinha de medo, não é?

– E é para menos? Vamos jogar uma parada muito alta – a vida dessa gente aí! Boa gente!

Luisão cuspiu fumo e erva para o chão batido. Garantiu, pigarreando:

– Que nada! Você não está caindo em pecado. Eles topam jogo forte ou não teriam vindo acertar essa parceiragem conosco. Vai ver como são machos! E guarde um conselho: não entre em salão de baile se calça bota apertada. Quando a gente começa um trabalho não pensa no suor que vai suar. Se pensar, afrouxa.

Meio que de saída, com o vagar do pessimista, o moço citadino mostrou a sua dúvida:

– Não sei, não, se vai dar combinação que valha a pena. Você entende? Não sou homem de erval nem de lida com erva. Mandaram que viesse espiar e depois contar o lado humano da sua gente. É como se mandassem ver a pesca da baleia ou o trabalho da borracha. O que eu sei é ver e escrever para os leitores do meu jornal.

Luisão renova o riso malicioso, entre cuspinhadas de masca:

– E quê? Não vai dar uma boa história isto aqui?

Sorriu também, alisando com o dedo a frescura verde de uma folha caída:

– Isso, sim, vai dar e boa! Mas é que... Você vê?, essa gente, os seus amigos, pensam que vim como aliados deles. E não! Vim pra ver. Podia ter ido procurar a Companhia e ouvir o que ela tem a contar. Mas o jornal entende que o lado dos changa-y e dos mineiros é o mais humano. Mandaram que viesse a vocês. É só o que eu quero: ver e contar. Não espere que eu seja companheiro nas escaramuças. Não sei... se você compreende?

– Pois não haveria de? Veja se não é isto: você vem meter-se no meio de dois bandos de doidos, cada qual decidido a liquidar o outro. E pretende ficar de fora, espiando e escrevendo. Pois é loucura e da pior! Quem fica no meio, não tem ninguém a seu lado e os dois bandos contra si. Por aqui é assim.

– Vá lá, mas vou tentar que seja diferente.

O Luisão sacudiu-se numa risada de encabular, para, ao fim, ensinar:

– Filho, as coisas para você acabam sendo pior do que imagina. O fato de ter vindo falar com a minha gente, esta noite, fez de você um suspeito à Companhia. E por estas bandas quem manda é ela. Ela engraxa as rodas do carro do Governo, manda na polícia, decide onde há de passar uma estrada ou ser enterrado um peão. Tenha isto como certo – ela só não manda nas coisas de Deus e isso mesmo, com o devido respeito – eu acho que por enquanto.

O rapaz voltou-se, arriscando o argumento final:

– Pois é disso que tenho receio. Da política da terra não me interesso. Vim falar com seus amigos. Disseram o que pensavam e ouviram o que eu disse. Agora gostaria de ouvir o que diz a Companhia. Afinal muito do que há de bom neste sul de Mato Grosso foi ela que fez. Você diz que não?

– Pois olhe, eu digo que sim, que foi ela que fez. Mas fez com o sangue, o couro de muitos de nós, gente do trabalho.

O Luisão deitou água na bomba e sugou o primeiro gole. O moço acenou a despedida:

– Bem, farei como puder. Será bom se for bom.

Saiu. O sol, nascido rubro e quente, batendo-lhe no rosto, obrigou-o a fechar os olhos tresnoitados.

Andou alguns passos, rua abaixo, tranquilo como se a passeio na sua cidade. Por isso, quem sabe, nem chegou a ouvir os dois tiros que lhe mandaram, um no peito e outro nas costas. Fosse acima ou abaixo da rua, não teria escapatória. Rodou do passeio tombando na poeira. Era manhã e a vila dormia. Só o velho Luisão apareceu a espiar do portão meio aberto.

– Pois aí está, moço. É como lhe disse, não é mesmo? Vejam só! Estivemos aqui a noite inteira. Oito homens falando de brigar. Só você não tinha armas e não queria luta. Logo de você é que a Companhia teve mais medo! Pensaram que os seus escritos seriam pior do que os nossos tiros.

Esperou que o zumzum dos primeiros curiosos enchesse a rua de gente. Eram testemunhas garantindo a sua retirada. Puxou o cavalo e montou. De passagem pelo morto, ladainhou:

– Quem não sabe destas coisas pensa que a erva-mate é colhida nos jardins.

11

Estranhas coisas descem pelo rio em direção a outros rios. Depende do tempo. Às vezes, troncos arrancados pelas águas, chorumelas que os homens lhe atiram para verem-se livres delas, nonadas que o rio guloseia lambendo margens e barrancos. Isso, no tempo das águas rasas. Quando sobem, o caudal entesa o espinhaço barrento, engrossa a voz, espumeja valentia rendando de espumas o vermelho dos rodamoinhos, corta fatias de terra negra e cinza nos barrancos gotejantes, enfia o dorso sob o pranchado dos embarcadouros e os arrebenta divertindo-se barulhentamente com o tomar aos homens as vigas, tábuas, correntes – fortalezas em que eles confiavam para domar o rio.

Vez por outra desce o rio um saco de erva. Arredondado pelo peso. O peso de um homem morto. Se o que passa é um traste, um animal, um tronco, a gente testemunhante pode pensar em mil histórias como explicação. Quando é um saco de erva a boiar não se precisa pensar em histórias. Sabe-se logo do que se trata: em erval de rio acima, um peão conseguiu saldo, falou demais, quis partir, tornou-se incômodo. Agora, descendo o rio dentro de um saco de erva, não tem mais saldo a reclamar, não tem voz, não incomoda ninguém. E é sempre um exemplo aos outros peões: para que não consigam saldo, não falem demais, não peçam demais, não se façam aborrecidos. O rio aceita e carrega humildemente o que lhe dão. E se murmura sem parada, é como se rezasse pelos peões que morreram dentro de um saco – por falar demais.

A gente que mora à beira do rio não sabe contar além dos dedos das mãos. E os dedos que têm não bastam, quando querem contar os sacos de erva que descem o rio.

Capítulo II

1

A madrugada suspendeu um vento jeitoso e calmo, amornando o escuro e bole-bulindo com a tacuaipi do rancho. Pytã acordou do sobressalto em que dormia. Doeu-lhe o estar deitado enquanto o Augusto fugia. Deixou o pensamento correr com o Augusto e os outros dois, a furarem o mato, disputando contra o tempo e a noite os minutos e os metros que poriam suas vidas a salvo. Via, como se com os olhos deles, as estrelas desmaiarem no tombo para o poente. Sentia, metido na pele deles, o vento carregando os rumores da manhã e os perfumes das últimas flores noturnas. Era quase o dia e com o dia a perseguição. Lembrou-se de quantas histórias de fuga conhecia. Todas mal sucedidas! Com isso, descobriu que não dormiria mais. O que era mau, pois esperdiçava horas de descanso. Sentiria mais sofrida a dureza da jornada.

Saiu do rancho a ver quanto restava de escuro. Esteve um tempo longo com a cara metida no céu, desesperado com o mundo, com os companheiros fugidos e portanto desgraçados, com os homens da Companhia e até com os milhões de criaturas que em todas as fazendas, barcos, cidades, pediam erva e compravam erva sem saber que na verdade o que sugavam da cuia era o suor da pobre gente dos ervais.

Estava nisso quando a Flora sussurrou, deitada do lado de fora do rancho:

– E que, Pytã? Que foi desta vez? Sonho ruim?

Era um pedido de conversa. Sabia que ela o forçava a falar, falar muito, sempre que o descobria triste ou raivoso. Julgava que falar era remédio para a tristeza que o roía.

Não quis ser ruim para com ela, mas também não permitia que ela o manobrasse. Resmungou:

– Bah! São sofrimentos de homem. Coisas que as mulheres não entendem.

Então a Flora encontrou maneira de participar daquela ansiedade:

– Também não pude dormir sono bom. Quando se espera com muito querer, o sono não descansa. Espero o seu irmão.

Falar daquilo era esquecer o Augusto. Perguntou:

– Tanto assim você quer o Pablito?!

Clareava. Ela sentou-se para enxergar no longe o dia chegadiço. E dizia:

– Não é sempre, mas às vezes acontece que a gente se goste. Então acabam-se os outros e o pouco dá pra tudo. Assim eu gosto do seu irmão.

– Bah! Mas isso não enterra a lembrança dos outros. Se se pudesse cheirar os cheiros deixados pelos homens que passaram, haveria muitos em você!

Ficou custoso para ela continuar falando, mas era esse o modo de amaciar o dolorido Pytã. Esforçou-se e continuou:

– Aha! Não sabe quanto as mulheres podem fazer pra um homem e nem por isso gostar mais ou gostar menos dele. Sim, é como é! Andei com muitos porque tinham o de que eu andava carecida e sempre fui necessitada. Me davam o dia-a-dia, nunca coisa que sobejasse para o dia seguinte. Pois lhe digo, Pytã, que de nenhum me lembro com saudade e todos me tiveram e atiçaram ciúmes uns dos outros. Bobagem! Não se tem bem querer pelo que se dá sem vontade de querer dar! Mas um dia de friagem, rio acima, um quase menino de olhos tristes e gestos envergonhados estendeu sobre meus ombros o seu xiripá. Foi só. Não me disse palavra, nem esperou que eu dissesse. Esse menino, Pytã, esse menino nunca esqueci. E quando penso nele sei que em algum lugar, já homem, lembra-se de mim e me quereria pra encher a sua noite. Mas veja, não seria o mesmo, porque agora ele estará homem, pedindo as coisas que os homens pedem e eu gostei foi do menino me cobrindo com seu xiripá sem pedir nada de nada!

Mergulhou naquelas lembranças e demorou-se nelas. O dia meteu-se em cinza e vermelho por baixo das ramadas, trazendo vento e logo os embaguaris. O Pytã começou a enrolar as *plantillas* nos pés e nas pernas, alternando as voltas com goles de tereré. Calçou as botas, tomou tereré, encheu com água o porongo, empalmou o machete, tomou o tereré e saiu. Ao passar, ela roçou a mão na dele e perguntou:

– Jura que não sabe quando o seu irmão volta? Ou se fugiu? Ou se morreu?

Mas o Pytã pensava em que o Augusto corria pelo mato no rumo do rio e logo o Curê mandaria os comitiveros começar a caçada.

2

– *Bueno!* Está aí o sol! – estremunhou o Curê. – Apague o lampião.

Com a fumaça da última tragada, o Casimiro curvou-se sobre a mesa e assoprou contra a chama. A sala se fez suavemente penumbrosa. E silenciosa. Estiveram quietos, os quatro, por alguns instantes. Até que o Curê, bocejando, cobriu os olhos com as mãos. Os outros moveram-se. Isaque curiosou a primeira carta que lhe caberia receber. Riu, contando:

– Tivesse saído uma rodada antes e o ganhador seria eu.

Ninguém respondeu. O Curê alongava o espreguiçamento, as mãos coçando os olhos. Os outros dois vistoriavam o vazio das garrafas, compunham a roupa e os cabelos.

Foi quando veio de fora o grito do huayno:

– *Patrón?!* Ôôô Dom Curêêê...?!

– É o Aguará – anunciou o Isaque, como se fosse preciso.

– Por que raios não vem o mesmo Curãturã dar conta da tarefa – resmungou o Curê. – Não gosto de recados por meninos. O velho manda dizer e depois vem pedir as coisas de sempre.

O recado não era para o Isaque, mas foi quem saiu à porta. Estava o Aguará sentado, enxugando com a camisa o suor em que andara banhado toda a noite, no serviço do barbaquá. Notou o quanto ele se deliciava com o ventinho fresco da manhã. E como por seu turno estivesse enfastiado de jogo, bebida e sono, não o interpelou de pronto. Que gozasse um pouco da fresca e da importância do recado que trazia.

Mas de dentro o administrador urrou:

– Eee... *bueno,* mitã?!

Ainda esfregando o peito e dando as costas ao vento, o Aguará disse o que eles sabiam:

– Pois manda dizer o Curãturã que o barbaquá está em ponto de tirar.

Isaque recostou-se ao batente, massageando cariciosamente o pescoço, a nuca e as espáduas. Não era com ele o recado. Aquela noite, como outras muitas, tivera que sustentar o amor do Curê pelo jogo. O Curê não tinha outra paixão, mas a do jogo trazia alimentada e cuidada. Isaque jogara sem vontade. Nas cartas, só pusera as mãos. A atenção, o talento, a malícia – mesmo sentado ali – soltara a correr atrás da Flora, querendo ver a Flora, cheirar a Flora, palpar a Flora, ouvir a Flora gemer, chorar, dar ri-sada, dizer o nome dele...

Mas o administrador Curê, mãos sobre os olhos, queria saber:

– E essa erva? Boa?

O Aguará suspendeu a esfregação, picado no orgulho de huayno.

– Pois certo! O Curãturã não é um uru de mãos bentas?!

O Curê riu, alto e feliz. Também considerava o melhor do mundo o seu uru. Depois, num tom de voz que punha o menino fora da conversa:

– *Bueno.* Veja lá, Isaque, de mandar a erva pro cancheio.

Voltaram ao silêncio. O vento, crescido com o dia, levantou o ciscalho do pátio. O Aguará vibrou num primeiro arrepio. Vestindo a camisa ensopada de suor, perguntou:

– Então, podemos ir? Lá pra cima, a passeio?

Ao fim de um bocejo regalado, o Curê permitiu:

– Gozem a vida, gozem a vida!

Era uma espécie de licença. Mas o huayno não se moveu, olhos postos na porta de onde lhe chegava a voz do mandão.

– E agora, o que há? – perguntou o mayordomo, incomodado.

– Pois e então?! Gozem a vida?! Precisamos de um certificado para compras, não?

Riram, divertidos.

– E como diabo vai você gozar a vida com um vale? – curiosou o administrador. – Venha cá e mostre se já é homem pra gozar a vida gastando dinheiro em bebida e mulher!

Ele ergueu-se, explodindo raiva para o gozo convulsivo dos outros:

– E quê? Não sou homem, então?! Menino, vocês dizem, mas homem é o que eu sou. Vou beber e...

Acharam tanta graça que vieram fora cercar o huayno. Um pouco por bebidos e outro pouco entontecidos pela vigília cambaleavam, ao rir:

– Vai dizer... Sim, é o que ele quer dizer... que vai visitar as quilomberas...!

– E quê? Pois não posso visitar as quilomberas?

O administrador apertava as ilhargas, gozosamente:

– Ouviram, ouviram isso? Bonito! E elas cantam pra você lhes dormir no regaço, hein, mbaracayá[1]? Não seja besta de lhes dar dinheiro a troco de nada, ouviu?

---

[1] Gato, dito afetivamente.

O huayno conteve a cólera até que rissem o bastante para se cansarem. E nisso não se movia. Depois sim insistiu:

– E daí? O certificado?!

– Pois lhe dê o maldito certificado! – estertorou o administrador, subitamente acometido pela dor nos olhos.

O Aguará atravessou o largo e foi sentar-se à porta da comissaria à espera das compras.

– Cruzes! Doem como fogo estes olhos! – lamentou-se o Curê. – Não tive sorte neste lugar. Tudo aqui é praguejado.

– Inda bem que prontito nos vamos.

– Se o Lucas voltasse! Temos erva pra uma semana. E pronto, mudamos o rancho. Lá para as profundas onde ele nos descobrir a mina.

O Isaque olhou os confins da mata, no rumo onde presumia os novos ervais.

– E gente? Precisamos de gente. Ou não?!

De novo com as mãos sobre os olhos, o Curê acenou:

– É... tenho ordens bem claras. Liquidamos as contas de dois, ficamos com oito bons e continuamos precisando de seis mineiros pra completar os quinze do rancho novo. Desta vez, Deus me ajude a ter menos trabalho com essa gente. É toda uma quadrilha!

– Bom mesmo, não vem nenhum. Quando não estão fugindo do patrão ou das dívidas, fogem da mulher. Só para não perder o gosto de estar arreliando alguém. São o mesmo que o diabo, que não tendo o que fazer bate em moscas com o rabo.

– Tenho ganas de tentar um modo novo de segurar quieta essa tropilha vadia. Quando aconchavar pessoal, mando trazer também um lote de mulheres. Uma pra cada mineiro. Assim, tenho os fulanos amarrados até o fim do rancho. Não parece bem?

Riram.

– Foi mais ou menos assim no erval da Grota Larga... – ia relembrando o mayordomo, quando o Casimiro rompeu de corrida pelo tapê-hacienda. De longe vinha dando denúncia:

– O Augusto fugiu! Levou os dois sócios!

Mais próximo, recuperando o fôlego, ajuntou:

– Terá sido na virada da noite!

O Curê tinha os olhos cerrados, mão coçando mão. E a calma de chefe experimentado.

– Não se perca, ouviu? Isso até vai ter a sua valia. Vai servir de escarmento. Num fim de rancho é bom ter lição pra ensinar. Assim, no ajuste de contas, não se fazem de galo em roda de gente. Reúna cinco comitiveros e vá atrás dos fujões.

Casimiro girou, murmurando um *si, señor* – e estava passos adiante quando o administrador gritou:

– Óóó... Casimiro?!

– *Patrón?!*

– Casimiro, sabe o mandado da Companhia, hein? Não precisa trazer nenhum vivo. Quantos são? Três?

– Três.

E para o Isaque:

– Bom, então você terá que trazer três homens mais, quando for pro aconchavo. Por que é que esses diabos aprontam tanto trabalho pra gente?

3

Iam de atropelo no escuro fresco do mato.

O Augusto queria dar coragem aos outros:

– A primeira jornada é que é dura. Mordam o beiço e aligeirem as pernas.

Outra vez, o que vinha por último perguntou, cai-não-cai de cansado:

– Então? Já estamos bastante longe?

Sem se voltar, Augusto rugiu:

– Já lhe disse, tarová[1], boca fechada! Boca fechada! Poupe o seu fôlego e a minha paciência.

Mas a noite e os ruídos da mata pareciam demais de ameaçadores para o rapazinho. Era pouco mais do que um menino que decidira tomar a liberdade à força e descobria ser muito mais difícil do que lhe haviam prometido. Insistiu:

– Faz quanto tempo, hein? Já não estamos bastante longe pra sestear um tantinho?

Augusto deixou passar o que vinha em segundo, agarrou o rapazinho pelo braço, dizendo-lhe surdamente, entre dentes:

– Que parar, que nada! Nem pense nisso! Continue andando e de boca fechada. Se é do tipo medroso devia ter pensado antes de sair. Escute bem e guarde: deu o primeiro passo pra fugir, está fugido. Mesmo que volte de mãos postas e andando com os joelhos, eles não perdoam. Se quiser viver tem de chegar ao rio. Alcançando a gente, deixam o corpo sem enterro que é pros passantes aprender a lição...

---

[1] Louco, doido.

O moço explodiu outro soluço e quis parar. Mas ia arrastado pelo Augusto. Então, gritou e chorou. O que ia à frente, machetando a aberta da picada, gritou:

– Arranque a língua dele, passe o machete no pescoço dele! Mas, por Deus do céu, não deixe esse sujeito gritar. Vai acordar o mato inteiro!

O rapaz lutava contra o Augusto mas o Augusto passou-lhe um braço pelo pescoço, torceu-lhe as mãos para as costas e o empurrou pelo trilho adiante. E dizia, sem mudar a voz, como se estivesse a passeio com dois companheiros serenos e silenciosos:

– Mas se se entrega, levam você de volta pro rancho e judiam até o ponto de as mulheres pedirem pra matar porque o seu sofrimento será coisa em demasia. Já aconteceu assim, sabe?! Eles não sentem pena, não senhor. A Companhia não perdoa ninguém. O que você tem a fazer é chegar ao rio. Se chegar meio morto, não faz mal. Se chegar sem roupa e sem comida, também não faz mal. O que não pode é parar, entendeu?!

O moço havia suspendido o choro. Calado e vencido, não tinha forças para acompanhar a rapidez da fuga.

Augusto retomou a frente. Calçando a mão esquerda com a luva de couro e com o machete na direita redobrou o esforço de abrir caminho. Mandando:

– Eu abro o caminho. Vocês escutam. Qualquer barulho estranho, avisem. Não esperem ouvir a segunda vez. Quase sempre isso não acontece. A morte chega antes.

Várias vezes os três revezaram-se no trabalho do machete. E de cada vez o mato se fazia mais claro. Por fim, com a primeira luz direta do sol saíram num lombo de morro riscado pelo corte de um caminho.

Havia pisadas de mulas. O Augusto foi dizendo o que elas lhe indicavam:

– Passaram ontem por aqui. Na descida e bem carregadas. Arrias[1] de sessenta quilos, no mínimo.

– Isso é bom? – perguntou o moço.

– Melhor do que pedi ao meu santo padroeiro!

– Se é assim, os anjos digam amém! – murmurou o moço tentando deitar-se.

Mas o Augusto tocou-o com o pé, já de caminho acima:

– Vamos lá. Trilho de mula pra tirar erva onde não se sabe de rancho da Companhia quer dizer changa-y. Pela fundura dos sinais não estão longe.

Subiram atentamente o trilho que se espraiou na boca de um potrero atapetado com capim seda. Abriram-se em leque e avançaram a passo lento. Mas foi ainda o Augusto quem fez alto. Movendo o braço chamou os companheiros para murmurar:

– Junto do pindó, no galho baixo do Angelim-rosa, está um homem de vigia. Juro que já tem a gente na mira.

– Vamos pra frente! – decidiu o outro. Empunhou o machete e esgueirou-se. Dez passos adiante, de cócoras, alarmadíssimo, voltou-se e alertou:

– Que diabo é essa coisa? No meio da trilha está uma bugra.

---

[1] Mulas e burros empregados no transporte de erva; cada animal leva de cada lado sessenta quilos de erva.

4

Mesmo para ser vista é que a bugra Nakyrã se plantara no meio da trilha. Quando o homem a descobriu e recuou, ela disse, sem voltar a cabeça, para o Osório empoleirado no angelim-rosa:

– Assinzinho como pensou! São mineiros fugidos.

Sem tirar os olhos da touceira onde o Augusto se ocultara, Osório respondeu:

– É o melhor do que poderia vir por esse caminho. Fique onde está e se aguente até eu ver bem claro. A pressa deve ser deles.

E foi. O Augusto pelejava contra o tempo. Minuto perdido era metros dados aos perseguidores. Achegou-se ao que estava de cócoras e combinou:

– Você me segue, coisa aí de cinco metros. Vigie os lados e as costas enquanto cuido de quem vier pela frente e daquele curioso trepado na árvore. Estão no nosso caminho. Vamos saber pra que fim.

Avançaram, atentos, seguros. Estavam toca-não-toca na bugra imóvel quando o Osório gritou, convidativo, de cima do angelim-rosa:

– Oléé, companheiros! Se acheguem sem mais!

Foi alegria pra todos! Osório saltou e antes de cumprimentar mostrou a trilha e foi caminhando para o rancho. Com a mão dizia que o seguissem:

– Só me digam de que erval fugiram. É pra eu me rir do administrador desse rancho. E digam do que precisam, pra ver se posso ajudar!

O Augusto explicou:

– O rancho se chama Bonança e está ali, no cós da sua camisa. A gente sabia que vocês lidavam nesta direção porque o nosso uru tem por costume vagabundear à noite pelos altos e viu o fogo de seu barbaquá.

A bugra buscou o olhar do Osório e viu nele um jeito de desprezo pelo perigo, mas de gratidão pelo aviso.

O Augusto seguia falando:

– Agora, nisso de ajudar você deve de saber a nossa precisão. Mas veja lá, só com dizer bom dia pra fugitivos você fica em pecado mortal com a Companhia. E ela não perdoa!

– Não há outro modo de lutar contra a Companhia. Fugir é que é preciso e ajudar os fujões. Veja que a vida do changa-y é fugir de dia e de noite. Sem parada! Mas no erval Bonança, pelo que sei assistem dois comitiveros de dezoito quilates – o Lucas e o Casimiro. Com esse acompanhamento que leva você acha que pode ganhar deles a corrida até o rio?!

– Pois não foi no escuro que dei este pulo, não senhor. O Lucas anda longe, de monteada, e o Casimiro está enredado em trapalhadas com os mineiros do rancho. Decerto que vai sair pra nos morder o calcanhar. Mas se eu tiver com que, lhe ponho mordaça antes que me chegue os dentes.

Osório entendeu que aquele era homem capaz de matar para chegar ao rio. Podia confiar-lhe as suas poucas reservas. Fazer mal à Companhia era fazer bem a todos eles:

– Pois se gosta de arma automática lhe passo uma que pode ter bom uso.

– Nem minha mãe me deu nunca melhor presente. E tiros, quantos?

– Quinze. Mais não posso.

– Nem preciso. Se não me safar com quinze, aperto a mão no rabo do diabo porque terei merecido o meu fim.

– E uma quisé[1] de bom material pra seus companheiros.

– Bom, só com isso lhe beijamos as mãos e deixamos um louvado.

– Mas não, mas não. E de comer? Não me saem daqui sem comer do nosso locro[2].

Augusto agradeceu-lhe com um sorriso e propôs aos companheiros:

– *Bueno*, ficamos o tempo de rezar uma Ave-Maria. Mas depois, dobramos a largura do passo. Feito?

Como resposta, os outros dois aliviaram-se das cargas e sentaram-se.

Osório avisou:

– Devagar e gosto no mastigo. Vou dar uma espiadela e esparramar os meus homens na boca dos caminhos.

A Nakyrã sentou-se entre os fugitivos, cuidando que tivessem mais comida do que pudessem comer. Ao meninote dava o melhor de suas atenções. Quis saber:

– Mãe, você tem? Não sabe?! E é um menino, hein?! Um pobre menino judiado e fugido. Come, come mais.

Eles engolem, rápidos e silenciosos, assoprando o cozido fervente, atentos à mata ao redor e às posições em que Osório vai distribuindo vigias. Não se incomodam com a ternura da bugra pelo rapazinho. Este sentia-se melhor com as palavras e os cuidados da mulher do que com a comida. Há bem tempo não se interessam por ele desse

---

[1] Faca de serviço e defesa pessoal.

[2] Derivado do quéchua *rokro*. Comida guisada com milho, prato típico dos trabalhadores paraguaios no Mato Grosso.

modo. Gostaria de dizer o quanto lhe fazia bem tudo aquilo e como seria bom deitar-se, mesmo no chão, a cabeça no colo da bugra para ouvi-la perguntar coisas e responder coisas, sentir-lhe as mãos escorrer pelas faces e os olhos cerrados.

Volta o Osório, depõe sobre as pernas do Augusto a arma, a escarcela com as balas e as facas. Põe-se a coçar o joelho nas costas da bugra sentada, aconselhando:

– Descansaram? O melhor é levarem um tanto para comer no caminho.

Augusto, que deixara o prato para sopesar a arma, concorda:

– Estômago vazio é ruim, mas cheio até em cima como que amarra as pernas. Vamos, vamos indo.

Estavam prontos e seguiram. Osório e a Nakyrã foram com eles até a boca da picada.

– Depois dessa mataria todas as águas correm para o rio. Não se acheguem ao fundo dos vales que a perambeira é muita e os taquarais fechados. Pelo espigão sempre é mais fácil.

Augusto bateu-lhe no ombro:

– Sabe, estou certo de que passo o rio. Quando você der um pulo no outro lado da fronteira pergunte por mim em qualquer casa de jogo e de mulheres. Há de saber o meu endereço e onde eu estiver você terá casa, comida e companheiro pras folganças que lhe palpitarem.

Osório fez que sim, que faria isso. Bateu forte e rápido no braço dos outros dois e voltou a coçar o seu joelho nas pernas da bugra, a quem explicou:

– O mais velho tem ossos duros. Bem que sou capaz de apostar em como chega à sua casa. O outro é fechado demais, não se pode dizer nada. O mocinho, esse vai dar trabalho e mau resultado. Não é tutano que vare o mato e resista aos comitiveros. Nem sei por que levam estorvo tamanho!

A mulher lembrou como eram tímidos e suplicantes os olhos do rapaz. E pensou no filho que perdera e estaria então com a mesma idade, o mesmo corpo e perdido também no mundo.

– Bom – suspirou o Osório. – O que está feito está acabado. Agora, o que vai acontecer são os comitiveros aparecerem por aqui no rastro dos fujões. Vamos cuidar de nós, que esses se arrumam.

Nakyrã, que andara enternecida por via das memórias açuladas pelo moço, quis encostar-se ao Osório para, talvez, ouvir dele as palavras que lhe fariam bem ao coração magoado. Mas o Osório tinha outra coisa em mente. Deixou-a para trás e desceu o caminho aos berros:

– Olé, gente!? Óóó pessoal...?

Apareceram os que estavam na vigia e o que andava atacando as últimas bolsas de erva. Gritou-lhes:

– Nem lhes perguntei o que fazer com aqueles mineiros fugidos. Sei que vão dizer "bem feito" pra o que fiz! O ruim é que o caminho da fuga passou por aqui e por aqui vão passar os comitiveros da Companhia. Isso vai ser ali pelo fim da tarde. Quantos, não sei. Nunca menos de seis ou sete, que o costume é mandar o dobro dos fugidos. Temos de sair antes que cheguem. Brigar, a gente até que podia, mas sem benefício. O melhor é tirar para o salvo o trabalho. Vamos limpar este lugar do nosso cheiro.

Nenhum disse palavra em contrário.

– Então, toca a arribar. Não parem nem pra cuspir.

Vamos dar a última arriada e largar o que não se puder levar. Basta que não encontrem gente aqui. Comitivero não se desvia de perseguição. Querem são os fugitivos. Não vão mudar o rumo pra perseguir changa-y.

Correram a cuidar do mandado. Ficou a bugra a procurar nos olhos dele o que seria dela. Tomou-a pela mão e ela deixou-se levar:

– Você cuida dos trastes. Veja o peso e divida pelos homens.

– Também levo uma bolsa.

– Não leva nada nas costas. Não quero.

– Quer que eu vá?

Havia ânsia na pergunta. Houve hesitação e valentia na resposta:

– Trouxe você pro mato, tiro você do perigo.

E ela, triste:

– E aonde é que não há perigo pra mim?

Agora, o que havia com eles era embaraço:

– Ayheva, cuña – deixa disso, mulher. Em parte alguma há de faltar quem lhe queira bem.

– Mas o que eu quero, não está em toda parte.

Tomou-a pelos braços e deu por terminado:

– Não vamos começar agora com história nova. Sabia como era a nossa reza desde o começo. E não veio comigo a laço. Bom, a coisa acabou. Um rancho é assim, começa e acaba. Ainda mais rancho de changa-y. Fizemos a erva que havia. Vendemos e repartimos o dinheiro. Você terá sua parte.

– Pra que preciso disso?

Contrariado foi que ele disse:

– Na outra safra, volto pro caatim. Mando lhe dizer

quando for o tempo. Se não tiver dono até lá, fico sendo seu dono por uns tempos. Até aí sou homem pra cumprir o prometido. Fora disso não prometo nada. Serve?

Libertou-se docemente das mãos dele:

– Vou separar os trastes.

5

Logo no abrir do dia, uma cascavel guizalhou sob seus pés. Para o velho Bopi não podia haver augúrio melhor:

– Boom! Agora sei bem sabido que estamos nas aforas de um erval macanudo. Pode existir terra vermelha e solta, caraguatá pode cortar as mãos e as pernas da gente e pindó se enfileirar como procissão. Eu, por mim, só acredito em erval de valia e de peso, quando enrosco as pernas em povoação de cascavel, seguidinho assim!

Tinham tudo, então: terra, caraguatá, água e cascavel. Estavam esbarrando em erval virgem. A procura ia no fim. Lucas, conhecendo seus homens e o que podia esperar deles, mandou Pablito à frente:

– Você, mitã, é o que tem mais pressa de voltar. Bendita essa mulher que chama você de volta. Entre nesse mato e rompa de peito até bater na mina.

Com o queixo o Bopi apontou a direção:

– Antes de sentir sede você encosta o nariz na erva!

– E olhe que o dia é caloroso! – rematou o Lucas.

Num espaço de mil metros deram com cinco cascavéis, das maiores, enrodilhadas ou de passeio, pacíficas como se bênção de Deus.

Pelo sim, pelo não, o Bopi, que acreditava às deveras nos esconjuros da selva, bradava, dedo estendido na direção das cobras:

– "Teje presa por ordem de São Bento! Já disse que teje presa por ordem de São Bento! Me valha e lhe prenda o Santo Sacramento!"

O Lucas, entre a galhofa e a crença, ecoava entre dentes:

– Me valha e lhe prenda o Santo Sacramento.

E tocavam adiante, rápidos e seguros, pondo reparo no abano dos pindós, no siflar do sapé e no caraguatá derramado em todas as direções.

Vindo por último, o velho gritou:

– Vamos entrando! Está aqui a mina!

Sabia por que gritava! Topavam uma vasta meia-lua de árvores folhudas, de um verde-bexiga parado mas alegre, distintas da vegetação vizinha. Só olhar para elas fazia bem ao coração dos três.

Pablito e Bopi sentaram-se, rendidos no momento da chegada a todo o cansaço acumulado nos muitos e duros dias de viagem. Lucas, por ser o chefe, foi mais à frente, reconhecer a profundidade do erva. Antes de descansar queria saber se o que haviam encontrado era mesmo o que procuravam. Já o Pablito tinha também outras vontades:

– Saímos hoje, de volta, não é?

Bopi riu, gozando a angústia do moço:

– Você irrita, mitã, de tão bobo que é. Nunca, não. Temos que dar uma volta nessa mina pra calcular o rendimento. Se não prometer quatrocentos mil quilos, cuspimos a nossa raiva por cima dela e tocamos adiante, até encontrar uma que compense abrir estrada, erguer barbaquá, cancha, comissaria e o resto. Com menos do que isso a mina só presta pros changa-y, os mais miseráveis dos miseráveis tiradores de erva.

Pablito assusta-se com a possibilidade de passar outras semanas longe do rancho e da mulher. Ergue-se e procura descobrir até onde o Lucas se aprofundou. Enxerga apenas um ondular do sapé, à distância, o que também pode ser coisa do vento ou de algum bicho. Bopi despiu-se e aforando o solo com ramos folhudos deitou-se, as mãos sobre o rosto, perguntando:

– O Lucas? Ainda pode enxergar o Lucas?

– Nem a mancha!

– Bom sinal, bom sinal. Quer dizer que a mina é funda.

– Deus nos escute e os anjos digam amém.

– Pra que lado foi?

– Pra debaixo do sol, espigão arriba!

Bopi espreguiçou-se. E num bocejo:

– Tente dormir uma lasca de hora. Faz bem. Mas se quiser acarinhar as lembranças da mulher cuide que isso não lhe machuque. Pense nas quadras boas. Me faz mal ver um moço amargando um bem querer desse feitio.

Pablito estirou-se de bruços, os braços por travesseiro:

– Você, Bopi, sabe o que diz! Mas Deus do céu!, como é duro ouvir isso de quem sabe!

– Essa é uma santa verdade, sim senhor. Eu sei que é e caro me custou aprender. Pois é assim, mitã! Tudo vai bem enquanto o mineiro tem braços e lombos pra arrancar do mato as tais arrobas de erva, sem domingo nem dia de guardar santo. Então, pode sacar na comissaria o fumo, o charuto guarani, a gualipola, o pano pro vestido, o pente, a água de cheiro, o charque pra comida dos dois. A

Companhia não nega crédito quando o mineiro tem mulher no rancho. A mulher ajuda a aumentar a dívida segurando o homem. É bom pro erval que ele fique devendo muito dinheiro. Um dia se arrebenta e pronto – acabou-se o crédito. Nesse então a mulher se bandeia pra mineiro novo que traz forças pra sacar a erva e pras pelejas do amor.

– Não é assim! Com a Flora não será assim!

– Assim é que será com a Flora. Por que não?

Nisto ouviram o tiro do aviso. Distante, esmaecido.

– Coisa de quilômetro e meio.

– Quilômetro e meio de erva?

– Pouco mais ou pouco menos.

– Quer dizer o quê?!

– Na fundura, a mina é das boas. Depende da largura.

Levantou-se e cutucou o rapaz:

– Se tem pressa de voltar ao rancho comece já a ver como é isso.

Pablito saltou:

– E quê?

– O Lucas já mediu a fundura. É boa. Vamos ver a largura. Você segue a favor e eu contra o sol. Assim rodeamos a mina num instante.

– Volto a este lugar?

– No fim do giro. Vá beirando as plantas mui ancho por fora a ver por onde se pode abrir carretera. Faça pião na última reboleira de erva. O Lucas, que deve vir vindo pelo centro, marcou o ponto de entrada lanhando a volta de um tronco vistoso. Eu ou você, quem chegar primeiro, faz segunda marca e vem pela vereda rebatendo as deixas do Lucas. Nos encontramos aqui, os três, ainda esta noite, ou pela madrugada, ou amanhã. Quem sabe? Depende de quanta erva esteja ali.

Falando, vestia-se e estando pronto partiu. Pablito arrancou de seu lado ouvindo o Bopi gritar:

– Mitã? Ôôô Mitã?!

Parou. O velho dizia:

– Ô menino? Pode ser que não acredite. Mas para fazer bem a este amigo, não cuspa na direção do centro, nem alivie o corpo na linha da erva. Eu lhe garanto que o erval tem seus protetores. Não vale a pena que fiquem danados com a gente. Havia de suceder muita desgraça para quem vier trabalhar aqui, depois.

6

A tarefa dos cancheadores é estar o dia inteiro vibrando golpes rijos na erva até reduzir cada folha a um quinto do seu tamanho. Indo e vindo, vibravam os aporreadores[1] compridos e pesados espadagões de madeira. Trabalhavam à sombra do rancho, sem parada, de escuro a escuro. Acabavam fedendo um misto de corpo de homem suado e de erva fermentada. Mais do que tudo, irados contra o Curãturã.

O Curãturã fez conforme costumava. Acocorou-se junto à passagem seguindo o andamento do trabalho. Se

[1] Facão de madeira, de um metro de comprimento, com que os cancheadores batem as folhas já secas, até reduzi-las a um quinto do tamanho.

um cancheador batia com menor cuidado, ele erguia os braços e regougava um lamento:

– Éééééé! Você faria isso com sua mãe?! Então não faça com a erva.

Os homens xingavam atirando para o amontoado o cuspe negro do fumo mascado. E, já cansados, continuavam a bater como sempre.

– Éééééé! Você faria isso com sua mulher? Mborayhú – carinhoso é que é preciso ser, mborayhú com a erva.

O Aguará deitara-se à sombra e dormitava. Aos gritos do uru descerrava os olhos, verificava se o velho carecia de ajuda e tornava a dormitar.

Monotonamente os aporreadores talhados em madeira rija subiam e desciam, arrancando gemidos dos homens e farfalho da erva. Até que custou enxergar onde batiam. O uru ergueu-se e tocou as costas de cada homem, à medida que passavam junto ao espeque onde ele se apoiara. Feito isso despertou o huayno:

– Vai pro rancho.

Isso ele dizia já de caminho, com dois dias e duas noites de trabalho no barbaquá.

O huayno alcançou-o, querendo saber:

– E você, não vai dormir?

O uru fez um gesto de "deixa pra lá!"

– Pois então vou onde você vai!

– Ah! Mitã, a última coisa a aprender da vida do uru é o que ele faz quando não trabalha. Anda a deitar e aproveitar a noite.

Fez com a cabeça que não e continuou a seguir o uru passos atrás. Até que o Curãturã apiedou-se. Descansou-lhe a mão ao ombro e juntos tocaram pelo pátio do mayordomo até a comissaria. O uru entrou. De fora o Aguará ouviu os gritos do mayordomo:

– Tonto! Idiota é o que você é!

O uru quieto, ouvindo e insistindo. Até o mayordomo uivar:

– Sempre quer mesmo essas coisas?!

Se o velho respondeu foi tão baixo que o huayno não pôde ouvir. O mayordomo continuava, agora apelativo, amigável:

– Ah!, caraí Curãturã, sou seu amigo, não vê? Pois aquela bruxa lhe rouba toda semana! Você volta de lá como criança: sem nada de seu. Não seja tonto, caraí. Quer sempre essas coisas?

O Curãturã desce as escadas e pendura no ombro do Aguará a bolsa cheia de compras. É um convite para o huayno ir com ele.

– Uh! Uh! Charque do bom! E paraguaios?!

Sem responder, o uru reatravessa o largo.

Andam pelo tapê-hacienda, vão à margem e sobem ao longo do rio. Devagar e de boca aberta, gozando a frescura da aragem e da sombra depois de quarenta e oito horas sob a fumarada e as chamas do barbaquá.

– Por que é que não ficamos um tempinho sentados, dando sossego pros braços e escuro pros olhos? – propôs o huayno.

– Cala e caminha, mitã. Não quis vir comigo?

O caminho subiu e acabou num terreiro limpo, com ranchitos desconjuntados espiando o rio. Por trás deles uma casa de madeira.

O rapaz explodiu num excitamento:

– Bailanta?! Pois você vem descansar numa bailanta?!

Chegavam e o uru repetiu, como se arrependido por ter vindo acompanhado:

– Bem que disse. É a última coisa que tinha pra lhe ensinar.

O huayno delirava:

– Bah! Pois é como digo que é: toda gente, só de raro em raro, nos dias de festa, pode vir à bailanta. Mas o uru, que é o rei do ranchito, vem quando lhe dá vontade.

No pátio frondejava um vinhático e embaixo dele foi deitar-se o uru. Juntou um monte de folhas onde descansou a cabeça. O Aguará estava a fazer o mesmo quando viu a mulher saindo da casa. Trazia na mão um lenço ramado e um porongo pingando água. Parecia antes jovem do que idosa, porém mostrava cansaço antigo nos sinais de anos passados nas bailantas. Nem sorria nem estava séria quando murmurou, já à sombra do vinhático:

– Chê, Curãturã! No mesmo?

O uru suspirou fundo, conservou cerrados os olhos e apontou o rapaz:

– Pois trago o huayno. Olhe pra ele e goste dele. Sairá um homem como eu gostaria de ter sido.

Estivesse sozinho e o huayno protestaria – para ele o uru era o mais homem de todos os homens dos ervais. Mas a mulher sentava-se sobre as pernas, recolhendo a cabeça do uru sobre seus joelhos. O velho suspirou outra vez, fundo e demoradamente, girou o corpo e enlaçou a cintura da mulher. E só disse:

– Zola, você sente isso, Zola?

Ela molhou o lenço na água do porongo e passou-o pela testa do homem:

– Chê, Curãturã, chora que chora mas sempre vai no

mesmo.

– Eu é que sei! Cada vez me custa mais. Aqui, entende, aqui!

E acarinhava o peito magro, doente. A Zola curvou-se, passou o lenço sobre o peito dele e delicadamente beijou o local onde julgava os pulmões enfermos.

O Aguará sente repentino azedume pela mulher. Quanto mais carinho ela põe nas mãos que escorrem pelo peito e o rosto do uru e quanto mais o uru demonstra, com suspiros e espreguiçamentos, gostar daquilo, mais o huayno a detesta. Ela lhe exibe um uru em que ele nunca pensou. Quer ver o seu uru como sempre o entendeu: o rei do rancho, sem carecer de alguém. Agora, o Curãturã está entregue às mãos da Zola e repousa descansadamente a cabeça no colo dela. Os pés da mulher estão metidos em sandálias soladas de cortiça. Pés limpos, sadios, diferentes dos pés das mulheres dos ervais, das que acompanham seus homens na luta contra o raído e o nhandu-puiçum. As pernas da Zola são torneadas, se bem que gordas. Lisas, macias, sem manchas nem cicatrizes. Isso impressiona o rapaz. O corpo, embora domado pela idade e a gordura, ainda tem for-mas e curvas. O que mais fundo bole com o huayno são as mãos da Zola. Largas, cuidadas, dedos finos e longos – fazendo pensar em calor e em agilidade. Os ombros estão nus e o pescoço escondido pela cabeleira. A boca úmida modela palavras mansamente carinhosas, ditas em sussurro nos ouvidos do homem. É essa uma das mulheres de que ouvira os mineiros falarem, naquelas conversas em que os homens mudam de voz e põem brilho nos olhos. Agora tem uma à sua frente! Sente-se perturbado, receoso do mistério feminino que reside nela. Mas não pode deixar de aspirar o perfume de mulher e de flor em que ela se envolveu. Nem retirar os olhos que pousam obstinados nos ombros nus, no pescoço moreno, nos cabelos compridos, fofos.

– As orelhas, Zola!

– Sim, as orelhas. Não entendo por que você gosta tanto de ter limpas as orelhas. Conheci homens com uns raios de caprichos de fazer medo e de dizer não. Mas este seu é de fazer rir!

– Ria. Mas quero as orelhas lavadas quando morrer. Não faço questão de ir com camisa limpa ou estômago cheio. Mas as orelhas, ah! isso sim, quero bem lavadas.

– Bah! Tem medo de não escutar o demônio gritando pelo seu nome? – ela casquilha, risonha, empolgando as orelhas dele com os dedos afilados.

Ele também ri e o riso de ambos, maduro, quente, alegre, judia do huayno. O rapaz joga-se ao chão e oculta a cabeça entre os braços. Odeia a mulher, odeia o idiota do uru que não percebe de que mulher se trata. Bem dizia o mayordomo que ela vivia do suor do uru. Mas, o Curãturã não dava por isso. Desde sempre trazia seus ganhos para repartir com ela. Suava fedido no cambaraí do barbaquá para que ela cheirasse aquele cheiro de mulher e de flor!

– Gostoso, Zola, isso é gostoso! – ronronava o uru. – Foi o próprio diabo quem lhe deu mãos assim, não foi? Só não gosto é da prática com que faz isso! Tem alegrado muito homem, não tem?

A mulher ri, desta vez bem alto. E curvando-se vai com as mãos até a cintura dele enquanto seus cabelos rolam, cobrindo o rosto e o peito do uru.

– Sabe, Zola? Dizem lá no rancho que você me rouba.

A risada continuou. E os cabelos indo e vindo pelo rosto do homem.

– E é verdade. Você sabe, não sabe?

Ele faz que sim e ela, deixando de rir e parando as mãos:

– Por que então não se vai embora?

O uru esboça um gesto que não chega a concluir porque nada significaria. E com as suas mãos obriga as dela a recomeçar as carícias.

– Você e esse filho do diabo desse menino? E esses presentes miseráveis! Outra vez charque e charutos... Sempre charque e charutos! Sem nunca perguntar se gosto dessa joça! E dizem que lhe roubo. Bah! Como se você tivesse o que roubar. Sei de mil homens que me dariam mais do que você!

Então ele esboçou um gesto de enfado e metendo-lhe as mãos nos cabelos puxou-os até encostar seu rosto no dela. E murmurou:

– Bom, sou mesmo capulho sem fruto nem flor! Você é que me chupou de fato. Dizem que o barbaquá mata um homem, que a erva suga as forças do uru. Pois você, mulher, me fez tanto mal quanto o barbaquá. Você é quente que nem o barbaquá aceso!

Isso ela gosta de ouvir. Tem a medida de quanto ainda domina o Curãturã. Renova os agrados na orelha dele. E querendo paz:

– Vá lá. Mas e bem? Você não encontrou nada de bom em mim?

O Curãturã gemeu de puro gozo e como tinha as mãos rodeando a cabeça da mulher derrubou-a ao longo do seu corpo, trouxe-a para o peito e murmurou, num suspiro que era entrega e era posse:

– Muito, muito, muito! Nada na vida me custou tão caro quanto você! E não me arrependo. Nunca fui senhor de coisa que valesse tanto!

O huayno pôs-se de joelhos, boca aberta, perguntando-se o que devia fazer. E ouviu a Zola ciciar, mesmo de dentro da caverna de seus cabelos espalhados sobre o peito do uru:

– Chê, Curãturã, você nunca foi o mais bonito, o mais rico, o mais forte. Que tenha sempre trazido seu ganho, é pouco pra segurar mulher de bailanta. Mas vinha tão manso e choroso, com coisas tristes e poucas pra dar e contar, que foi indo, foi indo, me acostumei com você. É a pior coisa que pode acontecer à mulher de bailanta. Dizem que eu lhe roubo?! Púúú...! Podem acreditar nisso. Você não! Você sabe que eu saí perdendo, não é?

A mão do uru procura a boca da Zola para silenciá-la, mas a mulher gira o corpo, põe o rosto para cima do travesseiro que é o peito do Curãturã e tomando nas suas as mãos do homem, prossegue:

– A primeira vez que veio você era foguista, pouco mais que huayno. Isso foi à noite e num rancho esbodegado de erval no fim. No outro dia já era Semana Santa e todos folgavam. Descemos o rio numa barca...

– Que se chamava *A Suspirosa* e fazia água na proa... – ele interrompe, dando de olhos no huayno que rodeava a árvore, balançando-se por uma das mãos.

– Aha! Me alegro de que se lembre disso. Que barca velha era aquela, hein?! Sentamos frente a frente. Eu ria o tempo todo mas você era o desajeitado que leva pela primeira vez a uma festa mulher andeja e traquejada nas tais festas. Aha! Me lembro! Botei as pernas no seu colo para não molhar as chinelas. Depois fomos até os barraquistas e você me comprou um lenço vermelho, perfumado. Muitos homens melhores do que você quiseram me dar presentes, aquele dia. Não sei por que fiquei com você. Comecei perdendo foi naquele dia. E dizem que eu lhe roubo! Baah! Foi o seu primeiro presente, o lenço vermelho. Muitos outros me deu neste correr de anos e todas as semanas quer me ver envenenada com esse charque e esses charutos infames. Coisas que não me fazem nenhum bem. Todas as semanas, charque e charuto... E dizem que lhe roubo...

O Curãturã pousa de manso as duas mãos sobre os lábios da Zola. Sussurrando:

– Não quero que fale nisso. Não quero que se entristeça!

– Bah! Eu e você já não temos muito caminho que andar, não é? Pois então, deixa falar.

O huayno sentou-se à borda do rio, espiando as águas. Descansava os cotovelos nos joelhos e o queixo nas mãos. O uru descobre a Zola observando o menino. Diz o que sempre quisera dizer:

– Se tivesse sido diferente, se você tivesse dito uma vez ao menos que me queria um tantinho de nada, eu teria pedido que me desse um filho. Quem sabe sairia como esse menino.

– Eu sei! – ela garante, femininamente segura. – Sempre percebi que queria isso de mim. Foi o único homem que me quis pra isso. Daí que não lhe fugi nunca. Um querer desses faz bem a qualquer mulher, sabe? Também sei por que carrega esse rapazinho por toda parte. É que ele se parece com o filho que esperava e não lhe dei.

O vento, quase fresco, contorna o vale e faz rumorejar o vinhático. Ela tem um arrepio e se aconchega. O rio encrespa-se sob o vento e o huayno começa a atirar pedras na surriada espumarenta.

– Assim como foi – diz o uru –, não foi bom. Mas do outro jeito, acho mesmo que teria sido pior.

– Seja. Só o pensar que você teria gostado de ter tido um filho comigo, me alegra. No mais, deu no que deu e não quero dizer nada. Não há mais tempo, hein?!

– Bah! Mas não vamos deixar que isso nos aborreça muito. Senão, ficamos tristes, os dois. E eu nunca quis ser triste quando vim à sua procura.

– Não devia ter trazido o huayno. Vê? Por causa dele ficamos tristes. Ele só faz lembrar o que a gente podia ter sido.

– Não guarde raiva dele. É o meu huayno e estou lhe ensinando o que sei do ofício e da vida.

O vento aumentava e com o vento a tristeza dos três. O Aguará cansou-se de atirar pedras à surriada. Andou pela margem do rio, despiu-se, nadou, entrou pelo mato, buscou frutas e ninhos. No fim da tarde voltou para perto do vinhático. Estavam como antes o Curãturã e a Zola. Sentou-se diante deles, sobre as raízes. Olhava-os e não dizia palavra. Cabeceava de tédio e de sono.

– Leve-o embora, Curãturã. E vá com ele. Não quero que fique esta noite. Estou muito triste.

Levantou-se. Foi até o tronco liso do vinhático e apoiando um dos braços encostou a cabeça no braço. Com a mão livre sacudia o lenço ramado, à moda de balanço. O sol que se deitava tingia de vermelho árvore e mulher. E o vento, enfurecido, brabejava na ramagem.

O uru esteve quieto, olhos fechados, pensando no cansaço que lhe pesava por dentro. A Zola repetia:

– Vá e leve o huayno. Não quero esse rapaz aqui. Ele me faz mal.

7

Como quer que andassem as coisas, o Curê era o administrador. Tinha que fazer e dizer aquelas coisas:

– Ah! Você é mole, Isaque! Se aborrece quando vê saírem os comitiveros como se fossem atrás de parente seu. Vá lá que tenha suas fraquezas com as mulheres. Mas nesta vida de erval é preciso ser duro com os homens.

Isaque continua de chapéu, sem camisa, enxugando com as mãos o suor do peito e das costas. A ranchada silenciosa modorra ao fim da tarde. Espirais azuladas escapam das trempes onde mulheres preparam a comida.

– É o que a gente tem feito, bem ou mal. Mas você, Curê, você não tem amor por ninguém. Nunca ouvi você sentir pena ou gosto por homem ou mulher, bicho ou planta. De que é que você é feito, ôô Curê?

O administrador ri e rindo chega-se à porta. A luz bate nos seus olhos e ele muda o riso em lamento:

– Maldito calor, maldita luz, malditos olhos que não fazem mais do que doer. Por que é que me doem tanto estes meus olhos? Por que, hein, Isaque?

Isaque sentou-se no degrau e recomeça a enxugar o

suor do peito:

– Disse mil vezes! É do fumo. É da bebida. Ponha de lado essas coisas. Mas me responda, Curê. Você é feito de que, pra não precisar de mulheres e não ter pena dos homens?! Eu gostaria de ser assim... um pouco! Um tantinho que bastasse pra não arranjar tanta complicação na peste da vida.

O Curê cobre os olhos com as mãos, aspirando pela boca aberta o abafante calor da tarde.

– De erva-mate. Disso é que sou feito. Estou recheado dela. Não sou branco, nem preto, nem bugre. Minha pele é cor de erva cancheada. Maldita erva! O que me dói mais e assusta é que se a erva acabasse eu teria que morrer. Não sirvo pra mais nada. Sei que não sirvo pra mais nada!

Isaque veste a camisa em que se enxugara. Com os dedos penteia os cabelos. Lentamente, esperando que a raiva do administrador diminua. Para ajudar, sugere:

– Sobraram três garrafas, ontem. Que tal esquentar um baralho?

Curê curva o ventre para a frente e mesmo esfregando furiosamente os olhos, grita:

– Mil vezes malditos os que inventaram a canha e os que fizeram o baralho! Você disse três garrafas? Bom, vamos dar fim nelas.

Entraram. O Isaque abanca-se no caixão-cadeira enquanto o Curê busca o baralho e distribui canecas. Perguntando:

– Fica até a noite? Não gosto de peleja curta!

O outro abre as mãos, lábios estendidos num muxoxo:

– Sabe, depois do escuro vou dar um pulo ao rancherio de baixo. Espio e volto.

Curê lança-lhe as cartas e a gargalhada:

– Você não desiste, mas é um apaixonado medroso. Não me perco por mulheres, mas quando quero uma delas derrubo seu dono e não dou ouvidos pros gritos da escolhida. Você é frouxo nesse negócio. Pois até fiz o papel feio de combina-amores quando mandei ao Lucas levar pra monteada o homem dela. E você ainda não chegou aonde queria. Assim não é querer! Ela deve dar risadas do seu triste modo de querer!

Isaque apanha as cartas, acomoda-as na mão esquerda murmurando a cada uma que levanta:

– Miserável... desgraçada... boazinha... ruindade... Isso é o seu jeito de querer bem... praga... muito boa... mas eu não quero mulher à força... assim qualquer pode ter mulher... ota! cartas ruins, puxa vida!... Mulher que vem comigo, vem por gosto... boazinha... ruim... Chega de cartas!... Vá lá que uma vez ou outra eu pegue uma qualquer, como todos pegam...

– Quem começa? Você? Vamos, abra o jogo e a aposta.

– Dez guaranis colorados. Chega? Pois é, mas quando a mulher me interessa de fato quero que venha por querer. Assim é com a Flora. Não tenho pressa, não senhor. Sei como são...

– Estes olhos não me deixam enxergar nada! Também já é noite. Acenda o lampião.

Isaque fecha o leque de cartas, acende e pendura o lampião no portal. Sem deixar de ir dizendo:

– Sei como são. Vá lá que se engracem por um fulano. Aqui no erval elas podem ter esse luxo? Só enquanto o fulano faz dez arrobas por dia. Depois trocam fulano por sicrano que faça as mesmas dez arrobas. O Pablito não vai aguentar muito, vai? Está dando as dez arrobas mas não é por muito. Disso eu me encarrego... Olê! Carta boa, eu desço e ganho a mão!

– Dez guaranis, você disse? Pronto! Pago e abro a segunda mão. Mais dez guaranis! Então o Pablito não tem vida longa? E foi pra ajudar você a acabar com o Pablito que botei o rapaz na monteada? Conte as cartas! Falta alguma?

– Não falta. Tenho onze. Quatro de naipe ouros. Sinal de sorte. Sorte no jogo e sorte no amor! Já devem estar de volta da monteada! O Lucas e o Bopi ganham um bom descanso, mas o Pablito vou mandar seguidito pro erval. Sem tempo pra tirar o fôlego... Me diga de onde você tirou todos esses setes?!

– Bah! Sorte é Deus quem dá e o diabo quem mistura! Três setes e dois valetes. Serve?! Assim estoura de pronto com o Pablito. E você é que tem amor pelos homens?

– Bom, mas é por amor à mulher dele! Não vê?! Quantos pontos fez nessa mão?

– Ah! Safado é o que você é! Malditas cartas, não me ajudam nem a morrer! Está cacete este jogo, não está?

Isaque precipita a jogada, evitando os olhos do Curê e avisando:

– Desço tudo, perca ou ganhe e me safo.

Curê retarda o fim, espia suas cartas, verifica quanto de noite está lá fora, goza a ansiedade do parceiro, volta a olhar as cartas e sem descê-las para acabar a rodada, provoca:

– Bah! Tamanha fúria por uma mulher daquela.

Se você tivesse dezesseis anos! Mas você já é maduro, Isaque!

Isaque não quer saber disso. Quer é terminar o jogo e sair à caça da Flora.

– Vamos ver! Mostre, mostre o que tem!

O Curê está disposto a irritar. Coça os olhos doloridos, funga, espia as cartas e vai continuar a conversar. Isaque empurra as moedas e está para sair quando a voz agora arrastada do Curê alcança-o na porta:

– Eu, se fosse você, agarrava a Flora era hoje mesmo. Sem tirte-nem-guarte.

Tanto aquilo era verdade que o Isaque não quis vir mais. Pulou para o escuro, rumo do rancherio de baixo, levando a certeza de que o certo era como o Curê ensinava.

8

No rancherio de baixo, Pytã acarinhava o fio do machete com a pedra de amolar. Ia e vinha, vinha e ia, de quando em quando deitando toda sua força e um pingo de água na pedra que passeava pelo aço. Ao lado, a Flora cozinhava o locro.

Estavam nisso quando ouviram passos descendo o caminho e o Isaque apareceu já quase sobre eles. O Pytã ficou como estava, de cócoras, o machete na mão. A Flora agoniou-se, num sobressalto, e baixou olhos. O Isaque raspou uma bota na outra como quem parou só para fazer isso. Mas dizendo:

– Mulher? Quero lhe dizer uma coisa. Se achegue.

Flora recolhe a roda da saia para entre os joelhos, volta

as costas ao Isaque e põe-se de cócoras junto ao fogo, procurando o olhar do Pytã. Quando Pytã teve certeza de que essa era a resposta da Flora, tomou a palavra:

– Pois lhe digo o seu dizer. Ela pode ouvir de onde está.

Isaque meteu as mãos nos bolsos com modos de desprezo e subiu o aterro para junto do homem agachado. Para dizer, lento e claro:

– Minha conversa é com ela. Pra você, se se meter, tenho conversa séria amanhã. Serve?

Pytã engoliu saliva, acendeu os olhos experimentando levemente a agilidade do pulso e mostrou o que pensava:

– É a mulher do meu irmão. Se ele estivesse aqui lhe punha o ferro no peito sem mais ouvir. Não está e respondo por ele. O diabo me ganhe se não o fizer o que ele faria.

– Homem?! Você não está pensando em ir embora depois da Semana Santa?

– É só no que penso.

– Pois se atravessa meu caminho esta noite, nunca que sairá. Entendeu?

– Bom, então não saio. O que é que vou fazer?! Mas o meu irmão não vai ficar falado por vias da mulher e do que você lhe fizer.

– E quê? Arruína a saída por um traste de gente?! Se fosse donzela ou sua filha...

– Nem é filha, nem é minha, nem é donzela. Mas é o que meu irmão faria e é o que faço. Agora chega de diz-que-diz-que: volte ou avance.

Por mais que Pytã estivesse prevenido não contava com aquilo: a bota do Isaque tocou-lhe os joelhos e mais na intenção de evitar o golpe do que atingido por ele, perdeu o equilíbrio. Quando tentou pôr-se de pé, os dois homens que Isaque deixara na sombra caíram sobre ele.

E já o Isaque deitava a mão no ombro da Flora. A Flora baixou a cabeça.

Pytã quis ver ao redor, à porta dos ranchos vizinhos, se havia quem os espiasse. Descobriu gente por toda parte. E descansou: tinha testemunhas de que havia resistido. Não entregara a mulher do irmão – perdera a luta, o que era diferente.

9

Casimiro reuniu cinco homens bons mateiros, passou a mão no pescoço do seu cavalo a dizer-lhe palavras boas, bem baixo, na orelha. E partiu. Desde os primeiros passos acavalou suas pisadas nos rastros dos fugitivos. Sossegado. Aquele era um trabalho fácil. Quando o sol girou da sua nuca para a testa já saía no pindobal queimado. Ao dar com o caminho bem marcado pelos fugitivos, os homens quiseram forçar o passo. Segurou-os:

– Chiit! Chuut! Devagar! Cavalo rompedor é o que vai menos longe. Quem tem o pai na forca são eles e não nós.

– E a pressa? Não quer entregar logo o recado?

Cuspiu a masca de fumo ensalivada, esfregou a língua nos dentes, bochechou com água fresca e tomou nova masca, num canto da boca. Abrindo a marcha, ensinou:

– Quero é fazer a coisa bem feita, com muito respeito

pela saúde minha e de vocês. Nunca que eles nos escapam.

– Puuf, Casimiro, vê lá que nos aguentam no primeiro tranco!

– Claro que é assim! Mas o gostoso é liquidar o caso sem encostar nossa mão na grelha. Fugiram esta noite e ainda correm com o fôlego quase inteiro. Veja os cortes no mato, tudo podado com um golpe só. Isso quer dizer força no braço, decisão na batida. Se a gente encostasse neles agora, eram capazes de dar briga. Mas isso não dura. Daqui até o rio só existe taquaral cerrado ou pindobal. Vamos deixar que gastem o entusiasmo. Até um cego é capaz de seguir a pista que deixam. O Augusto é homem pra empreitada assim, mas os outros dois não são companheiros que lhe ajudem.

Os outros entenderam. E alegraram-se:

– *Bueno,* pois vamos num acuado manso, não é?

Era isso.

– Assim é que é. Quando eles perderem o fôlego e a calma, damos o golpe. Você, correntino, já saiu antes feito comitivero?

– Venho da primeira vez, sim senhor.

Os outros riram. Conheciam a intenção do Casimiro.

– Ah! Pois então tem direito ao tranco mais importante. Se aí os companheiros não forem contrários é você quem mata os dois. O Augusto fica pra mim porque é o cabeça do grupo. Que tal?

Ao correntino a promessa não agrada.

– Matar? Mesmo matar?

Riem com estrondo, demoradamente. Casimiro deixa rir à vontade. Depois, explica:

– É o costume, chê! Fugitivo de erval só escapa com

vida quando tem parte c'o diabo! É que nem uma guerra, sabe?

O correntino acenou que sim. Isso, ele sabia. Palpou a testa e a nuca para ver se se percebia o suor que lhe manava.

Passado o pindobal havia outra mata, umedecida por larga cabeceira de rio. De longe podiam enxergar os sinais da passagem dos fugidos. Seguiam em passo viageiro, calados e seguros. O sol esturricava as copas, mas embaixo era quase frio e o solo úmido prendia as botas.

– Duas horas abrindo caminho neste mato acaba com as forças do macheteiro mais sacudido – observou o que ia à frente.

O Casimiro concordou. E voltou a interessar-se pelo correntino:

– Antes de entregar a encomenda diga muito obrigado pro caminho que eles abriram. Onde se viu gente mais louca?

– Vá lá! – diz o outro. – Na fugida morrem depressa, no erval devagar. O sujeito pode escolher, não pode?

No começo da tarde, com boquejos de água entre pedras, esbarraram na trilha de mulas riscada no lombo do morro.

– E esta? Quem sabia deste caminho? É novo? Aonde leva?

Ninguém sabia. Casimiro distribuiu os homens. Dedo no gatilho e olho aceso, desceu para a trilha ladeado pelo rastreador correntino:

– Sabe o que isto quer dizer?

– Claro! Changa-y!

– A Companhia tem um mandamento contra esses ladrões de erva: dar em cima até acabar com eles. O prêmio é bom quando se encontra ranchada deles.

O correntino ia achando que assim lhe davam demasiado serviço:

– Mas estamos de caminho sobre o Augusto, não é?

– Chê! Que custa uma festinha antes da festa grande?! Se o rancho for perto fazemos uma limpeza rápida! Pelas pisadas das mulas não é longe.

Abriram-se em leque largo. Silêncio fechado. Quando haviam avançado bastante começaram o mbureo[1]:

– Fi... juuuu... ijuuuu...

A mata já não teve mistério com seus gritos de chamado e orientação. Por fim o correntino esbarrou no rancho. Antes de entrar no pátio mbureou o sinal de reunião. Cautelosamente os outros saíram para o claro. Foi-lhes fácil perceber o abandono do rancho. O Casimiro até pôde contar o que sucedera ali:

– Saíram esta manhã. Levando o que tinham a levar. O Augusto esteve aqui, de propósito ou por acaso. Os changa-y entenderam que a gente também viria e fugiram.

– *Bueno!* E que fazemos?

– O certo seria pôr fogo e festejar. Ou dar uma corridinha pra lhes cocegar a barriga da perna! Mas a fumarada avisaria o Augusto da nossa posição. E estamos no mato pra apanhar o Augusto. Temos que apressar o passo porque decerto aqui lhe deram comida e armas. O negócio pra nós já não vai ser um passeio.

Rompeu a andar. No fim da picada avisou:

– Daqui até o rio o mato é ruim, de três fios. Quase só taquara. A gente ouve alguém caminhando a duzentos metros. Ponham atenção nos olhos e bala na agulha. Vamos tirar nossos pares que a dança está começando.

---

[1] Gritos imitando pássaros ou animais com que os homens se localizam e orientam na mata.

Capítulo III

1

De propósito haviam deixado os laços frouxos. Pytã livrou-se das cordas sem pressa nem raiva. O sereno grosso ia cobrindo as folhas e a lua ponteava as copadas. Ninguém para aumentar a sua vergonha, olhando-o ou falando-lhe.

Saiu do mato decidido a não tomar decisão antes de saber como a Flora se comportara. De ela ter sido mansa ou rebelde dependia a atitude dele. Faltava um nada para a Semana Santa. Depois da Páscoa os outros iriam para o erva novo. Ele, conforme os planos, acertaria as contas e deixaria o erva para sempre. Cuspiria três vezes na saída do rancho e nunca mais, em toda a vida, machucaria os olhos com olhar um nhandu-puiçum. Aquele fato triste de horas atrás acontecera de repente e poderia – desgraça! – mudar o andamento do seu plano. Isso é que precisava impedir. O acontecido acontecera e o melhor era acreditar que ninguém teria podido evitar. Convencer-se de que fizera exatamente o que devia fazer. Se preciso mais humilhação, fecharia os olhos e não tiraria o corpo. O que importava era partir, livre, sem comitiveros nos calcanhares.

A ele não haviam feito mal. Poderia trabalhar o dia

inteiro na mina e dar o caso por esquecido. Ninguém viria lembrar-lhe a desgraça! Casos assim aconteciam seguido nos ervais contra os homens donos de mulheres desejáveis. E Flora não era mulher sua. Na verdade, ela não lhe trouxera mais que aborrecimentos. O maior dos aborrecimentos seria se para vingar a Flora ele arruinasse os velhos planos. Ela percebera como tentara a sua defesa. Perdera a luta porque os capangas eram ágeis e pularam do escuro para cima dele. Na certa, nem a mulher se defendera com tal decisão e risco. Teria usado uma cara de choro, caminho acima, pela mão do Isaque. Mas fora! E pronto! Por que então assoprar e ver desmanchar o sonho acarinhado tantos meses? Mais uns poucos dias e findo o erval e festejada a Semana Santa marcharia embora e nunca mais – assim Deus quisesse! – cuidaria de coisa alguma de erva e de erval! Nem saberia lembrar, ao fim de umas quantas semanas, da Flora e da sua vida.

Isso dizia e repetia.

Mas receava encontrar a mulher. Se pudesse meter um dia de trabalho e de cansaço entre o acontecimento da noite e o instante de ver e falar à Flora, a tristeza já seria de coisas passadas, quase esquecidas, de sombra e não de fatos.

Recolheu o machete tombado durante a luta e entrou. Foi quando percebeu a mulher, da outra banda da tacuaipi, sentada de lado sobre as pernas. Fez como se não a tivesse percebido. Deitou-se de bruços e cobriu a cabeça. Com medo de ouvi-la chorar ou chamá-lo.

Do lado de fora ela receava que o Pytã lhe fizesse perguntas sobre o acontecido. Por fim acontecera. Receara o sucedido desde o primeiro dia do erva. Agora, sentia-se magoada, mas como que aliviada de um grande medo.

Poderia dormir, se se esforçasse. Acontecera! Mulher alguma dos ervais teria podido escapar. Homem algum teria podido evitar. Do que ela deveria fazer, depois disso, o Pablito decidiria ao chegar. Acomodou-se e procurou adormecer. Sem rancor contra o Pytã. Nem contra o Isaque. Assim eram as coisas nos ervais.

Quando o Isaque voltou à administração, o Curê dormitava sobre a mesa. O lampião, aceso, avisava que seria bem-vindo se viesse a conversar, beber e continuar o jogo. Acordou de todo com o Isaque encostado ao batente, a cabeça derreada, coçando vagarosamente a nuca tal e qual se acarinhasse.

– Não foi como esperava, é?! Malditas mulheres! Nunca dão o que a gente espera delas!

– Você tem culpa, sabe, Curê?! Por que diabo fui fazer aquilo? Você me provocou.

O Curê rompe numa gargalhada.

Isaque esfrega o antebraço no rosto, na cabeça, na nuca. Clamando:

– Não tivesse me provocado, não estragaria o meu gosto. O que eu tomei não foi o que eu queria. Ôôô tristeza! Acho que vou me lavar! Não suporto o cheiro que trago.

O administrador cortou o riso. E convidou:

– Besteira! É este maldito mundo do erval que muda o jeito de se viver. Deixe de bobagem, apanhe a caneca e tome assento. Vamos fazer uma partida.

– Não sei se tenho vontade. O dia vem vindo, não escuta o vento? Com o Lucas na monteada e o Casimiro de comitivero, tenho de levar os homens à mina.

Olhava o fundo do mato onde nasciam o vento e a madrugada. Cheirou outra vez o suor da camisa e das mãos.

Emborcou a caneca pensando no que sentiria o Pablito se soubesse do acontecido. E como ele não teria gostado de ser o Pablito e receber tal notícia. Porcaria de vida a vida dos ervais! Por que é que fizera o que fizera aquela noite?!

2

O Pablito forçava a andadura no regresso da monteada. Para o Bopi pouco fazia chegar um dia antes ou depois, mas ao Lucas aborrecia tamanha fúria:

– Não tem gosto essa atropelada, mitã! O bom é ir no passo certo de andar no mato. A gente aproveita mais e guarda as forças pra festança da chegada. Você vai ter festa, não vai?

Pablito mostra com o machete, entre golpes de abrir caminho, o muito chão que ficou atrás:

– Vinte e dois dias fora do rancho. Nem sei se morri por aí afora.

– Já, já, já...! mas nem por isso vou arrebentar na corrida. Se não chegarmos com o sol chegamos com a lua. Pare com a carreira e fique para trás.

O Bopi intervém, conciliador:

– Você, mitã, empresta pras pernas o fogo do coração. Não é bom. Não senhor que não é bom. Nesse passo, quando chegar, já não tem com que sustentar a quentura do seu amor. Olhe lá, que sei disso. Vá pensando nas coisas que gostaria de ter e ver de novo. Ajuda muito, sabe? Não faz mal que encontre as coisas diferentes do pensado e desejado. O que vale é não padecer a distância e o tempo. O bom é ir mesmo devagar, pensando. Pensando em como é que você gostaria de encontrar a mulher e o rancho...

– Chiii, caraí...! – zomba o Lucas. – Que raio de coisas...! Um beruanha arrepiado como você, teve muito disso na vida?

Então a discussão ficou bate e rebate entre os dois, sustentada discretamente pelo Bopi só para deixar que o Pablito aligeirasse a jornada.

– Você me conhece de pouco, Lucas, e me conheceu mal. Demos pra andar juntos quando a água do rio já corria todinha contra o meu peito. Mas saiba que já correu, e muito, pras minhas costas, ajudando a viver a vida maciota de homem bem posto no dinheiro e no querer das mulheres. Ahaaa...! Mandei muita orquestra tocar a música do meu gosto e muita fulana botar no cabelo o perfume do meu agrado. Tudo pago com o dinheiro ganho pelos meus dedos.

– No gatilho? Batendo em gente por encomenda?

Essa lembrança era dura e o Bopi se desgosta com ela.

Persigna-se, demora para responder pois não quer zangar-se com o Lucas. Começa, manso e vagaroso:

– Assim como você faz agora. Pois é isso mesmo! Agora você é moço e forte, dançando a dança que eu também dancei quando forte e moço. Ninguém vem pro mate se fazer sacristão...

Infletem para o trilho raspado no lombo do morro por um pedrouço rolado em dia de chuvarada. A um de fundo penduram-se nos ramos, agarram-se às saliências e descem, lentos, quietos, atentos. Saltam na frescura de uma noruega borrifada pela cascata e colorida por uma nuvem de borboletas.

– Ô boniteza! – grita o Bopi.

– Adiante! – convida o Pablito.

Mas o Lucas derreia a carga, mandando:

– Tomamos banho, comemos e sesteamos.

Fizeram conforme ele mandava. Ao entardecer retomaram caminho e com pouco, onde um capão lem-brava penugem verde no cinza das colinas, custaram decidir se o que viam à frente era a primeira estrela ou fogo do rancherio.

O Pablito pediu:

– Posso?

Lucas moveu os ombros, pouco se importando com a ansiedade do rapaz:

– Vá. Mas não fale no erval novo. Essa notícia eu quero dar.

– Juro! – gritou Pablito apressando as passadas.

Sumiu-se mas puderam ouvir seus passos abrindo passagem no taquaral. Reapareceu, quase correndo, no limpo do potrero inundado. Perdeu forças no chão lamacento mas troteava além na subida do morro coberto de matos.

Era só melancolia a voz do Lucas quando perguntou:

– Você alguma vez gostou assim de mulher, Bopi?

Em vez de dizer que sim ou que não, o velho cuspiu a masca de fumo e murmurou, como se primeiro fosse preciso convencer-se:

– Ainda agora, se tivesse lá, esperando por mim alguém que valesse a pena, também estaria de corrida.

Lucas pôs-se-lhe ao lado, botou-lhe o braço sobre ombro e quis desculpar-se por todos os aborrecimentos da longa monteada:

– Estamos mano a mano, caraí Bopi. Você viveu bem a sua vida, eu estraguei a minha por aí, a serviço de quem paga, enriquecendo os outros, não fazendo bem pra gente do meu conhecimento e fazendo mal a mim mesmo. Isso explica o homem azedo que eu sou, não explica?

Bopi vigiava o Pablito correndo morro acima, na luz parda do crepúsculo. Uma mulher postada na trilha esperava. Encontraram-se e rolaram pelo capim.

Bem depois, quando Lucas e Bopi passaram por eles, a Flora chorava junto ao peito do Pablito e ele insistia em compor os despenteados cabelos dela.

– Chegamos, velho.

– Bah! Vou direito me embriagar. Se derem bebida me emborracho uma semana.

– Pois mando dizer que lhe deixem dormir dentro do depósito de bebidas. Se é do seu querer!

– Vem comigo?

– Nei, nei! Ao cabo de monteada fico por uns tempos triste como um agonizante. Por meu gosto durmo três dias seguidos. Contanto que não me mandem voltar ao mato. É que sempre está fugindo alguém!

3

O mato não estava a favor dos fugitivos. Fechado, ruidoso, agressivo.

O rapazinho teve um arrepio tão violento que

escorregou no afofado da trilha. Augusto estendeu-lhe a mão e puxou-o até desembarcarem no lajedo que circundava a colina.

O moço entendeu de explicar:

– Sinto os homens atrás de mim, assoprando na minha nuca...!

O pânico viajava com ele e quanto mais pressa pusessem nos passos maior seria seu medo. E o Augusto preferia estar sossegado e frio se tivesse que brigar. Disse:

– Isso é canseira. Na primeira água fazemos alto. Aproveite pra lavar a nuca, os pulsos e os tornozelos. Ponha um ramo molhado debaixo do chapéu. Vai ver como melhora.

O outro balançou a cabeça, tristemente. E porque subiam afobados o facão pedregoso da colina, atirou para o fundo a bolsa de couro, vazia:

– Está certo – concordou o Augusto. – É bom aliviar o peso. Se chegarmos nus mas chegarmos ao rio, o mundo é nosso. Nunca mais botamos os olhos num erval e um raído nas costas.

O segundo dos três, que viera calado todo o tempo, remoendo vontades, resmungou, como a dar-se estímulo e consolo:

– Nunca mais! Quando a lembrança de uma coisa mexe com meu estômago, essa coisa sai de uma vez da minha vida. Nunca mais! Nem o cheiro da erva.

No lançante verdejava o capão que lhes daria o descanso. Colina tão sozinha na planura que era ao mesmo tempo fácil e difícil entrar e sair do capão. À sombra do capão o rapaz derreia. Augusto toma-o pelos sovacos e o arrasta para dentro do mato.

– É um instante só. Não temos tempo pra mais de um. Deitem de costas, fechem os olhos, estiquem as mãos e engulam ar, muito ar. Não comam, não falem. Nem se cocem!

Fizeram assim. O vento cigarreava por cima deles, arrepelando a galhada, jogando contra os seus rostos e mãos areia, folhas e gravetos. A terra lhes pareceu morna, aconchegante. Estavam de olhos fechados, a um passo do sono, quando ouviram, à distância:

– Fii... juuuu...

Saltaram e o rapaz pôs-se a olhar desesperado, arfante, para os outros dois.

De mais longe, em direção contrária, emburrearam a resposta:

– Iiiijuuu...

O rapaz quis correr. O segundo derrubou-o com o pé e o Augusto caiu sentado sobre as costas dele, prendendo-lhe a cabeça contra o solo. Não resistiu. Percebeu que lidava com desconhecidos, tão mudados se fizeram instantaneamente os companheiros.

– Que acha? – quis saber o Augusto.

O outro mediu nos galhos buliçosos, lá acima, a velocidade e a direção do vento e respondeu:

– Uns passos pra lá do taquaral, os que vêm pela esquerda. Beirando o rio, um pouco mais atrás, os da direita. É isso?

Augusto concordou com a cabeça. Pondo em ação o plano antigo:

– Temos uns minutos. Você sai na frente. O rapaz entre nós. Deixamos cem passos de intervalo. Com o revólver cubro o caminho. O primeiro tiro será meu. Se ouvir mais de um, seguidos, fica sabendo que me acertaram. Volte e me ajude como puder. Mas se aproxime sem gritar. Nada de barulho. Entendido? Sim? Então vá!

Só depois de calcular as cem passadas do outro e medir o avanço dos comitiveros, levantou-se das costas do moço. Esperou que ele se erguesse. Avisando:

– Acabou-se o amigo. Agora é tudo sério como a morte. Se fizer asneira que ajude os comitiveros, acabo com você antes do que eles. Claro?!

O rapaz brandia a quisé com tremura na mão. Afundando na trilha, arriscou:

– Diga, Augusto, você soube de alguém que tenha escapado dos comitiveros?

Chegou bem distinto, da direita:

– Fiii... ijuuu...

Nem foi preciso a resposta. Subindo do vale o grupo do correntino apareceu no solais da colina e o chefe acenou para o Casimiro que avançou com os seus de meia corrida.

Augusto voltou de gatinhas até debaixo da árvore. Levantou-se e correu mato adentro. Sabia, passo a passo, exatamente quais os movimentos dos comitiveros. Tudo simples: os fugitivos haviam perdido a vantagem do tempo, sido descobertos, alcançados. Dois contra um! Os mineiros com medo de não chegar ao rio – acovardados. Os comitiveros, sem precisão de coisa alguma, calmos, seguros. Só precisando matar. E ele, Augusto, tinha que chegar ao rio! Havia prometido que chegaria, a si próprio e ao seu santo. Haveria de chegar. A qualquer preço! Com os companheiros se possível, sozinho se necessário. Arrastara pela selva um companheiro calado e enfezado e um meninote choramingas não por caridade mas pra que lhe servissem, no seu plano. Dos dois não sabia. Dele, sim: chegaria ao rio.

Retardou o passo e ficou a meia distância entre o rapaz e o comitivero correntino que vinha por fora fechando o cerco. Persignou-se, pois o seu plano começava a funcionar. Ajoelhou-se, esperou o grupo aparecer na crista da colina, visou durante o tempo que quis e disparou.

O correntino começou um gesto de meia-volta, mas fora bem atingido. Largou a arma e rodou. O Augusto, sem ter no que atirar, fez fogo outra vez, ao acaso, só para chamar de volta o companheiro. Depois correu pelo mato na direção do bando chegadiço. E esperou vir para a morte o companheiro que chamara. Havia mandado que voltasse e ele voltaria.

– Fiii... ijuuu... – perguntava o Casimiro, do outro lado.

Com o correntino baleado, o seu tenente respondeu:

– Iiiijuuu... – indicando haver recuado.

Então o Casimiro meteu-se com os seus pela língua de mato, cortando e gritando:

– É atirar! É matar!

Augusto deitou-se num enredado e esperou. Só precisava de esperar. Dissera dois tiros seguidos e dera os dois tiros seguidos. O companheiro veio vindo, rápido e sem cautela, para socorrer o Augusto conforme o combinado. Mas o Augusto queria era chegar vivo ao rio, sozinho ou acompanhado. Só precisava que o Casimiro descobrisse o seu companheiro. Eles descobriram o homem que corria e, sem saber que faziam a vontade do Augusto, encheram o homem de tiros.

– É pra matar! – gritava o Casimiro.

Os tiros e os gritos chamaram para aquele ponto o outro grupo. Então todos os comitiveros ficaram entre o Augusto deitado, escondido, e o meninote endoidecido pelo medo.

Para o Augusto foi só esperar. Rastejou para trás, desceu a colina e meteu-se no taquaral, para além do vale, enquanto o meninote, desamparado, chorando, andando às tontas, caía no meio dos comitiveros. O Casimiro não deixou que lhe batessem. Passou a mão pelo rosto e pelas costas do preso, perguntando, afável, risonho, quentura de amigo na voz:

– Mitã, você é quem vai escolher, quando chegarmos no rancho. O teyu-ruguay é o chicote de rabo de lagarto e o mboreby-piré[1] é o de couro de anta. Um corta a carne fino e fundo, coisa aí pra um mês de febre e dor. O outro não faz sangue – arrebenta até os ossos – mas não faz sangue. Vá pensando no que escolher.

O rapazinho gritou uma vez só o nome da mãe e escorregou dos braços que o prendiam.

Aguardaram a lua nascer. Enterraram o correntino depois de recolher seus pertences de valia. Despiram o fugitivo morto para levar suas roupas à administração e, com o testemunho delas, receber o pago. O corpo, jogaram no mais alto dos solais para apodrecer ali, mostrando a outros mineiros que não se foge de erval. Amarraram as mãos do rapazola atrás das costas e enlaçaram uma embira no seu pescoço. Comeram, beberam, cantaram a guarânia mais apreciada daquele ano. Com a lua alteada num fundo de céu escuro, repartiram mascas de fumo e seguiram de volta ao rancho.

---

[1] Chicote de largas tiras de couro de anta, que fere os órgãos internos sem deixar sinais externos.

– Ei, Casimiro? Foi um nada fazer, não é que foi?! Pois você vai com muito tempo pra um bom repasse no cavalo, hein?!

Falar no cavalo é deitar doçuras no gênio arrepiado do Casimiro. Ele grita a resposta como se o escuro em que iam encompridasse as distâncias entre eles.

– E vem aí a Semana Santa. Apostem nos cascos dele o que vão ganhar com este serviço. Ganham o dobro, sem castigo nem susto. Pois o meu bicho parece que mamou em teta de veada!

Sumiram, ruidosamente calmos. O rapaz aprisionado, apavoradamente calado.

O Augusto saiu do taquaral, contornou a colina, rezou junto do companheiro morto, cruzou-lhe as mãos no peito e pediu-lhe, sincero como se soubesse o morto com disposição para ouvi-lo:

– Gostar não gostei de me salvar por esta ladinice, à custa do seu pelo. Mas é que preciso chegar ao rio, entende? Não era você que pensava sacrificar num momento assim. Lhe juro que pra isso trouxe o rapaz. Mas sabe, não é?! Quem vem pro erval não tem volta marcada!

4

Changa-y não guarda caprichos. Ainda mais quando foge cilhado de erva.

Passaram a madrugada tomando sereno, chupando

tereré, sem fogo e sem comida, esperando a bugra voltar. Na primeira luz ouviram três vezes os pios de um taiaçu. O Osório respondeu o combinado e a Nakirã mostrou-se.

Os homens continuaram onde estavam, pois o Osório tratava de tudo:

– Então? Compram a erva?

Ela esperava recepção carinhosa. Mas o Osório queria negociar.

– Vêm pra ver. É o que disseram. Quem manda lá é um certo Ênio Gato Preto, vindo do rio Brilhante. Manhãzinha manda a carreta esperar no potrero em frente. Mais pra cá a carreta não pode vir. Diz que é perigoso!

– Vamos até lá! – decidiu o Osório, mais para os companheiros que à Nakyrã.

A fresca da madrugada e a segurança do mato fechado desobrigou-os da vigilância. Andavam silenciosos, mas calmos. As mulas sabiam o seu ofício e o caminho não criava dificuldades.

Na beira do mato cada homem tomou as rédeas de um animal. Osório deitou o braço no pescoço da bugra e afagou-lhe os cabelos empurrando-a docemente para diante. Obediente, ela caminhou até o potrero. Sentou-se e começou a alisar os cabelos com os dedos. E a cantar uma canção antiga, ouvida muitas vezes, de mulheres de sua raça:

Che poyáima guivé, ayapone
Há'u ayurúpyté
Che ro'y iyuru!
neí! neí! puí
che py' ayoppi
h' are' eterei pitapyré
che yapichy

Nem as palavras nem a melodia eram bonitas. E havia um dia e uma noite de nervosismo e de fadigas pesando sobre os homens. Porém cada som daquele lamento melodioso agredia o Osório como se a bugra as tivesse inventado ali, para ele, e não buscando consolar-se com a mágoa de muitas outras mulheres infelizes.

Não queria sentir pena nem raiva da Nakyrã mas gostaria que ela não estivesse repetindo tais palavras: *eu faria isso, se pudesse – dava um beijo em sua boca – tenho agora frio na boca – está bem, também, se não queres – me aflige tardar muito meu desejo do que acaricia...*

Ela diz a última palavra e volta à primeira, na mesma altura de voz, na mesma tranquilidade de quem não espera consolo para a sua tristeza.

O dia vai abre-não-abre quando ouvem rodar de carreta e patear de cavalos. Os homens se inquietam mas a bugra segue cantando.

– Quieta, mulher! – grita o Osório, satisfeito por ter motivo para fazê-la calar-se.

Obedeceu e levantou-se. Foi para o sol, no meio do potrero, esperar a carreta.

A carreta contornou a cabeceira da água, seguindo um cavaleiro que trotou no rumo da bugra. Nakyrã voltou a cabeça para o Osório. Ele entendeu e confiadamente foi estender a mão ao chegadiço:

– O Osório sou eu.

– *Buenas*, eu sou o Ênio. Do erval Ouro Verde.

– Já lhe conheço de nome.

O outro fez um movimento de agrado, desmontou e pendurou o chapéu na cabeçada da sela.

– Falei com a mulher, ontem.

– Mandei lá pra isso. Está aqui a erva. Duzentas arrobas.

O homem sorriu, pondo reparo nos peões metidos no mato a cuidar das mulas.

– Saiu às pressas do rancho?

– Nem tanto que prejudicasse a erva. É toda chimarrão[1].

Ênio acendeu o cigarro, sem pressa, calculadamente.

– Companheiro, se foram corridos por quem penso que foram, isso até que melhora o seu crédito.

Riram todos. De alívio e de gosto. Podia-se tratar com o homem.

– Pois foi. A Companhia reinou de aparecer por lá rastreando uns mineiros fugidos.

– Longe?

– Seis léguas a montante desta cabeceira.

– Longe. Não é o primeiro. A Companhia tem uma concessão de duzentas léguas com quase todo o mate do mundo ali dentro. Mas fica danada se um changa-y lhe poda uma árvore.

– Bem, daí que Deus fez o mato assim grande. Por mais gente, barco, caminhão e cavalo que a Companhia distribua na vigia, sempre há de haver uma trilha pra o changa-y ganhar o seu.

– É mesmo. Você disse duzentas arrobas?

Começava o negócio. Deixavam de ser amigos na quizília contra a Companhia. Um tinha que vender, o outro viera comprar. Até fechar o negócio a simpatia ficava de lado.

– Duzentas. A como está pagando?

---

[1] A melhor qualidade da erva. A bebida que ela produz.

Com outro movimento de desinteresse o Ênio garantiu:

– Aha! Não é que esteja interessado. Vim pra ser simpático com os changa-y. Quero dizer que não estou propondo compra. Quero ouvir o seu preço!

Osório coçou o queixo. Tinha negocista pela frente. Em vez de responder, acenou para os companheiros. Trouxeram as mulas encostando uma delas ao comprador que meteu a mão na carga. Perguntando:

– Barovirê?

A pergunta era insultuosa mas não fez mossa. Marcava o início do jogo. Partiam da qualidade mais baixa de erva. A pergunta fora feita para irritar. Mas não ao Osório que conhecia o jogo. Amaciando o cigarro deixou que o comprador retirasse um punhado de amostra, partisse a erva entre os dedos, esfarelasse, cheirasse, mastigasse. Só então respondeu:

– É como lhe disse – todinha erva pra chimarrão. Igual e seca. Nem ardida nem amarga!

O comprador cuspiu e disparou outra pergunta ofensiva:

– Canela-de-veado[1], quanta?

Era bom negociante. Ia disputar tostões. E sabia ofender. Nakyrã buscou os olhos do Osório e os guardas das mulas moveram-se irritados. Mas o Osório seguia aparando os assaltos do arrematante:

– Estou nos ervais desde rapazinho. Agora sou quase velho e tenho um bando de filhos. Nunca misturei em minha erva uma folha que fosse de planta ordinária que nem essa

[1] Planta semelhante à *ilex* e que alguns ervateiros juntavam à legítima para aumentar o ganho.

canela-de-veado. Não quero aumentar o peso, quero melhorar o ganho.

– Aha! Mas é que às vezes a erva pica no ser trabalhada, sem a gente querer.

– Nesse caso não vendo a erva.

O sol esquentava e os peões se punham impacientes. O Ênio percebeu a irritação e tentou aproveitá-la. Licitou por baixo:

– Dois mil réis a arroba.

– Bom, isso para o suor e o susto da gente, lhe agradeço muito. E agora, pela erva, quanto o senhor oferece?

Os peões gozaram. Sua casa estava amparada por uma língua clara e ágil.

O comprador trejeitou surpresa e desaponto. Nakyrã sentou-se e cobriu a cabeça com o xale. Era a única que não ansiava pelo fim do negócio. O fim do negócio, para ela, queria dizer partida do Osório.

Mas o Osório e os seus homens, e também o comprador e os seus, começaram a ter pressa:

– Prove outra vez, de outro cargueiro. Veja que erva que é! Experimente da arria inteira, se quiser. Como lhe digo, é toda erva pra chimarrão. Trabalhada com capricho.

– Aha! É o que diz. Mas não sei! Lá embaixo, no exportador, a reza é rezada em outro catecismo, você sabe. Ofereço dois e quinhentos e a mais não vou.

A bugra olhou o Osório pelo desvão do xale. O Osório começava a vencer.

– Mas já viu que não é baroviré, que não está ardida, que não tem uma folha só de canela-de-veado. É toda chimarrão. Não quero muito, mas não deixo por tão pouco.

– Bah! Só compro pra completar um lote. Não fosse assim e não perdia tempo. Bom, pra terminar conversa, pago três mil. Nada mais. Juro.

Osório levantou a mão e conservou-a erguida. Seus homens vieram deitar na mão aberta do comprador os cabos de cabresto das mulas. Negócio fechado!

Foram os dois até a carreta, vigiaram a passagem da carga, contaram o dinheiro e deram-se as mãos. Montando, o Ênio apontou a Nakyrã:

– Sua?

Osório assustou-se. Pois o homem se agradara da bugra. E esperava resposta. Envergonhado com que ia dizer, respondeu, baixo, sufocado, só para o perguntador:

– Anda com a gente faz um tempão.

– Vocês vão pra cidade e lá não precisam dela. Eu fico no meu rancho com esta gente. Se der licença, convido a mulher pra ficar. Pago a ela do meu dinheiro a parte que você ia pagar. E acerto trato novo e bom para o resto da temporada. Vale?

Estavam certos de que ela não os ouvia, sentada ao sol, o xale sobre a cabeça. Foi só então que o Osório sentiu lá dentro dele que não gostaria de ver a Nakyrã ir com o outro para o lado e a casa do outro. O que era que sentia por ela assim de repente não pôde dizer-se.

Até ali só fizera usar a mulher pras suas conveniências. Sem ter mais estima por ela do que a dedicada às armas e aos animais da arria. Nem tinha vergonha nem tinha orgulho de arrastar a Nakyrã, meses e meses pelos cafundós do mato. Mas agora vinha aquele homem, dizia umas quantas palavras e lhe sacudia por dentro. Precisava saber logo mais o que havia de verdade com ele. Por hora resolveu que havia de ficar com ela. Avisou:

– Disso eu sei. Estaria em boas mãos. Mas não passo sem ela.

O Ênio riu, num muxoxo. E ao tempo em que saudava com a mão, ergueu o cavalo num giro, para gritar, já no trote:

– É uma pena! Até mais ver!

O Osório respondeu com a mão erguida. E desceu a mão sobre a cabeça da mulher:

– Nakyrã?

Ela baixou o xale e esperou.

– Vem, pediu o Osório.

Ergueu-se e acompanhou-o.

Ouviram o rechino da carreta no caminho de volta. Osório viu a alegria nadando no rosto dos companheiros.

– Querem repartir agora?

Ficaram indecisos até que ele propôs:

– Ou em Ponta Porã?

Disseram que sim e reentraram no mato, de tornaviagem. O Osório fazia de fecha-fila com a Nakyrã a segui-lo tão perto quanto podia estar perto na vereda.

– Os homens vão gritar "Capilha-Salsa", hein? – ela sugeriu.

– É o que fazem quando têm dinheiro. Dois dias, três dias, bebida, música, comida gorda, mulherio, danças! Depois miséria, contrato com a Companhia, inferno.

– Você não. Você tem sua casa. Tem sua mulher.

Desde a proposta do comprador de erva, Osório sentia vontade de ser bom e precisão de ser mau para com a Nakyrã. Dessa vez quis ser mau:

– É... tenho a minha casa.

Caminharam em silêncio o resto da manhã. No meio-dia o mato ainda era fresco, quase escuro.

Ela tentou, de novo:

– Depois... quando os homens não tiverem mais dinheiro e você quiser outra vez fazer dinheiro... volta pro mato?

– Maldito seja o mato! Mas volto. O meu dinheiro também acaba. Sempre acaba.

– Quando voltar... mande ver se estou lá!

– Sim, quando voltar mando avisar. Se não tiver ninguém com quem fazer vida venha com a gente. Os homens se acostumaram com você e seus cozidos.

Baixinho, para que só ele ouvisse, Nakyrã recomeçou, sem beleza na voz, sem animação, quase monótona:

che poyáima guivé, ayapone...

Osório voltou-se e sorriu para ela.

5

De há muito os mineiros haviam voltado. A fumaça de lenha resinosa empenachava os ranchos com odor de seiva e de comida. O mayordomo fechara a comissaria e descera para beber e jogar na mesa do Curê. Mas no cancheador os aporreadores continuavam a malhar a erva amontoada entre paredes baixas de couro cru.

Banhados em suor, os homens batem e batem, indo e

vindo de um a outro extremo da cancha. Até que a noite boqueje no luzir da estrela ponteira:

– Chega?!

– Chegou.

Saem da cancha e de repente a fadiga acumulada durante o dia desaba sobre eles. A ponto de fazê-los sentar, mesmo no chão. Ou apoiar as costas numa árvore ou parede procurando repor a espinha na postura normal.

O Curãturã estivera acocorado ao lado da cancha durante toda a tarde, espiando o trabalho. Os homens não gostavam:

– Você fez o que fez! Quando a erva sai do barbaquá o uru pode lavar as mãos.

Ele cospe para dentro da cancha o cuspe do seu desprezo, e explica:

– É o que pensam. Mas não é o certo. Quando alguém bebe da erva, o que bebe de fato é o sangue do uru, o suor do uru. Se é boa erva dizem que Deus foi bom em fazer crescer as árvores. Se é ruim a bebida, xingam o uru e a mãe do uru e a avó do uru, jurando que ele estragou a melhor erva já criada pelo bom Deus.

O Aguará, também de cócoras, acomodado passos atrás do uru, faz que sim. É assim que pensa.

Mas os cancheadores[1] vivem de ciumadas com o uru e padecem raiva e cansaço de um dia longamente trabalhado.

– Orgulho é o que não lhe falta, hein, caraí? Quem ouve e não conhece as coisas da ñaná[2] vai dizer que não existe erva sem uru!

O velho contentou-se com um desdenhoso mover de

---

[1] Homens encarregados da trituração da erva torrada.

[2] Erva boa.

ombros. Mas o Aguará, embuçado na quase sombra, rompeu num grito:

– Assim é que é, assim é que é! Sem o uru a erva é mato.

De começo riram. Um riso indignado. Depois, o cancheador mais próximo, por lhe estar junto, acreditou-se particularmente ofendido e quis revidar com um pontapé. O Aguará rolou de costas e saltou, a quisé na mão, o punho esquerdo fechado.

Visto isso os outros cancheadores deram a coisa como séria demais para terminar pacificamente. Correram a apanhar os aporreadores enquanto o desafiante acuava o huayno. O Curãturã não se movera. Mas não perdia nem som nem movimento do que sucedia. Deixou correr uns quantos segundos. Para conhecer quanto bem queria ao huayno e lhe era grato por ser quem era e como era. Mas quando os demais cancheadores subiram, aporreadores erguidos, ele assobiou, baixo e fino, um assobio de chamamento. E disse, ainda baixo e firme:

– Huayno! Vem pra cá!

O rapaz nem titubeou. Conhecia aquele tom de voz. O uru mandava. Foi e acocorou-se, as suas costas contra as costas do uru. E embainhou a quisé porque ninguém no erval ousaria tocá-lo sob a proteção do uru. Agredir o uru e o seu huayno era desafiar a disciplina e os interesses da Companhia.

Os cancheadores não se quiseram olhar para não entremostrar o fracasso. Subiram o caminho aos xingos:

– Añamenbuy!

– Que a Caá-Yarí[1] lhe vire em fêmea, maldito!

E sumiram-se na noite.

---

[1] Espírito feminino protetor e vingador das erveiras.

Os dois, uru e huayno, estiveram mudos, costas com costas. O mestre percebia quanto orgulho animava a agitação do seu aprendiz. Gostava de que fosse assim mas esperou ser perguntado:

– Não gostou, caraí?

– Bah! Não era preciso. Não é bom machucar o brio de homem que padece. Agora vão beber, brigar e dormir enraivecidos. Por sua causa o dia de amanhã vai ser pior pra eles. Isso não é bom.

O rapaz quedou-se entre surpreso e agastado. Arrisca:

– Mas diziam que o uru...

– Já! Já!... Deixa que digam! O uru é isto, o cancheador é aquilo... Todos pobres diabos, todos eles! Só o mayordomo, o comissário, o patrão ficam por cima. O resto é prancha de pindó estivando o caminho da erva. A erva judia de todos com judiação diferente. O certo é não fazer mais inimigos.

Calou-se. Estiveram imóveis e mudos outro tempo. Esgueirando-se pelo rendilhado da floresta a lua trepou para cima da galharia do bosque.

– *Bueno!* O feito está feito! Vamos começar outra vez.

– Carregaram o barbaquá?

– Deve estar quase. Vai pro rancho, come e dorme. Amanhã cedo acendemos a canhoneira.

O huayno levantou-se e esperou. O uru não se movia.

– Não vem?

Esboçou um gesto desolado:

– Tenho onde ir.

O Aguará quis rir. Mas o mestre uru cortou-lhe a vontade, murmurando:

– Aquele atacador, sabe? O mais velho? Tinha uma

filha. A filha morreu esta tarde. O administrador não deixou que a mulher viesse contar. Pra que não prejudicasse o ataqueio[1]. Agora vou lá, ajudar a passar a noite.

6

Fosse do que fosse a menina estava morta. Não foram contar logo ao pai para que ele completasse o ataqueio das trinta bolsas diárias. Estava morta e não chegara a ser moça. Isso até que era um quanto bom, porque sendo apenas menina exigia menos tempo e despesas com o velório, as bebidas e as danças.

A mãe chorou o que pôde. Era sua única filha e ela não poderia ter outra. Tinha ainda um corpo vistoso, a idade não era muita e o marido era o primeiro dos atacadores. Mas a erva e o mundo da erva haviam tirado deles a vontade de viver.

A menina estava morta e a gente amiga vinha para o velório.

A mãe e as mulheres acomodaram a morta em uma manta perfumada e deitaram-na entre quatro velas, no chão, junto da porta a fim de apanhar o fresco da noite. Os homens diziam ao pai o que por costume deviam dizer. Lembraram outras mortes de crianças, mascaram fumo, disseram que a vida para os pobres tinha dessas tristezas. Tão assim que não havia nada por fazer senão esperar o dia e enterrar a menina.

---

[1] Operação de meter a erva nos sacos (bolsas) – cada homem "atacava" trinta a trinta e cinco sacos (bolsas) por dia.

O pai deu de beber aos homens e a mãe atendeu as mulheres. Quando todos tinham comido e bebido começaram a dançar. Só havia um acordeão, porque a família não podia pagar outros músicos. Daí que para a devida animação acharam necessário cantar e gritar. As mulheres eram poucas e a mãe da morta a mais desejável. Sendo muitos, e excitados, os homens não a deixavam parada. Mal sentavam ao pé da filha morta, ia um e pedia:

– Vem que quero dançar.

Como dizer que não, que a filha estava morta e queria velar a filha? O homem viera para o velório deixando o descanso, depois de um dia começado na madrugada e decorrido debaixo de duzentos quilos de erva. Era amigo, precisava ser amiga. Levantava-se, de olho na menina, e deixava-se abraçar e arrastar, aos pulos, obediente ao comando do acordeão e largada ao abraço do homem.

O Curãturã sentou-se com o pai da falecida, do lado de fora do rancho:

– O huayno não sabia... esta tarde... lá embaixo... Você não vai ficar raivoso com ele, hein?

O atacador ergueu os ombros e os beiços:

– Bah! Hoje estamos vivos e brigamos, amanhã mortos e sossegados! Bah!...

Então o Curãturã assobiou de manso e o Aguará aproximou-se. O atacador viu-o, ergueu o braço. Estavam em paz. Foram ver a morta. O rapaz teve arrepios.

– Nunca viu um morto? – quis saber o Curãturã. – Só faz diferença depois do segundo dia. Então sim, é incômodo. Por isso enterro é no primeiro dia. Vem, vem beber.

Nada de beber. O Aguará acostumara-se a ver a menina

brincar e bater roupa no potrero. Gostava de encontrar-se com ela. Era alegre e ria sempre. Agora estava quieta e pálida. Fazia medo. Saiu e correu ao barbaquá. Havia calor de fogo e de vida lá dentro e isso era bom.

Às três da manhã, hora de preparar-se para o trabalho, os homens estavam bebidos e tontos. A mãe não se aguentava de tristeza e cansaço. Entre uma e outra música chorava sobre o cadáver da filha. Mas seguia dançando até o último mineiro querer dançar. Ficaram o pai e as mulheres. Rezaram de novo e esperaram o dia. O rancho cheirava de vela, de bebida e de morte. Não havia mais o que dizer porque a morte de uma menina, no erval, não era coisa que carecesse de muitas palavras.

7

Quando, ao fim da tarde, Pytã sai do tapê-hacienda para o pátio do balanceador e descobre o Lucas subindo a caminho da administração, entende que o irmão chegou. No pior dia em que poderia voltar. Seria odioso e difícil dar explicações. E o Pablito pediria explicações.

Ia nesses pensamentos quando esbarra no Bopi a sair da comissaria. O velho descia de chapéu e camisa limpa, cantando a meia voz a alegria da próxima bebedeira.

– Maiteípa nde caarú, Bopi?

O Bopi olha por cima dos pacotes e garrafas e, receando ter que repartir o tempo e os preparos da sua festa solitária, põe-se a andar, gritando em resposta:

– Está lá o seu irmão! Está lá com a mulher! Voltou o seu irmão!

Se pudesse colocar uma noite entre ele e o irmão, até o encontro, confiava em que as horas justificariam o acontecido.

De caminho enxergou a Flora sentada no chão da entrada do ranchito e o Pablito de pé, a cabeça encostada na parede do rancho, as mãos abertas junto da cabeça. Resignou-se a falar-lhe, disposto a não responder, não brigar, não dizer ou fazer coisa alguma que pudesse prejudicar sua partida na Semana Santa.

Decidiu: engulo sapo mas não digo nenhum dizer de briga!

Descansou a mão no ombro do irmão, perguntando, em boa paz:

– Maiteípa nde caarú, Pablito?

Pablito raspou a testa furiosamente, umas quantas vezes na palha da tacuaipi. Olhos fechados, um lábio sobre o outro anunciando que não queria falar.

Escurecia depressa e a nuvem de embaguaris saía a beber o suor azedado sobre a pele dos homens. O calor aumentava.

– *Añá!*[1] – rosnou o Pytã, para cortar o silêncio. – Sentem esse doido de calor?! É chuva que vem aí. Olhem essa maldição de mosquitaria!

Nem a Flora nem o pablito fez movimento ou disse ai. O vento trazia a voz ébria de um homem cantando uma guarânia triste.

– É o Bopi. Vai beber até cair. Veio da monteada com muita sede!

---

[1] Diabo.

Dizia isso para obrigar o irmão a falar. Mas o Pablito sofria demais para entreter-se em ouvir e falar. O que fez foi arriar o corpo ao longo da tacuaipi e assentar o olhar na Flora.

Pior estava para o Pytã. Se os outros dois se atirassem contra ele, o xingassem e batessem pelo acontecido, também xingaria, bateria, diria coisas. E os três teriam desanuviado o coração. Mas nenhum dizia ou fazia um isto. Daí que o Pytã sofresse mais.

Perguntou à mulher:

– Contou? Tudo? O que eu fiz... também contou?

Ela confirmou, com a cabeça. E confessando, rompeu no choro. Era alguma coisa além de silêncio, o que animou o Pytã. Entrou e começou a livrar-se da vestimenta de trabalho. Ouvia a Flora chorando mas estava atento ao irmão. Provocando, gritou para ela:

– Contou como foi que me apanharam? Contou que o Isaque só lhe pegou depois que...

Calou-se. A Flora saíra a correr, aos gritos, caminho acima. E o Pablito, hesitante, quis ver para onde ela corria. Gritou:

– Vá pro inferno!

O primeiro relâmpago zimbrou a noite fechada. O calor impunha tranquilidade à gente e os embaguaris eram tantos que obrigavam a fechar olhos e boca. A floresta se lamuriava, arrepiada pelo vento.

– Añá?! – gritou Pytã. – Está aí a tempestade!

Foi à saída ver por onde andava a chuva. Era de seu interesse. A chuva ia lavando os caminhos para a Semana Santa e para a caminhada dos que tivessem as contas feitas e a estrada aberta. Entrou, pensando em comer bem e adormecer depressa. Queria estar forte e disposto nos últimos dias de trabalho.

Era triste, bem triste mesmo que o Pablito e a Flora não se entendessem a respeito do que sucedera. Triste, isso era! Mas não tanto que devesse impedir a ele, Pytã, de liquidar as suas contas em paz com o pessoal da Companhia e, na Semana Santa, rumar para casa, numa viagem de nunca mais voltar.

A chuva desabou sobre a ranchada. Para espantar a lembrança da Flora e do Pablito, andando debaixo da água, começou a repetir-se o que lembrava a respeito de comidas:

– Quando se tem é bom comer do bom. Mas quando não se tem, também se pode comer do que não é bom. Sei de muitos que comeram cobra. É fácil! A cascavel é mansa com todo aquele veneno. A gente mata a cascavel sem muito trabalho. Só é preciso bater firme, uma vez – pum! E cortar um palmo largo depois da cabeça. Uns cortam outro palmo no rabo. Agora, sapo é que não me vai. De nenhum modo. Mesmo estando pra morrer sapo é coisa que não me vai. Antes abrir um pau podre e engolir o verme. Na guerra dos colorados fiz isso. A gente estava apertada num vale. Só podia se defender. Situação ruim. E piorou, semana vai, semana vem. Comi o verme. Quem encontrou vermes também comeu. No começo, não. Não queriam. Careteavam e tinham vômitos. Depois brigaram por causa de um verme gosmento, amarelo, gordo! Não custa muito engolir o verme quando se padece fome verdadeira. O verme é mole, liso. A gente só tem que abrir a boca bem aberta. Mas quando o homem está morrendo de fome pode abrir a boca até este tamanho! A barriga não sente gosto, que eu saiba. Bom, mas o que também não posso comer, e me admira que alguém coma, é gordura de boi, que os brasileiros põem na comida. Basta um sujo de banha de boi misturada com um gole de tereré e está um cristão com nó-nas-tripas. E não existe santo nem curador que lhe dê alívio. Essa é outra coisa de que Deus me livre! No mais, de tudo o que voa, arrasta, pula, nada ou anda, a gente bem que pode comer quando...

Ia nesse resmungo quando o irmão entrou, tiritante, escorrendo chuva. Para conhecer com que gênio e intento ele vinha, arriscou:

– De comer tenho o tanto que dá pra dois. E uma camisa, com mais um trago de canha antiga pra servir de casaco.

Pablito sacou a camisa molhada e continuou esfregando o peito com as mãos.

– Ela, aonde terá ido?

Mesmo agachado a cuidar da trempe, Pytã moveu os ombros antes de dizer:

– Pra onde você mandou que ela fosse. Pro inferno!

Sabiam a que chegariam e assim mesmo foi custoso dizerem as coisas que deviam dizer. O caldo de ossos cheirava bem e o borbulhar do milho ao fogo quebrava a monotonia da chuva. Estavam quase no escuro, o que não fazia diminuir a raiva crescida dentro deles.

– Mesmo que ela não disse pra onde ia?!

Tão ingênua era a pergunta que o Pytã não pôde deixar de irritar-se:

– Era preciso? Pra onde vai mulher do erval tocada fora do rancho que tinha como seu? Pra um dos ranchos sem mulher! Não se agradando de nenhum homem solteiro vai para bailanta que é casa de todas elas.

Pablito acocorou-se vestindo a camisa limpa. Havia o cheiro do locro, a umidade da chuva metendo-se pela cobertura de palma, o escachoar da água e o ferver musical do milho. Bulindo com ele o pensamento da Flora debaixo da chuva, num caminho do erval, rumo da bailanta. Ou, coisa muito mais capaz de reinar nas feridas de um homem: a ideia de que ela fosse chamada a entrar num rancho qualquer, dos muitos sem mulher. Quando essa ideia se tomou insuportável, de dolorida, foi preciso falar. Disse só para justificar-se:

– Mandei pra companhia do diabo! Que é que eu podia fazer? É o que um homem bem homem faz, hein? Gritei que não perdoava, que ela era uma à toa. Você, fosse com você, não fazia assim?

Pytã concorda porque é o modo de continuar em paz:

– Isso! Isso mesmo! É o que eu faria!

Pablito esfregava, agora com lentidão, o peito e o ventre. Como se acarinhasse a mulher perdida na chuva e pela qual ansiara nas semanas da monteada. Porque a tivera e mandara embora sentia mais falta dela do que antes. Agora era outro tipo de distância. Outra vez precisou falar. Uma coisa qualquer, só para não repisar a lembrança da Flora achada, perdida, quem sabe no rancho de outro homem:

– Aquilo... como foi que aconteceu?!

– Bah! Pois ela não contou?

– Sim, mas você também sabe contar, não sabe? Quero ouvir a seu modo. Como foi que aconteceu aquilo?

Pytã sentiu pena do irmão. Entendia não haver erro nem injustiça no sucedido. A mulher se fora como viera, que esse passar de um para outro rancho de homem solitário é o dia-a-dia da mulher do erval. Um mineiro só é diferente de outro pelas arrobas que consegue carregar. O ganho diário é o que torna o homem menos ou mais simpático aos olhos das mulheres que fazem vida nos ervais. Foi sempre assim e Pytã nunca esperou que a Flora saísse diferente. Mas o seu irmão pela primeira vez teve em casa mulher de seu agrado. Ela se fora, porque o sucedido com muitas outras sucedera também a ela. Um mineiro veterano suportaria o acontecido como mais um dos males do erval. Mas ao seu irmão sucedia com a sua primeira mulher. Por isso Pablito sofre. Embora as palavras sejam inúteis, Pytã vai contando:

– A dizer o certo a Flora trilhou o melhor que pôde, e cortou fino e limpo pelo bem que lhe quer. Vai e vai e isso desespera o Isaque já escorregando na risada da gente porque podendo querer e querendo de fato essa mulher, não chegava onde gostaria de chegar. Quem adivinha o que o diabo assoprou no gênio dele?! Decerto soube que você estava de volta e se acabava pra ele o tempo de tentar. Pois se decidiu e rompeu aqui, escorado por dois capangas que tiveram pressa em me enrolar na embira. Então... ele, Isaque, cuidou da Flora.

Pablito ouvira as palavras de seu gosto. A Flora não se entregara! Parou com as mãos e recostando a cabeça na parede sentiu tal angústia, tão grande vazio, tão inútil a desesperada fúria com que se abalara pelo mato no rumo da Flora e tão perdida a doce Flora dos cabelos macios, dos olhos brilhantes e de pele amornada, que não pôde segurar um soluço e depois do soluço uns quantos regougos, quase choro.

Foi quando o Pytã se alarmou:

– Ora lá, mytãmi, é só uma mulher. Amanhã aparece

outra, pois você é moço e forte pra lhe dar as fitas e os perfumes. Todas têm dois braços pra alisar suas costas e boca pra dizer coisas doces no momento bom.

Engoliu a primeira colherada. E ofereceu comida e paz:

– Antes que esfrie. Quer?

Pablito ia dizer sim ou não. Mas não conseguiu. Era todo mágoa e fúria. Pulou para o escuro acinzentado da chuva e no primeiro momento, golpeado pela catadupa, vacilou uns passos. Descobriu o trilho e, vagaroso como se a passeio sob o sol, caminhou para o pátio. Só pela diferença de ruído que a chuva fazia ao cair, adivinhava onde havia rancho, mato ou caminho pois tudo era cinza e negro. Mas pôde ouvir distintamente o chamado:

– Chê, mitã!? Vem fazer companhia ao velho! Vem beber e cantar!

Foi na direção da voz e sob o telheiro do comedouro deu com o Bopi ainda vestido da monteada, encharcado pela chuva, deitado entre garrafas.

– Bebe comigo, mitã, que tenho do que beber. Abrace o velho Bopi pra lhe aquecer o coração. Este velho sabe como sofrem os moços, isso sim, ele sabe muito bem.

– Bebo com você, quero beber. Mas por que hei de aquecer o coração? Sabe do acontecido?

– Estava aqui bebendo e vi. A gente não gosta de olhar os bêbados mas os bêbados enxergam bem.

– A Flora?

– Pois a Flora. Chegou com a chuva e vinha chorando tristeza, ela também. Quase rodou aí nesse lameiro. Então desceu o Isaque da comissaria e pegou a Flora pelas mãos. Ela chorava quando entrou no rancho dele. Estava aqui e vi. Bebe do que tenho para beber, mitã! E abrace o velho

Bopi pra aquecer o coração.

Quietamente, esforçando-se por ouvir o chora-chorando da chuva, Pablito emborcou a garrafa.

8

Ao fim de quinzena de chuvas e ventos, andar pelo mato era só para quem conhecia as trilhas e tinha precisão crescida. Tempo bom para reunir ali amigos que não se podiam juntar no claro e no limpo das ruas da cidade. As vozes mandadas falar aos amigos andaram marcando encontro:

– Chegou o padrinho da menina. O batizado é na primeira bojuda.

Dos que ouviram, não houve quem não entendesse. Estava de volta o Luisão. Por conta deles e falando por eles andara pelo Cuiabá e o Rio de Janeiro, de conversas e peditórios com os políticos favoráveis à extinção do privilégio da erva. Na primeira noite de lua cheia, meteram-se no mato por diferentes caminhos mas foram dar-se as mãos à beira do remanso mais largo, de onde podiam vistoriar o rio e o campo, sob a claridade firme do luar.

Chegado de fecha-fila o Osório trazia ainda no rosto e na barba sinais da vivência no barbaquá clandestino. Nele, mais do que nos outros, o Luisão – que dava as boas-vindas – demorou o olhar curioso.

– Pois não há o que estranhar, companheiro! Vê?! Tenho mais cicatrizes com assinatura da Companhia do que minha mãe tem rugas de mau trato e idade!

Luisão gargalhou, alegrado. E braços nos braços do Osório, explodiu:

– Seja, companheiro! Gosto de que seja assim. Bati pernas e gastei fôlego, de Cuiabá pra São Paulo, de São Paulo pro Rio, a ver se abrimos brecha no muro da Companhia. Vai e vai e a gente sabe e vê tanta coisa, que acaba desconfiando de todo mundo. Parece que todo mundo é dente no rolete da Companhia. Dá gosto ver que você não amoleceu!

– Nem eu nem muitos como eu. Pela lei do monopólio todo esse mato, com a erva que tem dentro, é da Companhia. Pela nossa vontade, também aproveita aos changa-y. É cada vez mais difícil, mas a gente aperta os dentes e continua. Vocês, políticos, é que sabem até quando isso vai durar.

Luisão traz notícias. Para chegar até elas envolveu-se na política, envelheceu depressa, amargou ódios, fez vida de fugitivo. Agora tem as notícias. Reuniu os amigos, essa noite, para gritar-lhes as notícias. Arrasta o Osório para o meio dos outros.

Com a sofreguidão de quem põe à mostra desejo antigo, foi dizendo:

– Quero lhes dizer umas coisas. Antes, preciso lembrar outras coisas. Não se aborreçam se vou começar do começo das coisas, aqui no país da erva. Até agora nenhum de nós fez política que não fosse a política do nosso quintal e do preço da erva. A Companhia faz também essa e faz a grande política, em Cuiabá, em São Paulo, no Rio, em Buenos Aires, sei lá onde mais. Assim, cobre e abafa os gemidos e os gritos da pobre gente nos ervais. No andar em que vamos, nem no fim do século teremos força para emparelhar o nosso passo com o passo da Companhia. Lá fora é que é preciso gritar. O Governo é que nos pode ajudar se chega a nos ouvir. Mas Governo só ouve ribombo, soluços não.

Deixou que se entreolhassem, em concordância. E continuou:

– Até agora lutamos sozinhos e a nosso modo. Mas a influência da Companhia não deixa a nossa voz engrossar. Porque ela tem quem leve os seus recados até onde eles devem ser dados. Ate agora ela falou trepada em razão porque a verdade é que ela abriu este país que é o sul do Mato Grosso. Antes da erva, até a guerra grande, só havia por aqui umas quantas fazendas e alguns povoados. Quem de vocês não ouviu falar desse tempo?

Fazia a pergunta para manter a atenção deles. Alguns fizeram sinal de que se lembravam. Outros sussurraram aos vizinhos o que haviam escutado a respeito. O Luisão prosseguiu:

– No oitocentos e oitenta e dois, começaram a fazer erva e um certo Dom Tomás, da comissão de limites, arranjou companheiros e armou a Companhia. Tudo que era erva foi dado à Companhia. Para o Estado reservaram quatro centavos por arroba de erva saída. Disseram ao Governo que o grande lucro do Estado e do povo apareceria em estradas, povoados, portos, escolas, vinda de muita gente para este oco de mundo. Bom, não se vai negar que tudo isso aconteceu mesmo. Se eu disser que quase tudo o que há de progresso neste Sul foi feito pela Companhia, vocês não hão de berrar que é mentira, hein?

Perguntou e esperou. Ninguém disse que não era mesmo assim. Seguiu:

– Mas se eu disser que quase todo o mal que campeia por aqui também veio do mesmo rumo, vocês concordam comigo, não concordam?

Deixou que ficassem um momento longo comentando

o muito que sabiam a esse respeito e recordando os fatos e os nomes conhecidos entre os mortos dos ervais. Sem altear a voz, como quem chega ao fim da tarefa, Luisão rematou:

– Pois o que lhes trago de novo é que a nossa preocupação chegou ao Rio. Já falam disso por lá e já falam alto. Dizem que do modo como as nossas árvores vão sendo maltratadas e cortadas com mais um pouco já não haverá erva no sul do Mato Grosso. Vocês sabem, no oitocentos e noventa e cinco mandaram para cá uma lei que punha ordem na colheita e estreitava o tempo da safra. Mas isto é um mundo e o dinheiro, tentação forte. Ninguém obedeceu à lei. A erva está vasqueira. Logo mais e se acaba. Foi o que assustou o Governo. Outros políticos, de lá e de cá, lembraram de se preocupar com os homens. Querem que a oportunidade para explorar os ervais nativos seja igual para todos. Que se acabe o monopólio.

Foi para o meio deles, bem de perto, valorizando o que desejava fosse um segredo:

– Mexemos e agitamos tanto que esse tumor está doendo no país inteiro. Tem que vir a furo! Cedo ou tarde! Agora é esperar! Aguentar! O pedaço será mais duro, daqui para o fim. A Companhia vai pôr de fora todas as suas unhas e há de querer arranhar fundo o lombo da gente. Não faz mal, não é?! Chegamos até aqui e daqui vamos ao fim. Coragem, que as notícias chegam boas, lá de fora. Mais dia menos dia o monopólio se acaba!

E pouco depois, de caminho para casa, tocando o braço do Osório, murmurou:

– Acabado o monopólio, também se acabam os changa-y.

Osório vigiava o tombo da lua e media no rosto a corrida do vento frio da noite virando:

– Vá lá, vá lá! Acabado o monopólio, acabam os

changa-y! Quem sabe quando isso vai acontecer. Agora o que existe é a erva. E o tempo de voltar ao mato. Ainda desta vez vou de changa-y, se tiver companheiros.

9

Só com olhar para os dois homens e a mulher de pé, à porta, o Curê adivinhou o que lhe vinham pedir. Não fosse ele um dos administradores mais antigos no mundo da erva! Os três vinham ressabiados como se a coisa fosse nova. Mas não era nova nem causava estranheza. Negócio como qualquer outro.

– Pois e então? Que diabo de encrenca vocês me trazem?

– Eu, como o senhor sabe, tenho bem boas as minhas contas. Duzentos pesos de saldo.

– Sei disso. E você quer fazer o que com eles?

– *Bueno,* pois aqui o Juan, deve quase isso. Mas tem aí essa mulher e não lhe dá nem lhe tira serventia. Então combinamos e viemos falar. Se o *patrón* estiver de acordo, fico com a mulher e com a dívida dele. Diga o senhor se está no seu gosto.

Curê ouviu enquanto correu os olhos pela mulher. Mulher batida de erval, mulher rodada de rancho em rancho, de erval a erval, moça-velha, sem mais graça, sem mais carnes, sem encantos. E, todavia, mulher!

Para tê-la consigo, metade de uma noite que fosse, não moveria dois dedos, não gastaria um peso. Que isso nem aquilo, ela não valia. Mas para os livros de contas do erval, ela podia valer cento e setenta pesos se passada de um homem para outro, do homem que tinha saldo no registro para o que tinha dívidas. O devedor raramente paga, o credor pode inventar questões. Portanto, negócio bom para todos trocar a mulher pela dívida. Negócio que se fazia com frequência, ali e além. Sem outra formalidade que umas quantas perguntas:

– Chê, Juan? Você ouviu o que disse o seu compadre? Ele falou por você?

Juan acena que sim. Isso, quase de costas para a mulher. Um certo tempo – pouco ou muito – viveu com essa mulher e ela lhe dera o que tinha para dar. Agora ela lhe vale muito mais, vale o cancelamento da dívida que o prende ao erval. Dando a mulher a outro, ele tem a ilusão da liberdade.

– E você, mulher, diz que sim ou que não?

Ela acena um sim.

– Pois então, estamos os quatro de acordo! – concluiu o Curê.

Manda vir os livros, repassa o olhar pelos três miseráveis à sua frente, calcula o que efetivamente poderia valer essa mulher, cancela uma dívida, escritura outra.

– Está feito. Vão-se embora.

Saíram os três. O novo dono da mulher à frente, mostrando a ela o caminho do rancho novo. O que ficou só quedou-se um momento à porta, pensando no que fazer agora que era um homem sem dívida e sem mulher.

Curê deitou para o meio dos calcanhares um resto de canha amornada, abriu com os dentes uma garrafa nova e seguindo o gluglulejar da bebida observou:

– Nos começos, isso buliu com meu estômago. Agora...?! Que nada!... a gente se acostuma com tudo, nesta velhacaria de vida!

Capítulo IV

1

No fim da tarde, reunida a gente do rancho, amarraram ao poste o moço apanhado na fuga com o Augusto. Estenderam-lhe diante os chicotes e perguntaram:

– Começamos com qual? A escolha é sua.

Preferiu morder o lábio e engolir o soluço. Escorreu o olhar aterrado, dos chicotes para os homens aglomerados à sua volta. Como que pedindo ajuda. Ninguém descoseu a boca. Sentiam pena, mas não eram doidos!

Não dizia este ou aquele. Então a escolha tocou ao justiciador. Mostrou-lhe, com a ponta da bota, o chicote com que ia bater por primeiro. O terror do meninote foi tamanho que não gritou nem gemeu. Antes da primeira açoitada achou de rir, estupidificado, para os companheiros que o ampararam com o olhar.

Bateram com o teyu-ruguay, o chicote fino e longo como a cauda do lagarto, que rompe o couro e põe estrias de sangue nas costas e peitos mais robustos. O justiçado era fraco e estava dobrado pelo medo. Para que não desmaiasse depressa demais, estragando o espetáculo punitivo, o Curê olhava os olhos dele muito de perto.

Quando já não viu cores quentes, fez sinal e mandou parar. Jogaram água sobre a cabeça, deram-lhe uma cuia a beber, gritaram que aprendesse a não fugir. A gente olhando, sem querer olhar. Do outro lado começaram a bater com o mborebi-piré, o azorrague de tiras largas de couro de anta. Próprio para ferir por baixo da pele, despregando a carne dos ossos, fazendo um homem sadio sentir dores por anos e anos cada vez que a temperatura baixe ou suba.

Mas o batedor nem chegou a cobrir-se de suor. O rapaz tombou a cabeça e, chora-chorando baixinho, desmaiou. O Curê tocou no braço do batedor e resmungou:

– Porcaria! Faz anos que não vejo homem capaz de receber de cabeça erguida umas quantas lambadas! O que é que esses vadios têm no sangue, hein, Isaque? Tereré?

O Isaque, andando ao lado, caminho abaixo meneou a cabeça. Mas como o Curê insistisse murmurou:

– Chéé...! Pelo que comem e o pouco que descansam é de se dar graças que fiquem de pé debaixo do raído.

O Curê era o administrador. Tinha que estranhar:

– Disso que você disse não gostei. O que é que você daria a eles se fosse dono do erval? Comida de patrão é pra patrão, comida de peão é pra peão. Não pense que gosto de mandar bater. Mas quem segura esse povo no duro do trabalho se não usar dureza?

Isaque aceitou que era mesmo assim, com acenos de cabeça. Umedeceu o lábio com a ponta da língua. Ao Curê isso não passou desapercebido. No primeiro degrau da casa parou e tocando a mão no peito do companheiro, como a lhe dizer que ficasse ali, recomendou:

– Você anda que não reconheço! Tudo por causa daquela mulher. Enquanto o desmancho era só com você estava bem. Mas agora incomoda o rancho inteiro. Disso também não gosto.

Aquilo foi o mesmo que pôr a nu as vergonhas do Isaque. Pois era assim mesmo que vivia: desassossegado a mais não poder pelos cuidados com a Flora que levara pra casa e trancara lá dentro com ordens de não encostar os pés à soleira.

O Curê insistia, abespinhado e duro, chefe que era:

– Estamos juntos na vida do mate desde não sei bem quando. Depois da Semana Santa vamos para o erval novo. Se for do seu agrado vir comigo, continuamos acamaradados. Mas veja lá! Quando se tem mulher em casa é pra melhorar a vida e não pra servir de purga aos pecados!

– Você está amargo, ôôô Curê? Mesmo comigo você esta um amargo tapado! – gemeu o Isaque raspando a cabeça na mão e a mão no batente da porta.

– Não é por gosto, não. Faço o que tenho de fazer. Quem paga é a Companhia, não é essa fulana raspa-esteira, não senhor.

– Bom, mas que prejuízo a Flora deu pra Companhia? Nenhum! Minha obrigação tenho cumprido, sem ela e com ela. E Deus não me ponha a pesar na alma as tratantagens que fiz pro benefício da Companhia.

– Ai, estes olhos que me matam! – uivou o Curê antes de responder. – Também, um sol destes! Infeliz de mim que vim a este inferno! Bom, bom, seja como diz, mas azucrinando o seu passadio ela azedou a vida de todos: do Pablito, a sua, a do Pytã, sei lá de quantos! Todo santo dia sobejam aborrecimentos com a erva e os mineiros. Não quero saber de malquerença por causa de mulherquenga. Meu gosto era não tomar cargo disso, mas assim é que são as coisas: você tem obrigações e essa sicrana não é das que dão sossego. Devolva a mulher pra estrada ou dê acomodação nos quereres dela pra não ficar verrumando vontades que não se pode contentar.

Isaque sentou-se no degrau, prometendo:

– Deixe! Mais uns dias e lhe ensino a andadura do meu agrado.

– Se acha que vale a pena a trabalheira...

– Aha...! Isso você diz porque não conhece a Flora. Quem teve a Flora sabe quanta pena vale esperar por ela.

O Curê senta-se também, os olhos semifechados evitando a solama. Derreando o corpo sobre um cotovelo, duvida:

– Ouço falar da Flora faz bem tempo e nunca soube que lhe faltasse panela de onde tirar o caldo. Decerto que deve ter visgo muito doce com que segurar os homens. Você está pego, não está, Isaque? E logo você, que podia ter quantas quisesse sem trabalho nenhum.

Dói ao Isaque dizer que sim ou que não. Calou-se. Mas o Curê, que havia escolhido a tarde para infernizá-lo, insistiu:

– O diabo, Isaque, me desculpe, é que não sei se você tem um tantinho do tal visgo. Ela ainda não pôs reparo em você, hein? Isso de amarrar mulher estradeira no cós da nossa camisa é uma coisa, e ter a vontade dela pendente do suspirar da gente é muito outra coisa. Eu de mim não me acostumo com mulher vigiando os meus minutos mas não quero ter nem um isto de que fazer com as que não se agradam muito e muito de mim. Quero, sim, que gostem antes de eu gostar.

Estiveram silenciosamente de acordo. Depois, o Curê bateu consoladoramente no joelho do amigo:

– Se lhe serve essa andadura de amor, o passo que lhe serve é esse. O modo como se gosta não tem nada a ver com o modo dos outros gostar. A gente ama como pode e não como quereria amar. Mas isto aqui é o mundo da erva, Isaque, nem o bem querer tem por aqui o mesmo jeito e o mesmo modo das outras terras e gentes.

– Pois vou teimar. Ainda por um tempo seguro a mulher comigo. Ela, de sua vontade, teria ido embora. Ficou, porque rezei um rosário de ameaças contra o Pablito. Ouviu e ficou por amor ao Pablito. Mas é mesmo conforme você diz, não dá prazer querer a mulher que cospe o gosto da nossa saliva e geme pelo gosto da de outro. Ainda assim fico com ela mais um tempo. Depois...

– Não me diga o que vai fazer. Antes, se dê pressa em acabar com o serviço neste rancho. Maldição! Nunca sofri tanto e me diverti tão pouco como nesta cova do diabo!

O Isaque andava temeroso aqueles dias. Ouvindo falar no diabo, persignou-se e para que o Curê não invocasse de novo o rabudo-de-chifre, convidou:

– Vou lá acima dar banho de salmoura nas chicotadas do rapaz. Pra que possa pegar no trabalho daqui uns quantos dias.

– Bem bom! Depois, vem sustentar um carteado? Mando vir umas garrafas.

– Gostaria, Curê, gostaria! Mas sabe, tenho lá no rancho a mulher! Meu gosto é ir pra lá.

– Pois vá, se é de gosto! Eu por mim não tenho onde ir. Quem sabe mando buscar alguém pra esta noite! A Zola ainda assiste na bailanta?

2

Pablito e Bopi não foram assistir ao castigo. Beberam e dormiram todo o dia.

O Bopi sabia sempre de onde tirar outra garrafa. O Pablito não dizia que não. Para ambos a tristeza de estar no mundo era insuportável de grande. Com a madrugada tirando os mineiros para fora dos ranchos, deram um cochilo. Tinham todo o dia para folgar, pois faz poucas horas voltaram da monteada.

Pablito acordou com vontade de fazer todas as malfeitorias do mundo. Mais por tristeza que por ruindade. Mas tudo era dolorido e não fazia outra coisa que sofrer. Ouviu os homens arrastarem-se no caminho do erval, voltou a perceber o cheiro da erva e as pancadas cansadamente iguais dos atacadores trabalhando as bolsas.

– Acha que eu deveria matar o Isaque, hein, Bopi? É o que tenho a fazer, não é?

O velho, nada. Cutucou-o com um dedo, entre as costelas, repetindo:

– Você é quem sabe como são essas coisas. Ele fez o que fez com minha mulher. Eu gostava dela sem pôr um isto de defeito nesse gostar. Mas por artes do Isaque, como é que vou gostar ainda? Hein, Bopi, tenho que matar o Isaque, não tenho?

O Bopi, de borco, era como se não ouvisse. Pablito arqueou o corpo e quis sacudir a cabeça do velho. Recuou a mão com medo pois o homem queimava.

– Pelos anjos! O velho está mal!

Chamou-o, falou-lhe, assoprou-lhe nas orelhas, nas

ventas e na boca. O Bopi apenas arquejava e ardia em febre, tendo as roupas ainda molhadas pela chuva. Pablito quis arrastá-lo para o ar, o sol. Puxara o corpo dois passos quando viu o revólver. Estivera escondido a noite toda. O velho não devolvera a arma ao Curê e o Isaque mais o Casimiro já estariam sabendo disso. Essa era uma falta danada de ruim no erval! Agora, os dois estavam com a vida complicada! Maldição! Como se ele já não estivesse mal com a vida!

Esperou aflitamente passar alguém. Receou gritar, pois lá estava o revólver escondido. Palpou a arma. Abriu. As cápsulas brilharam ao sol da manhã. E nisso nasceu e cresceu a tentação de ficar com a arma. Voltou a palpar o rosto do Bopi e encontrou-o quente, os lábios ressequidos. Não havia água embora o caminho fosse um lamaçal. Quis fazer bem ao amigo. Umedecendo os dedos em saliva passava-os nos lábios do doente, entre uma ida e vinda até o meio do caminho a ver se enxergava um passante.

Nele mesmo, Pablito, começaram a doer algumas dores. Não quis cuidar delas porque o velho arfava com roncos surdos no peito mirrado e quando girava o corpo era para babar um escarro cor de lama.

– A Virgem me valha que o Bopi se vai!

Não aparecia pessoa no caminho e só o que ele sabia fazer era passar os dedos umedecidos em saliva pelos lábios do morrente e assoprar-lhe a testa escaldante. Chamar não podia, sair dali era o mesmo que abandonar o Bopi. E havia o revólver, o danado revólver que o Bopi não devolvera à administração. Muita coisa podia ser perdoada num erval. Ter consigo arma de fogo – e arma da Companhia, não podia, era falta sem perdão!

– Morre o Bopi! Pois se acaba o velho e nem me diz de que, nem como! Por que ficou com o revólver, ôôô, velho? Isso é ruim, não sabe? Em erval da Companhia isso é procurar encrenca pra toda vida! Que tal, guardo comigo o revólver?!

Percebeu que falando diminuía o terror. Continuou falando! Contava suas coisas, glórias e vergonhas, mesmo porque o Bopi não ouvia. Só o que fazia era roncar surdo no peito magro, arder de febre, às vezes abrir a boca como para prender com os dentes o ar que lhe escapava.

– Ôôô Bopi, ôôô Bopi, vai melhorando, não vai?

Nada de melhoria. O Bopi agonizava. Pablito continuou falando, lembrando como é que muito tempo atrás um velho padre lhe descrevera, em aula de catecismo, as belezas do outro mundo. Era bom que o Bopi soubesse que o outro mundo não tinha nada de feio.

Quando o bochorno deu pra enrolar as folhas da urundeira, a Zola saiu do rancho do Curê pra onde fora chamada aquela noite e tomou caminho no rumo da bailanta.

O Pablito não tinha escolha. Ciciou um chamado e a Zola, que nunca regateou ajuda, botou logo olhar de susto e cuidado quando deu com o Bopi estertorando.

– Chi... – murmurou, passeando as mãos pelas ruindades do homem. – Está feito! Não dura até a chegada da noite. Aicheyáranga![1]

O Pablito mordeu a língua, que senão chorava mesmo.

– Não tem remédio? Que raio de coisa terá dado nele?!

A mulher arrepanhou o vestido e sentou-se recolhendo

[1] Coitadinho, pobre, digno de lástima.

a cabeça do velho nos seus joelhos. Passando-lhe as mãos pelo rosto mediu o muito pouco que ele tinha de vida.

– Comece a chamar gente. O velho está por um tico!

Era mesmo assim, mas o Pablito não se arredava.

Até que a Zola irritou-se:

– Então? Não vai? Deixe o Bopi comigo. Ninguém melhor que mulher pra ajudar um homem a morrer.

Pablito estendeu o queixo indicando o revólver. Então sim, ela alarmou-se. Arma de fogo em poder de mineiro podia complicar a vida de todos os vizinhos, homens ou mulheres. Até mesmo podia complicar um moribundo.

– Seu?

– Que nada! Não sei como o velho guardou esse ferro e nem como o pessoal ainda não saiu à procura dele. Deus me livre de que o descubram aqui!

Ela reconheceu na voz do Pablito o medo que engrossava a saliva de todos os homens dos ervais quando pisavam um pé além da linha riscada pela Companhia. E gostando por igual de todos eles, sentiu como se também contra ela a Companhia se atirasse por causa da arma não devolvida.

O Bopi sororocava e o Pablito sem arredar pé da cobertura e os olhos da arma.

– Apanhe e dê sumiço nessa desgraça!

– E o velho?

– Deixe pra meus cuidados. Não é o primeiro de quem me toca fechar os olhos.

Pablito ainda tremeu um minuto comprido. Botar a mão no revólver era roubo e insubordinação. Se descoberto estaria liquidado. E nunca um revólver escondido ficara escondido muito tempo.

– Então?! – gritou a Zola.

Empurrado por aquele grito apanhou a arma e saiu para a restinga. A Zola esperou que o mato se fechasse sobre ele e rompeu em apelos:

– Ei? Ei lá? Quem me ajuda?

Os primeiros a chegar, dois meninos da rancharia, encontraram morto o Bopi e a Zola acarinhando-lhe os cabelos e as faces.

3

A seguir vieram mulheres, porque os homens, a essa hora, andavam se cozinhando ao fogo das tataguas. Chegavam, olhavam o morto, enrolavam-se no xale e começavam a contar o que sabiam de bom a respeito dele. Ninguém tocou no Bopi enquanto o administrador não desceu com os capatazes. Olharam, viraram e reviraram mas nada de encontrar o revólver que o velho não devolvera ao voltar da monteada.

Pelo fim da tarde os mineiros agruparam-se para ouvir das mulheres e dizer-lhes o que sabiam de bom a respeito do morto. Mas não buliram nele. E à medida que o tempo corria raivavam contra o administrador que se demorava. Haviam trabalhado como todos os dias e como todos os dias sentiam-se cansados e doloridos. Por mais que tivessem apreciado o vivo, não podiam empregar o seu tempo do descanso cuidando de um morto! Continuavam vivos e havia um resto de mina para cortar, o que exigia estivessem descansados pela manhã. Para o Bopi terminara tudo. Já podia ficar o tempo da Eternidade deitado no barro, arroxeado, rosto voltado para o céu. Ninguém viria lhe dizer o que fazer, como fazer, e que devia trabalhar mais depressa, produzir mais erva.

Zola esperou até que todos dissessem o que conheciam de agradável acerca do Bopi. Ficara distante, escondendo das mulheres a saia vermelha, os ombros nus, a blusa aberta de alças estreitas. Depois, porque a tristeza lhe pesava, em vez de subir para a bailanta desceu e foi sentar-se diante do barbaquá.

Quando o huayno saiu para carretear braçada de lenha deu com ela e entendeu de repreendê-la com os olhos. Mas a Zola queria querer bem ao rapaz. Um tanto porque o Curãturã gostava dele e outro tanto porque lembrava o filho que ela gostaria de ter tido. Sorriu em troca do mau olhar e tentou fazer-se agradar:

– Já foi contado por aqui que o velho Bopi...?

O Aguará fez que sim com a cabeça enquanto recolhia a lenha para a curva do braço arqueado.

– Era bom, o velho? – ela insistia em cativar o rapaz.

O Aguará esticou o lábio inferior e moveu os ombros.

Zola sorriu de novo, imaginando que o seu filho, se tivesse tido um filho, seria tímido como aquele moço, sempre a se fingir irritado com as mulheres. Deixou-o por fim e foi passear diante do barbaquá até que o huayno apontou-a ao uru. O Curãturã não podia deixar a beira do mbudo, mas gritou:

– Olê, Zolaaaa...?!

Ela botou a cabeça para baixo do rancho cuidando não ser alcançada pela bafagem e que não lhe caíssem de vez as alças da blusa. Riu um cumprimento:

– Vim pra ver o que lhe passa!

O uru descansou o toré-rembó e recolheu na concha da mão o suor da fronte para aspergir com ele a erva estalejante. Era o modo de quebrar o mau encanto levado à sua erva pela presença feminina. Feito isso festejou com os olhos a visita da Zola:

– Ai lá, minha cuña-paye[1]. Tenha prontos os seus cuidados que a Semana Santa vem aí e nos arrebentamos de divertir!

Não era bem isso o que andava mordiscando a curiosidade da mulher. Mesmo nas costas do agastado huayno que atirava lenha na canhoneira, ela adiantou a petição de desculpa:

– Pois vim lhe dizer, antes que lhe dissessem. Ontem, na boca da noite, o Curê mandou um ajudante me buscar. Pra ele.

Homem e rapaz botaram nela um olhar de reprovação. Dorido, o de um, raivoso, o do outro.

Ela adiantou-se:

– Podia dizer que não?!

– *Bueno!* Ele pode fazer isso. É quem manda e quem paga.

Meia partida ganha, mais do que depressa ela encerrou o assunto ruim:

– Pois sim, e a vida da gente, num fim de erval é essa. Sem perdão nem desvio.

O Aguará atirou com estrondo o resto da lenha para o fundo da fornalha. Queria era fazer estrépito. Obteve um chuvisco de fagulhas que chegaram à mulher. Mas já o uru concluía voltando a esgrimir a forquilha contra a erva.

---

[1] Bruxinha (dito afetivamente).

– É como é!

A Zola mediu o dorido com que ele falara. Precisava dizer algumas palavras.

– Soube do Bopi?

Era de mau agouro falar de morte a um uru no trabalho. Rapidamente, os homens cuspiram três vezes para o meio dos pés, tendo juntos os calcanhares. O rapaz benzeu-se mas o uru não podia largar o toré-rembó. Fez foi olhá-la desassossegado e responder com acenos tristes de cabeça: sim, soubera do Bopi.

– Bom! – ela concluiu, nem por isso desenxabida. – Então você está de saúde. Vou indo. Adeus!

Nenhum deles respondeu, atentos à erva e pensando no morto.

Subiu o caminho quando os mineiros carregavam o Bopi. Haviam tardado pois o Curê exigira de todos jurarem – pela honra da mãe e pela própria alma – que nenhum deles vira ou soubera do revólver que o morto deixara de entregar.

4

Isaque andara com seus ajudantes a tarde inteira a revirar o erval – rancho por rancho, procurando o revólver. Voltou para casa aborrecido e sedento. Bebia da água com os olhos postos na mulher encurralada ao pé do catre. A Flora nem se movia, nem o olhava. Mas disse:

– Deus me perdoe, mas eu gostaria de enxergar a cara da morte!

Ele deitou a cuia, enxugou as mãos nos pelos do peito e foi sentar-se ao lado dela. Para lhe dizer, quase ao ouvido:

– Eu podia lhe ajudar nisso de morrer. Arranjei morte pra muita gente! Sei uma porção de modos pra ajudar uma pessoa a morrer! E ninguém perguntaria coisa que fosse. Porque nunca se viu mulher como você recusar homem como eu! Já lhe disse, pois não disse, que o Pablito se acabou pra você?!

Tendo enxutas as mãos, tocou-lhe o ombro. Ela torceu-se num ensaio de esquiva, gemendo:

– Aniná! E mais baixo ainda pediu – não, não faça...

Podia vencê-la com pouca força. Ela não resistiria. Já fizera assim. Mas também sabia não conseguir dela vibração que fosse. O tempo todo estaria enojada, ansiando por um final rápido. Assim ele não a queria. Rodou sobre o catre, olhos fechados, mãos debaixo do corpo para vencer a tentação de lançá-las ao redor da mulher. Murmurou, com dificuldade porque tinha a boca colada à esteira:

– Sabe, nasci nos campos, lá pra baixo, onde o rio se espraia. Quando chega o tempo das festas grandes, as mulheres banham os cabelos em água de jasmim. No escuro do caatim a gente sabe por onde anda a mulher que se procura. Ela inventa de se esconder pra ser melhor amada. Esconde mas solta os cabelos a dançar no vento quente da noite. É pelos cabelos que a gente se põe a acarinhar a mulher. Você nasceu nos campos, hein, Flora? Você não andou nunca com cheiro de jasmim pelos cabelos?

Mesmo nos campos é que ela nascera. E muitas noites de festa andara a rodar pelo caatim endoidecida pelo desejo de ser amada, com os cabelos soltos bailando ao vento andejo, enfeitiçada de amor. Isso, no passado! Em tais noites pudera escolher o companheiro. Agora, não, não pode. Tem rancor, medo e vergonha. Coisas que fazem mal. Porém, mal passageiro. Ao passo que se se recusar ao Isaque o mal que o Isaque causará ao Pablito será maior e duradouro. Chora as primeiras lágrimas quando as mãos do Isaque começam a soltar os seus cabelos. E ele diz, com voz quente e trêmula de pedir desculpas:

– Ah, Flora, ah! meus pecados mortais! Se eu soubesse de moita de jasmim por essas lonjuras de mundo, ia de galope buscar o tanto com que dar, eu mesmo, um banho demorado nos seus cabelos! E havia de fazer isso com dedos leves que nem os dedos dos arcanjos!

Enfiava as mãos e depois o rosto para o meio dos cabelos dela. Assoprava-os, desfiava-os entre os dedos, aspirava o perfume de fruta e de flores que gostaria de encontrar ali. Quando, enervada pelas carícias, ela tremeu e curvou-se com arrepios, o Isaque uivou uma ordem:

– Quieta! Fique quieta, meus pecados!

Com um joelho, sem violência mas firmemente, paralisou-a. Meteu-lhe as mãos pelos ombros e num meio beijo e meio mordida passeou-lhe a boca pela nuca. Aí, então, foi demais para a Flora: soluçou e rompeu a chorar, alto, forte, dolorosamente. Mas não se movia porque entre as carícias da boca e dos dedos, o Isaque repetia:

– Quieta! Fique quieta!

Corrigiu a postura do pé que ela deixara encolher. Arrumou carinhosamente fios dispersos da cabeleira dela. Juntou-lhe as mãos aos flancos. Tudo sem dar importância ao choro.

– Você é bonita, sabe? E cheira bem. De certo foi no tempo das flores que você foi feita.

Ela diminuiu o choro, arrepiando-se com os dedos e o hálito do Isaque.

– Deve ter sido de noite que Deus cuidou de fazer você!

Flora continuava imóvel, olhos arregalados, choro suspenso. Assustada. Voltou os olhos, com uma ponta de surpresa para o Isaque sentado no chão, ao lado. Foi quando ele estendeu a mão para o nu do ombro, puxando-lhe o vestido. Ela gritou um grito agudo de medo e rodou para um canto, encolhendo-se e recomeçando a chorar no meio de rezas.

Isaque estendeu-se no solo, as mãos debaixo do corpo. Dizendo:

– Bom, se assim é que é, seja assim. Não boto as mãos em você.

Ouviu-o e teve medo. Não fosse tramar alguma maldade contra o Pablito! Havia mágoa na voz do Isaque e ele se punha de bruços na enxerga, repetindo:

– Não ponho as mãos em você.

Ela assentiu, com olhos grandes, lacrimosos de expectativa.

– Nem eu, nem ninguém!

Assustou-se e perguntou:

– Quer dizer...?

– Quero dizer isso mesmo. Não mando matar o Pablito porque é mineiro bom e é coisa da Companhia. Não obrigo mulher a querer o que eu quero. Mas não suporto que ela não me queira por gosto e serviço de outro. Dele você não será. Nem de outro qualquer.

5

Pablito foi rodar pelo pátio da administração a falar com os encontradiços e mostrar-lhes, discretamente, as suas mãos vazias. Queria que todos vissem suas mãos vazias. Ninguém suspeitaria que escondera a arma do Bopi.

Falador como nunca, tinha mais abertos os braços e firmes os pés. Gozava o seu segredo! Aha! Diabo! Como era gostoso ter um segredo desses! Escondera o revólver e graças ao revólver era o mineiro mais forte, o único que podia abrir caminho entre a mata e manter longe de sua pele os comitiveros. Com revólver, um homem decidido pode chegar ao rio, gargalhar o seu desprezo pela Companhia, cuspir sobre a terra do mate e descer para as cidades onde os homens não se vigiam nem se combatem. O mais gostoso estava em que todos ignoravam a razão da sua alegria! Ele sabia! Se quisesse ou desconfiasse ter um sonho e não uma verdade, poderia ir tocar no seu revólver, sentir o seu peso, abrir o tambor e ver o brilho das cápsulas! Melhor que ninguém soubesse! Possuía o que nenhum peão jamais tivera – um bom revólver e cinco balas.

Passou um mineiro e resmungou:

– Roubam a sua mulher e vem mostrar como está alegre e limpo! Não é coisa que homem faça!

Riu, porque o mineiro não conhecera o seu segredo.

Uma fazedora de charutos subia o caminho e parou para dizer:

– Vá as mulheres acreditarem que são queridas! Um chucro que nem você se alegra quando levam a sua mulher à força!

Riu porque a charuteira dizia aquilo ignorando que ele tinha um revólver e com um revólver podia levar consigo quantas mulheres quisesse. Com revólver é que se tomavam as boas mulheres dos ervais! Aha!, como a charuteira e o mineiro ficariam pálidos de medo sabendo do seu revólver!

Anoiteceu. Na rancharia a guitarra começou a soluçar uma guarânia lamentosa. O ar enturvou-se com o cheiro forte do locro fervente. Pablito descobriu que no escuro era mais gostoso rir o riso de quem guarda segredo. Já não precisava fingir porque o pátio estava vazio e ninguém o vigiava no escuro. Tentou rir e apenas soluçou. Porque a noite, o cheiro do locro, a lamentosa guitarra mostravam a pouca valia de um mineiro que só tem de seu um revólver escondido no mato. E o quanto era boa, quente, animadora, a presença da Flora.

Passeou as mãos pelo rosto e pela nuca. Exatamente como a Flora gostava de fazer e como ele gostava que ela fizesse. Se o Isaque aceitasse, ele bem que entregaria o revólver em troca da Flora!

6

No cabaré de fronteira, o começo da noite é o momento mais duro. As mulheres se arrumam para receber a freguesia. A bugra Nakyrã destrança os cabelos e demorase a brincar com eles, fingindo que se penteia. Era assim que no mato fazia o Osório, nos começos de noite, antes de sair para o trabalho de acender o fogo e cuidar da erva. Às vezes dizendo coisas, outras assoprando quente para a nuca e os ombros dela. Certas noites ficava quieto, vagaroso, o olhar perdido, apreensivo com um sinal, um ruído, um reflexo de luz no mato. Ela deixava-o fazer e estava sempre quieta e suspirosa, receando apenas o fim das carícias.

Mas nos meses em que os changa-y estão pela cidade gastando o dinheiro e desafrontando os tempos de privações, ela procura gozo em fingir que as mãos do Osório passeiam pelos seus cabelos. A bailanta é fronteiriça, os homens vêm festar e querem mulheres bem-vestidas, perfumadas, risonhas. Terá que beber, rir, ouvir e falar a noite inteira. Suportar as mãos, a voz, o hálito dos homens embrutecidos por meses de miséria e solidão nos ervais.

Estes também são homens trabalhados pela erva. Estão de volta ou vão ser levados para os ranchos. Não querem pensar no que sofreram e no que vão passar. Querem beber e festar. Que a bebida seja forte, a música alegre e as mulheres dóceis.

– Não ri, bugra?

– Pois que, mi vida, quer ver a boca escancarada até a garganta?

– Vem cá, mulher! Se achegue que lhe conto minha história. Venho do Erval Tormenta, sabe?

Todos precisam contar a sua história. Para libertar-se do seu peso. Poucos voltaram do Erval Tormenta. Nakyrã sabe disso e se apieda dele, estendendo as mãos para tirar-lhe do rosto e dos olhos os sofrimentos passados:

– Conta, conta como foi!

Aninha a cabeça do homem em seu ombro afofado pelos cabelos e pensando em que a mesma sorte poderia ter tocado ao Osório ou aos companheiros changa-y, desdobra-se a ouvir as palavras da história:

– Disseram que ia ser um vidaço regalado. O florão do que o mundo tem de bom! No dizer deles, um desbragamento de canha, de mulheres e de dinheiro. E um quase nada de trabalho que para o trabalho é que aconchavam a gente. Me enfiaram na mão um adiantamento e logo me obrigaram a comprar coisa e coisa. Num isto acabou o tal adiantamento. Mal e mal pisei o chão do rancho, tiraram a risada e penduraram brabeza na cara. Recolheram tudo o que obrigaram a gente a comprar, faca e revólver, roupa e dinheiro. E foi só trabalho e trabalho, e cobra, e calor, e suor, e medo! Isso é que era o erval! Um bom pedaço de mato com erva de idade, isso era também. Começamos com quinze mineiros e já no tempo de afundar o tapê-hacienda pra dentro da mina, um havia morrido e dois fugido. Sei lá como foi que aguentei! Até chorar chorei muitas noites, porque prometi à minha velha que havia de voltar com dinheiro pra ela ir em romaria à Virgem do Caacupé. Custou sofrimento grande mas saí. Poucos saíram. Deus me ajudou!

A bugra ouve e tem dó. O rapaz pensa em voltar para casa mas tudo foi tramado no sentido de recambiá-lo ao erval. Aquela noite foi levado à bailanta para se embriagar e deitar fora as economias. De propósito fizeram que ele não tivesse bebida, nem prosa, nem carinho nas últimas semanas do erval. Esta noite quer recuperar tudo isso de um fôlego. Pela manhã estará liquidado: bêbado, ensonado, sem dinheiro. Virá o dono da bailanta a requerer dinheiro. Aparecerá a polícia querendo prender quem gastou e não pôde pagar. As mulheres terão sumido. Ele estará bêbado e desamparado. Terá que aceitar o adiantamento que o aconchavador lhe oferece para fugir ao dono e à polícia. Assinará a caderneta por seis meses de trabalho no inferno. Dão-lhe dinheiro e cama em troca de sua assinatura. Antes que acorde, será levado de volta aos ervais, amontoado com outros em uma carreta.

A bugra acomoda a cabeça do rapaz no seu ombro e gostaria de segredar-lhe que guardasse o dinheiro, deixasse a bebida e fosse embora, de corrida, para a casa de sua mãe.

A orquestra rompe uma polca. Ela está ali para fazer o rapaz cansar-se, beber e gastar. Mete-se entre os braços dele e arrasta-o para o meio da sala.

7

Pytã demorou-se à entrada do rancho, farejando o ar noturno e medindo a claridade da mata quase engolida pela noite.

– Mais uma lua e é a Semana Santa! – disse, alto o bastante para que o coração ouvisse e jubilasse.

Correu o olhar pelas coisas conhecidas como se principiasse uma despedida. Acendeu fogo e mexendo o cozido ia dando forma ao sonho antigo: receber o ganho e partir, sossegado, arranchar numa lasca de terra e buscar mulher assentada e boa, de colo gordo e macio, bom para se pegar no sono de noite e bocejar a modorra da sesta.

A lua do crescente pincelou o fora de porta com a

ramagem farfalhante do mato. Ele foi medir com o rosto a frescura do vento e a força da lua. Repetiu, para se dar satisfação:

– Por Deus do céu, só mais uma lua!

Rilhou os dentes. Nada, ninguém faria que se desviasse. Aqueles dias de lua crescente seriam os seus últimos no erval. Amargara um grande medo de que a doidice feita em defesa da Flora o amarrasse por quem sabe quanto tempo mais à danação de um rancho.

O locro ferve e um grito desvairado de mulher espancada corta o silêncio noturno. Ele pensa no quanto custou chegar até aquela lua. Fosse um moço e não se preocuparia tanto. Viveria ainda o bastante para arcar com outro contrato e ao fim de certo tempo, tal e qual os outros, daria para beber, praguejar e desesperançar. Mas ele não pode esperar. Ou vai embora logo que cortem a última árvore daquele erval ou não aguentará outra temporada. Súbito assusta-se e irrita-se contra tais pensamentos. Persignando-se, exorcisma as trevas:

– Cruz, aña! Cruz!

Prova na palma da mão a quentura e o tempero da comida. É quando percebe alguém à porta, no escuro, do lado de fora.

– É você, mulher?

Flora conservou a cabeça baixa, esperando o que ele tivesse a dizer.

Mesmo de cócoras, junto à trempe, o assustado Pytã ganiu a pergunta:

– Comida, é o que você quer?

Fez que não.

– Veio pelo Pablito?

Fez que sim.

E o Pytã, com dar de ombros:

– Deve andar por aí! Que sei eu?!

Ela rodou para a porta e sentou-se. Trouxe os cabelos para cima dos olhos e juntou as mãos entre as pernas. Pytã entendeu. Ficaria plantada ali até receber notícias do Pablito. E assustou-se. A história recomeçava. Bastaria uma história qualquer contada contra o Isaque, para ameaçar os seus poucos dias restantes no erval. Persignou-se de novo e deu as costas à mulher.

– Procure onde houver bebida. Você sabe, os homens quando perdem amigo ou mulher de seu agrado, fazem por primeiro é beber. Procure, vá procurar!

Ele dizia, apontando o caminho. Agoniado pelo medo de que ela tivesse escapado ao Isaque e o Isaque andasse com seus comitiveros à procura dela. Com que raiva havia de andar o Isaque! E se a encontrasse naquele rancho, ele, Pytã, estaria desgraçado. Melhor ser bruto e mandá-la embora. Mostrou de novo:

– Vai, vai procurar!

Sem levantar a cabeça nem descobrir os olhos, ela explicou:

– Rodei o rancho todo. O Isaque anda fora. Levou os homens pra mina, buscando o revólver do velho defunto. Procurei o Pablito. Você sabe, você me diz onde está?

Pytã tirou a panela e rompeu num suspiro. Podia estar um pouco tranquilo. Só um pouco. Se preciso inventaria mentira e se preciso também empurraria a mulher para a estrada ou iria levá-la de arrasto para a porta do Isaque! Pelas costelas do diabo coxo! – faria qualquer coisa para não ter o Isaque como inimigo, na véspera de acabar-se o contrato.

Ela, quieta, sentada. Longe, nos fins da ranchada, a mulher espancada continuava aos gritos. A lua, por cima da floresta, lembrava aos mineiros que a noite ia crescida. Fossem dormir pois a madrugada não tardava e com ela o trabalho.

Sentou-se de costas para que Flora não visse a comida e fizesse um pedido. Entendeu de compensá-la com uma conversa de seu agrado:

– Mulher, vi muita sicrana fazer cócegas no coisa-ruim por amor de um homem. Mas não vi ainda uma que – assim que nem você faz – fizesse cócegas e mostrasse a unha...

Ia dizer mais quando ouviu a Flora deslizar para fora e romper no choro.

Pytã suspirou, engoliu o locro fervente e percebeu a claridade lunar sobre a raleadura da tacuaipi; entusiasmou-se:

– Mais uma lua! Mais uma lua e me boto na estrada!

Capítulo V

1

Começava a Semana Santa no erval.

A noite do sábado foi de bulhas e andanças. Dedilhados de guitarras e harpas preludiando folganças. As mulheres foram banhar-se no remanso, sob a lua, esfregando-se com sabão de aromas, penteando-se umas às outras entre gritos de bons augúrios. A disciplina já afrouxada. O armazém, de portas abertas deixando levar o quanto os mineiros quisessem aumentar sua dívida. Podiam tirar o que beber, comer, vestir. No cair do escuro não havia mais nada para entregar.

Ninguém pensava em dormir e a noite foi de espera.

Bem antes do que o sol, o mulherio galhofeiro abandonou a ranchada, vestindo o melhor, rindo um riso alto e claro, alargando o passo em cadência de festa. Em seguida, os homens, com guitarras, acordeões e harpas, canções e gargalhadas, charutos acesos.

O Curê havia passado parte da noite fazendo as contas da erva produzida e escrevendo ao escritório central. A madrugada, ele gastara em beber e jogar. No abrir do dia, saiu à porta, entornou o resto da canha, espreguiçou-se e buliu com o Casimiro que se dava a cuidados com o cavalo:

– Pois está aí a Semana Santa! Vão tirar a forra. Vivi um tempão nas cidades lá de baixo e lá de cima. Lugares onde os homens vivem como ho-mens, sim senhor! Em paz com sua igualha e de bem com Deus! Mas aqui?! O sujeito põe o pé num erval e já fica só meio homem, que a outra metade é de bicho encafuado, pois lá em baixo, e lá em cima, nas cidades, a Semana Santa é coisa séria. A gente muda o jeito de viver. Quase que só reza. Fecham as casas de jogo, não fazem música nem amor. Choram a morte de Deus, em casa, nas ruas, nas igrejas. Agora, veja você como são as coisas aqui no erval! Deus me perdoe se isso for errado e eu tiver um tantinho de culpa em que continue cada ano mais errado!

O Casimiro vistoriava os aprestos do seu cavalo e não cessava, com a mão livre, de acariciar o focinho e as ancas do animal. Ocupado nisso mas devendo atender ao Curê em vez de responder preferiu perguntar:

– Você, o que acha? Acredita nisso?

O Curê tardou a concluir. Olhava-se por dentro a ver o que havia de certo e de bom nele. Sobrava pouco ao cabo de onze anos nos ervais. Tentando olhar o dia nascido com o progressivo avermelhar das árvores, certificou:

– Pois estou pra lhe dizer que a maior bondade do Cristo é entender que a pobre gente do erval é a que mais precisa de uma Semana Santa. Se Ele deixa que todos os anos façam a Semana assim como fazem, é porque ainda não se zangou com a pobre gente. Ou então, estará mesmo morto esses dias e não enxerga as doidices em que os homens se metem.

O Casimiro concorda. Com um sorriso apenas, que

não lhe rouba a atenção. Terminando com o cavalo, dá os últimos aprestos na sua vestimenta. Durante a Semana Santa é o homem melhor vestido, o mais galanteador, o mão-aberta no distribuir presentes e carícias, o mais amigo de todos os amigos, o menos inimigo de todos os inimigos. Isso, até o momento de correr cavalos. Porque o seu cavalo corre no último dia, na última raia, contra o que haja vencido as carreiras anteriores. O que é bom. Porque se perde, o mau gênio do Casimiro borbulha irritação. Entristece, bebe, enfurece, trata de acabar os festejos de qualquer modo. A gente sabe disso e torce com ele. Porque se ganha, há mais bebida, mais música, mais folguedos. E ninguém atreve-se a cortar a mágoa ou a alegria do Casimiro. No final da Semana Santa, erval onde ele esteja não obedece senão aos seus desejos.

Enquanto cuida da sua elegância manda o tratador caracolar o animal bufante, nervoso. Os olhos do Casimiro encheram-se de água, tamanho o orgulho, quando acarinhou o nariz e o pescoço do seu flete.

– Então? Que lhe resulta?

O tratador respondeu gritando:

– Tinindo! Bem capaz de alcançar um pé-de-vento!

Para o Curê, encostado ao batente, era isso um desperdício de atenções. Riu de ambos e cerrou os olhos a ver como seria o sol daquele dia. Passavam retardatários e a estrada era só um cantar e chamar, caminho acima. Cada voz, e todas as canções, magoavam o Curê, pois a alegria dos outros só fazia aumentar a sua tristeza. Era quem mandava nas questões de trabalhar a erva, mas não podia ordenar que não se alegrassem, que cultivassem tristeza que nem a dele! A Semana Santa era o ponto alto da sua aflição.

Assim que se começava a falar nela principiava a desejar que passasse rapidamente. Não havia nada de nada para ele.

– *Bueno!* – bradou o Casimiro, montando. – Até domingo, hein, Curê?!

Agitou o braço num gesto de adeus e ficou esperando um pouco pelos votos de boa sorte. Mas o Curê estava triste em demasia para dizer um isto que fosse. Quando o trotear calou-se caminho acima, ordenou ao mineiro que esperava:

– Vá à comissaria e diga que me mandem umas quantas garrafas. Da canha mais forte que tiverem.

Entrou e olhou a sala. Durante seis dias estaria sozinho, embriagado, esperando o fim da Semana Santa. Não teria canções, músicas, danças, carreiras, mulheres. Era um só e um triste.

2

Mulheres, jogos, carreiras, danças, churrascadas, bebedeiras, canções! Do Domingo de Ramos ao Domingo da Páscoa. Sem parar, sem esfriar! Doidamente, do primeiro ao último momento.

Isso era a Semana Santa nos ervais ao tempo da febre do mate.

Durante o forte da safra ninguém dispunha de meio dia para seu descanso. Nem domingo, nem feriado, nem dia santificado. Só o que tinha era trabalho. Levantar às três, comer às pressas a comida da véspera, correr à mina, cortar, sapecar ao fogo das tataguas, depinicar, acomodar o raído, lombar vinte arrobas de erva por quilômetro de trilhas perigosas, pesar e, se houvesse luz no céu e forças nos braços, recomeçar... Isso era o trabalho de todo dia! A rigor não viviam em pé, e sim curvados. Mas na Semana Santa...! Aha! a Semana Santa! Tudo ao contrário – só o que não se fazia era trabalhar.

Os donos das terras e das árvores ajudavam e punham gosto nesse ajutório. As festanças desbragadas eram respiradouro que mantinha os mineiros vivos e arejados. Pagavam a limpa do terreno para as raias e as rinhas e serenavam o pó do sítio das danças. Erguiam ranchos onde alojar os parceiros dos jogos de dados e de bacará em partidas que duravam cento e cinquenta horas, com a substituição, cada dez horas, dos jogadores embriagados, exaustos ou arruinados.

Traziam os melhores cavalos para as carreiras em raias de duas e meia e de três quadras, galos para as brigas que só terminavam com a morte da ave perdedora. E músicos dos dois lados da fronteira eram mandados animar os bailes dançados dias e noites sem parada.

As inimizades marcavam trégua de sete dias. Saíam do mato para as festas os foragidos da justiça comum e os criminosos por amor e por dinheiro. Só não podiam aparecer os changa-y. Esses eram caça alvejada, onde e quando aparecessem.

Todas as mulheres sentiam-se valiosas e requestadas por igual. Era quando ganhavam dinheiro e presentes para valer o ano todo. Era quando as moças se tornavam donas, as prostitutas desterradas para os piores quilombos encontravam quem se agradasse delas, as casadas ou arranchadas não sofriam a vigilância dos seus titulares. E ninguém pedia conta do procedimento de alguém!

Era um quase nada o que não se podia fazer na Semana Santa do erval.

Só não se podia trapaçar no jogo, usar espertezas no preparo de um galo ou no apronto de um cavalo. Esses eram crimes contra a coletividade e como tal punidos por ela com o desprezo perpétuo, com o espancamento até o aleijão. Não raro, com a morte.

3

O caminho todo, entre o saudar da gente e a certeza de que vivia a sua última Semana Santa, o Curãturã teve o huayno nos calcanhares.

Não lhe disse "venha comigo", nem mandou "volte ao rancho", ou explodiu "dê sumiço".

Não queria zangar-se com o huayno. Nem magoá-lo. Mas também não podia tê-lo ao redor quando ia viver com a Zola a sua última Semana Santa.

Que era a última das últimas tinha como escrito e certo. As noites então, vivia num "Deus me alivie, São José me ajude!" – que o ar já lhe faltava e só a boca escancarada, engolindo pedaços de escuro, é que podia respirar, banhado em suor, requeimado de febre. Certas partes do corpo, já nem sabia se haviam existido alguma vez.

Esta última carga no barbaquá fora pra lá de penosa!

Por pouco pouco arriara antes do fim. Dera o que ainda trazia de forças e de atenção. Só para chegar com o bom nome de sempre até a Semana Santa. Chegara, graças a Deus! E mais não queria nem precisava, que a sua vida ele a vivera assinzinho como quisera viver: respeitado, invejado mesmo, bem pago e bem recebido nos ranchos dos homens, nas esteiras das mulheres, nos balcões dos bolichos e bailantas. Chegara ao fim, era só isso! E o fim seria como sempre pensara ter: comendo o seu e dando de comer aos outros, ouvindo música de saracoteio, apostando como sempre apostara contra o cavalo do Casimiro e dos outros capatazes. E todo esse gozoso quefazer tendo ao lado, no vai e no vem, a mulher que o acompanhara no dia bom e na noite ruim da vidinha tocada aos trancos.

Só o que não estava certo, nem no jeito e nem na medida, era o embirramento do Aguará em segui-lo e em torcer a cara pra Zola. Gostava do menino e fizera por ele o que soubera e pudera. Mas também ele, Curãturã, estava acabado. Precisava de sossego. O Aguará fora bom huayno, seria um bom foguista no próximo erval e acabaria sendo um bom uru, sim senhor! Mas agora...

– Então, que tal lhe vai, chê Curã? – saudou a Zola, metendo-lhe o braço no braço. Mesmo andando olhava-o nos olhos a ver se não lhe mentia ao responder que ia bem.

Bem ele não ia, mas a presença e a voz da Zola lhe penetraram e aqueceram o coração. Quis estar bem para que ela não se entristecesse. Mentiu:

– Esperto que nem erva fresca! Vamos rodopiar feito besouro, hein, mulher?!

Aconchegaram-se, na cumplicidade gostosa da

mentira. Estavam de ida para a sua última festa. Precisavam gozar o que ainda pudessem. Queriam fazer isso. E sozinhos. Mas o Aguará patinhava na terra fofa, metros atrás deles. A mulher olhou-o demoradamente, amparando-se mais no uru. Então o Curãturã cansou-se. Parou e disse:

– Rapaz, você vê? Não tenho sombra que baste pra lhe cobrir também. Esta é a Semana Santa e você tem que se escaldar por sua conta. Passe na frente e arrisque o seu dia, que o sol está de fora pra todo mundo. Daqui a sete dias sou de novo o uru e você o meu huayno...

A Zola olhava-o, apertava-lhe o braço, pedindo que não fosse duro demais com o rapaz. Porém o Curãturã trazia o coração cheio e não quis ficar a meio caminho de sua fala:

– ...mas até lá, se esbarrar comigo na festa, não me conheça.

O Aguará custou a acreditar que as palavras valiam mesmo o que diziam. Riu, incrédulo. Porque o Curãturã e a Zola iam agarrados, estorvando-se. E como adivinhava que as mulheres impõem estranhos caprichos, perguntava-se pela sinceridade do mestre quando dissera aquelas amarguras de se ouvir.

Contudo, o uru e a companheira não lhe deram trela, nem olhos nem palavras, durante a manhã inteira. Perdidos, os dois, um para o outro, a se falarem da boca para a orelha, a se apertarem sem parada nem distância. Então, sim, magoado e largado no meio do povo, o Aguará sentiu que alguma coisa havia se acabado para sempre, entre ele e o seu velho uru.

Pelo meio-dia cresceu o odor salivante do primeiro churrasco. Ninguém apressado, por enquanto, em comer e bailar. Havia ainda muito que conversar, bastante gente para conhecer. O povaréu rodava pelo arranchado, algazarreando chamamentos, gritos, músicas, novidades, canções. Os homens cumpriam o ritual de examinar e criticar o tamanho e a qualidade da rinha de galos, a extensão e o piso da raia para os cavalos, o tabuleiro para o jogo de dados, as mesas para os jogos de cartas. As mulheres corriam sofregamente a saber como as outras se vestiam, o quanto estavam perfumadas e com quem haviam chegado.

Estava o Aguará amargando seus pensamentos quando a criatura sentou-se no degrau de baixo e, dando-lhe a ver os grandes olhos rasgados e luminosos, estendeu-lhe a cuia e a bomba, propondo:

– Me dá uma ajuda, meu lindo moço?

Olhou-a. Rosto de índia jovem, fresco, redondo, com a boca, nariz e olhos fremindo convite. Os ombros nus, as mãos inquietas, os pés metidos em sandálias. Sandálias leves, com bordados de flores azuis e vermelhas. Sandálias de gente que não vivia em rancho de erva.

Não sabia o que fazer com mulher assim, coisa que nunca lhe cruzara o caminho. Estava tanto mais inquieto quanto descobria gostar disso, de como ela sorria, dos olhos e dos cabelos, dos braços e dos ombros desnudos, das sandálias coloridas. Sentia que ela poderia lhe mostrar o que o Curãturã encontrara na Zola e os mineiros e capatazes encontravam nas outras mulheres. Aceitou a cuia.

– Venha pra cá – ela convidou, limpando com a mão um palmo de degrau ao seu lado.

O Aguará sentou-se e não podia fazer senão olhá-la, estranhamente incomodado pelo sorriso dela e com a grossa, pesada e grande mão com que a mulher começou a lhe acarinhar os cabelos e a nuca. Levantou-se, sentindo-se confusamente mal, afogueado, perturbado. Ela estendeu a mão antes que o huayno se afastasse e trouxe-o para si:

– Você não tem nenhuma pressa, hein, meu moço?

Não sabia a que se referisse. Mas perguntou:

– De quê?

Riu. Tão alto e desavergonhadamente que o Aguará receou o ridículo, e quis entregar a cuia para ir-se embora.

– Mitã, que é que você fez esse ano todo no erval? Só trabalhou? E amor?! Nada de amor?!

Esfregou o rosto contra o ventre e o peito dele, que estava em pé. Ronronando:

– Me chamo Anaí. É do seu gosto?

O Aguará engoliu ar, de boca aberta. E tremia como se estivesse doente.

4

À noitinha do Domingo de Ramos chegou mais gente e não houve barraca ou rancho sem concorrência a mais não poder. Os que vinham pela primeira vez estavam saciados de comer, beber, amar. Rodavam imbecilizados pelo largo ou recolhiam-se ao pé de uma parede onde dormir e esperar a segunda-feira.

Com o abrir da estrela lanterneira, a Comissão saiu a eleger o mais velho dos festantes. Resultou um peneirador velhusco, mas empenado, dono de largos bigodes, peito saliente e ossudo, senhor de voz sonora e cheia. E que além do mais sabia rezar nas duas línguas dos ervais: guarani e português.

– Chê, Juan? Vai ser o rezador. Comece.

O velho estava à espera da indicação. Estivera a tarde inteira bem comportado, com a mulher e a filha recolhidas à sombra, comendo pouco e bebendo nada. Ser rezador na noitinha dos domingos de Ramos e da Páscoa era a coisa mais séria – a única coisa séria que faziam durante a Semana.

Descalçou as botas, alinhou os bigodes, inflou o peito mirrado. A passo lento subiu para a colina, tendo a Comissão atrás, em seguida as mulheres que sabiam e queriam rezar e por fim os homens embolados com as outras mulheres.

Ao pé do cruzeiro Juan acendeu a primeira vela da Semana. Estendeu sobre os braços da cruz o curuzu-paño – o sudário branco e azul –, recuou três passos, esperou que houvesse silêncio e clamou, alto e desafinado:

Perdoai, Senhor, por piedade
Perdoai a nossa maldade...

O turbilhão de vozes rodou, estertorante, por trás dele, encobrindo o rumor disperso dos que ficaram comendo, tocando, cantando e bebendo nos ranchos da baixada:

Perdoai a nossa maldade, Senhor!

Antes de que a noite fechasse sob o céu arfante de estrelas a reza terminou. Tinham agora seis dias e seis noites para compensar as infindáveis jornadas de trabalho e sofrimento.

Desceram de roldão a colina rompendo pelos ranchos,

encobrindo a gritaria dos que inauguravam os jogos, dos que se agrupavam ao redor dos primeiros galos emparelhados, dos acordeões, violinos, harpas e guitarras.

Foi o Aguará quem puxou a Anaí:

– Vem e me ensina como se dança a galopa.

– Já vê? – ela gritou, rindo mais alto que a multidão, para que ele a ouvisse rir. – Já vê como é a vida que se vive?! – e andando e rindo entrou de morder o ombro e o braço do Aguará.

A Zola, de seu lado, tomando a mão do Curãturã pedia:

– Deixe a garrafa. Venha comigo.

Saíram do arranchado, e afastaram-se dos casais e dos grupos e foram deitar-se, lado a lado, na linha do cerrado. Defendiam-se do sereno com a copa do arvoredo que porém não ocultava as estrelas.

Estiveram quietos uns minutos até que a mão da Zola procurou a do Curãturã e encontrou-a fria, largada. Disse, por dizer:

– Foi ontem que acabaram as águas e as estrelas já se deitam cedo, não? Vai ser ano bom pra erva?

Ele percebeu a tentativa de conversa e de consolo. Aceitou-a, respondendo:

– Ah! Pois depende de tanta coisa! E que me importa? O próximo barbaquá não sei quem acende. Sei que não estarei aí pra ver.

Ouviram os urros dos galistas saudando ou vaiando um fim de rinha. E logo mais, com o levantar-se do vento, a música dos bailes, de envolta com o sussurro dos casais dispersos pelo cerrado e pelo campo. Dezenas de canções descompassadamente cantadas por dezenas de bêbados.

O Isaque não sussurrava. Foi claro e duro com a Flora:

– Nem um passo fora da linha. Ande ao meu redor que o tempo todo quero ter você ao alcance da mão. Ainda que o Pablito esteja por aí, pra você vai ser como se não estivesse. Contente ou não, vai ser assim. Veio comigo, segue comigo até o fim. É a sua sina, ouviu, mulher?!

Ela estendia a vista sobre o ondear do povo a ver se descobria o Pablito. E como o Isaque lhe seguisse o olhar, ousou dizer:

– Pra que é que me trouxe então?

A pergunta era de não se responder. Mas só por despeito ele retrucou:

– Chê, Flora! De acordo, cuña, pois é a Semana Santa! Toca a divertir mas na minha sombra. Olha aí, comida e bebida como nunca você viu! Músicos deste lado e do outro lado da fronteira! Tudo pra você se distrair! Só homem é que não admito no giro da sua saia! E se o pessoal me quiser pra juiz de carreira, você vai comigo ver quem chega na frente. Pode não gostar mas é assim que vai ser! O modo de eu lhe gostar é esse! Pode não ser do seu agrado, mas esse é que é o meu modo de gostar!

5

Na terça-feira, a função começou com a manhã bem alta e clara, que a noite havia sido doidamente festejada.

Correu o tereré e rodou o chimarrão, andaram acertando carreiras, brigas de galo e partidas de bacará. Só pelo meio-dia cuidaram do churrasco.

O calor aligeirava as roupas e entorpecia a gente, mas a Semana Santa era uma só em todo o ano. Comiam sem fome, bebiam pra não deixar aos outros e rodavam sonolentamente pelos ranchos, amparados nas mulheres, chasqueando os conhecidos, recordando antigas canções e velhas rixas.

Quando já não houve sombra e do churrasco sobrou a muxibada cheirando o enjoado da gordura queimada e fria, o arranchado meio que emudeceu. O pessoal rodou para o cerrado, entupiu os ranchos, dormiu amontoado, farto, lasso, em paz com o mundo. Deus louvado, que dá uma Semana Santa em cada ano comprido de erval.

Menos o Casimiro. Para ele havia o cavalo. Não fazia mais que vigiar e implicar com os tratadores. O animal parecia conhecer a sua importância. Imóvel, debaixo do calor, deixava-se escovar, massagear, esfregar com óleos que os bugres experientes haviam trazido da Vacaria, e novamente esfregar e lustrar. Em tudo, o Casimiro punha um olhar preocupado porém feliz. Estava ali – na certa – o vitorioso da carreira principal! Só para ouvir dizer outra vez que seria o vencedor, a alegrar-se outra vez com isso – perguntou:

– Então? O que dizem por aí?!

Um dos tratadores fez muxoxo e continuou a escovar. O segundo esperou aguçar-se o olhar do Casimiro e quando o viu assustado, arriscou:

– Bom, até ontem davam cinco por um neste bicho! Hoje...

Casimiro saltou:

– Que houve, hoje?!

– Dizem que vem um sujeito do rio Brilhante e traz um cavalo tinhoso. Já rendeu ao tal fulano mais dinheiro em carreiras ganhas do que a erva deu a muita gente. Chega na quinta, mas ainda ontem os peões dele botaram banca pra amarrar apostas. Quem viu o tal cavalo está pondo dinheiro de lado...

Casimiro mordiscou as pontas dos dedos mostrando o tamanho do seu nervoso. E saiu caminho abaixo, para que não o vissem amedrontado. Campeirou pelo Isaque, decidido a dizer que ele, Isaque, teria que ser juiz de chegada e como juiz preparar as coisas no caso de a corrida não se resolver a contento nos cascos do seu parelheiro.

Com a fresca da tarde o arranchado animou. Saiu gente, aos gritos, convidando a turba refugiada no cerrado para dar começo às danças.

A Anaí sacudiu o Aguará modorrento e puxando-o pela mão insistiu:

– Arre, que também é preciso dançar um pouco!

Ele faria quanto Anaí quisesse. Preferia esperar a noite à sombra do cerrado. Mas ela queria dançar e já compunha a saia e arrumava o cabelo. Deixou-se levar ao tablado:

– Uma galopa, mitã! Vou lhe ensinar como se dança uma galopa. É um raio de baile que põe a gente a ferver por dentro e por fora. Vem, vem molenga! Vem e me abrace!

A harpa índia saltitava a introdução da galopa.

A tarde espairecia sobre as árvores inchadas de calor e de vento.

6

Na quarta-feira, a manhã foi de pausa.

As mulheres saíram em bando ruidoso, a banhar-se nas lagoas do potrero. Os homens conversaram ou dormiram. Pouca conversa sobre os dias passados, muita esperança de bom divertimento nos dias vindouros.

Os que ainda queriam lembrar as obrigações deram uma corrida às suas moradas.

Foi o Isaque a ver como ia o erval e arrastou a Flora na sua ida:

– O caminho é puxado, eu sei, mas quero ir e vir de pensamento sossegado. Por coisa nenhuma deixo você nas mãos desse povo. Ponha um riso menos triste na cara e vamos de enfiada pra estar de volta no tombo da tarde.

Chegaram ao rancho com o sol no mais alto. O erval modorrava, com feição de abandono. Deram com o Curê sentado, emagrecido naqueles poucos dias de solidão, sem camisa, os joelhos sustentando o queixo. Não se moveu à aproximação dos chegadiços.

– Chê, Curê!? Como lhe vai a Semana?

– Assim como vê. Me faz um mal danado.

O Isaque fez sinal à Flora para que ficasse de fora à sua espera. E entrou. Pedindo:

– Um gole d'água, você tem?

Sabia que sim e foi direito ao corote[1]. Com isso, chamava o Curê para dentro do rancho. Sentia que a solidão judiava do Curê, incapaz de viver dois dias sem gritar

[1] Barrilete para transportar água.

ordens, sem perceber que dezenas de homens e mulheres dependiam dele, dele que não podia sair como os outros para o sol a trabalhar ou divertir. Não tendo a quem gritar ordens, sofria. Para isso viera o Isaque. Para dizer que sentiam falta dele e que as festanças não eram nem a sombra do esperado. O Curê não acreditaria. Mas as palavras lhe fariam um pouco de bem. Ele as guardaria, como prova de que era forte e superior aos demais, até o fim da Semana quando os tivesse de volta para ouvir seus gritos e cumprir suas ordens.

– Vim perguntar se você tem qualquer precisão – ofereceu-se o Isaque.

– Chê!? – resmungou, enfastiado. – Andou por aí um portador do escritório central. Veio dizer as asnices do costume. A respeito da quantidade da última remessa. Aquilo de sempre: pouca e ruim. Nunca ficam contentes, nunca. Agora então, com esses boatos de que no Rio de Janeiro vão acabar com o monopólio, estão bem aborrecidos.

– E você?

– Bah! Como sempre, disse o que penso do escritório e dos patifes que matam o tempo imaginando em como diabo hão de aborrecer a gente. Pus o homem a andar.

Também aquilo magoava o Curê e indispunha o Isaque. O escritório central não queria nada com eles, homens do mato: queria era sempre mais e melhor erva. Fossem para o diabo!

– Bom! – reage o Curê. – O que sucede na festança? O Casimiro ganha?

Isaque muxuxeou o desfastio e começou a contar.

Nesse tempo-que-passa, com os homens a beber e a

falar, a Flora rodava o olhar pelo rancho silencioso. Viu o fumo tênue e percebeu que o Pytã estava. Em todos os ervais só um mineiro ficara longe das festas. Por nada do mundo o Pytã arriscaria o dinheiro ganho e o bom nome disciplinar, nas festanças da Semana Santa. Faltava muito pouco, algumas horas, para acertar os números de suas contas e partir. Não iria arriscar aquilo, por mais engodos que a Semana mostrasse.

Ao fim do dia o Isaque saiu, buscou a Flora no sítio onde a plantara, descansou-lhe a mão no ombro e avisou:

– Mulher, vou doido por um regabofe. O Curê me estomagou com aquela tristeza! Você não se anima? Vamos rasgar bandeira nós dois! Levantamos poeira de calcanhar que nem vento brabo!

Ia quieta, trotando pelo caminho já sombreado, só porque ele puxava a marcha, sem desgrudar dos seus dedos. O Isaque se deu conta da pouca vontade com que ela ia. E despropositou:

– Se gostar, muito que bem. Se não gostar, vai do mesmo jeito e eu me divirto pelos dois. Não mando que se alegre, não senhora! Mas sabe, se o Pablito aparecer, você que gosta muito dele e decerto quer a saúde dele não lhe ponha os olhos em cima. Muito menos a palavra.

Quando chegavam escurecia de vez e o velho rezador começava a ladainha. Cinco mulheres lhe respondiam. Trezentas pessoas urravam ao redor do jogo e das danças.

7

Na Quinta-Feira Santa a festa rompeu com o dia. Animada que só vendo! Dos ervais e das cidades chegara mais gente durante a noite. Os músicos mais afamados, as prostitutas mais caras, os jogadores mais atrevidos concentravam-se na quinta-feira onde havia mais gente e dinheiro. Os dias anteriores haviam rodado festa por festa. Na quinta-feira sabiam qual a melhor. Principiava a alucinação.

A música, o jogo, o churrasco, o chimarrão, o tereré e a canha começaram ao mesmo passo que o sol a esquentar os ânimos. O Casimiro, logo ao primeiro alvoroço, mandou seus peões buscar notícias. A volta de cada um fazia crescer a sua preocupação:

– Mas você viu o cavalo do homem?

– Vi! É um atavanado de uns muitos palmos, nervoso que nem lobo, de brasa nos olhos. Ganhou de atropelada quase todas as carreiras em que entrou. O dono, a bem dizer, vive das patas do bicho!

– Diz que todo santo dia lhe dão um monte de milho e de alfafa. Tem a força de uma junta e peito contra peito derruba um touro!

– O menino que veio pra correr no lombo dele é companheiro do animal faz um mundão de tempo. Se dão bem que nem irmãos! É uma vantagem, não é?

O Casimiro quase desanima. Cavalo por cavalo, o que sabe dos dois, soma contra o seu. Recurso mesmo só um: nomear o Isaque juiz de chegada e fazer com que o Isaque dê arrumação no resultado da carreira. Quando não se ganha na saída, pode-se ganhar na chegada!

A Anaí não se cansa, mas o Aguará sim. Veio pela primeira vez à festança e está metido nela desde o domingo. Diz como quem fecha o assunto:

– Bom, agora chega. Você não tem nenhum quefazer por aí? Me deixe a tarde pra meu descanso. Se me chacoalho outro pouco a ossada se desgruda!

Ela não amua. Ao contrário. Lança-se contra o rapaz, deita-o de tombo à sombra do pindó mantendo-o preso, e sussurra cariciosamente, finda a fúria dos beijos:

– Seja bobo! Só três dias mais! Só três! Depois você vai pra um lado e eu pra outro. Nunca mais nos achamos, que o mundo é comprido e largo e os homens e as mulheres mais do que o mundo! Dê no que der esta Semana vai ficar na sua lembrança pra toda vida. Isso eu dou como juramento! Que não fique pela metade, hein?

Essa era uma santa verdade! Ele rendeu-se e procurou ser como ela o queria. Vagamente pensou em que o Curãturã fora também assim quando rapaz! Guardava lembranças gostosas das suas Semanas Santas e era quase tudo quanto possuía no fim de vida.

Mas o Curãturã ainda tinha a Zola. Não eram mais para ele o baile, o jogo, as aventuras de amor. Trocava tudo isso pelo colo da Zola onde descansava a cabeça que não fazia senão arder em febre, e as mãos da Zola para acarinhar suas mãos e suas faces. A Zola vestira as melhores roupas, o lenço vermelho ramado, presente dele, as últimas gotas de um perfume bom, trazido do Sul. Penteara os cabelos para deixar à mostra as argolas de ouro a modo de brinco, o decote da blusa exibindo os ombros arredondados, macios ainda. Fizera o possível para não parecer cansada nem gasta. O Curãturã entendia que a Zola também começara a desfiar o rosário dos dias ruins, mas ela procurava fazer com que ele não se apercebesse disso e não sofresse mais por isso. Para agradá-lo é que ela procedia assim – coisa que a ele dava um grande, vago, masculino prazer. Gasto como estava, diante dela era ainda um pouco dono e um pouco amado. Só para sentir mais fundo aquele prazer egoísta e medir o tamanho da dedicação trazida pela Zola, arriscou-se:

– Eu gostaria de ser, ouviu, mas já não sou bastante homem pra você. Não precisa ficar comigo este resto de Semana. Quem sabe não se arruma melhor por aí!? Você precisa e em mim não há coisa que lhe sirva.

Estavam deitados, a cabeça dele no colo dela, à sombra do cerrado, distante o que dava da algazarra e da música para poderem falar em baixa voz. Ela desceu a cabeça até o rosto febril do homem. E murmurou, suas mãos esfregando as dele:

– Quando um homem diz isso – e olhe que conheci muitos homens, não é que tenha pena da mulher, mas de si mesmo. As mulheres sabem que isso não é o de mais valia. O que conta de fato é continuarem juntos, quando começam a esfriar os dias melhores de cada um. Eu por mim tenho agora o melhor que podia ter. Não me faz danação que nada daquilo ali embaixo seja pra a gente. No nosso tempo tivemos aquilo do primeiro ao último e sabemos como é. Agora, pra amornar a nossa alegria, basta a lembrança de que tivemos daquilo e fizemos bom proveito. Você tem do que se queixar? Eu não tenho. Estamos aqui, lado a lado. Nenhum está só. Se eu tivesse tido aquele filho de que sempre falei, e se fosse filho homem estaria longe, em terras que só Deus sabe. Se fosse mulher, já andaria batendo mundo ao lado de seu homem. E eu estaria sozinha, isso sim. Os filhos crescem e se vão cuidar de seus filhos. Mas o companheiro e a companheira não se separam quando envelhecem, é o que vale, não é?, ter alguém perto quando se precisa mesmo de ter alguém?

Ele toma a mão da Zola e passeia com ela sobre seu peito de ossos saltados e pele ressequida.

– Percebe, mulher? Estou inteirinho assim. Seco, sem nada pra tirar. A erva me enxugou. Vez por outra a vida me parece tamanhamente triste que a tenção é deitar e chorar. Se não choro acho que é porque a fumarada e o fogaréu do barbaquá secaram até minhas lágrimas.

Liberta a mão da mulher que, contudo, continua a rodar cariciosamente pelo busto de pele sobre ossos. Esconde a cabeça nos cabelos dela e confessa a suprema debilidade:

– Pra mim está acabado. Mas você tem muito de vida e gozo no rodado da saia. Por que se demora comigo?

Ela volta-se no acamado das folhas e aperta-o forte, já entre os braços, como a defendê-lo contra o que havia de ruim nele mesmo:

– Ah! Sim, sim! É mesmo assim! Não se judie com isso. Fico, porque é de você que sigo agradada. Isso, acho que você devia de perceber. Não percebe?!

Aquilo fazia bem ao Curãturã. Deixou-a acarinhá-lo.

Chegava do arranchado uma cadência de harpa índia convidando pares para o baile reiniciante. E logo a gritaria da gente e mais o acordeão e a guitarra... E o ronco da multidão estorcendo-se nas patas dos parelheiros lançados na última raia do dia. A sombra do cerrado ia ficando vermelha, deserta de mosquitos. Era o fim da tarde.

O Curãturã teve um primeiro arrepio de febre. A Zola espalmou as mãos sobre o peito dele e descansou a cabeça sobre as mãos. Como para defender o uru da noite que se aproximava por detrás da tarde fecha-fechando.

Mas o homem já não sentia. Tão bom estivera tudo aquilo que agora dormia. O único sono descansado daquela semana.

O Pablito reapareceu com as estrelas. Só para ir dizer aos conhecidos:

– Um dia destes mostro pra vocês como é que faz nisso de ajustar contas.

Riam-se e davam-lhe de beber e comer. E resmungavam:

– Que diabo! Acabar assim andejo e tarouco por causa de mulher?! Veja lá o que essas fulanas podem aprontar prum homem!

8

Sexta-Feira Maior.

O entusiasmo foi crescendo até o meio-dia. Depois esmoreceu com a comida, o calor, o começo do fastio. Pelas três horas, o rezador se pôs à frente da mulher, dos genros e noras, filhos e filhas, ergueu uma cruz na ilharga e rompeu a caminhada, cantando, solene e fúnebre:

A morrer crucificaaado
O Bom Jesus foi condenaaado...

A família, atrás, ribombava:

Ele foi na cruz pregaaado...
Tristemente judiaaado...

A dormência deitava poeira e fadiga sobre a rancharia. O céu era ardência tapada, sem vento nem nuvem. Mas a gente, a pouco e pouco, levantava-se e seguia a procissão. A meio da colina, já arrastava metade do povo.

O teu crime, ó pecadooor,
Foi lavaaado nessa dooor...

No tope fizeram um círculo, descansaram a cruz, persignaram-se. E logo cada qual considerou que os pecados dos outros todos haviam resultado na morte de Cristo. Em filas silenciosas, homens descobertos, mulheres de xale ou manta beijavam os quatro cantos da cruz, persignando-se a cada beijo.

E era tudo o que sabiam fazer na Sexta-Feira Santa. Voltaram ao arranchado.

O peão foi ao Casimiro, de raspador e talha na mão:

– Como é? Dou repasse nos cascos?

O Casimiro saltou:

– Deus o livre! Na Sexta-Feira Maior? Nem me chegue perto do bicho! É perder a corrida na certa! O homem do atavanado está cuidando do animal?! Pior pra ele! Deus não perdoa quem veste suor de trabalho na Sexta-Feira Maior! É pecado de abalar o mundo!

A Flora teve um momento livre aquela tarde e pôde estender o olhar sobre a poeira do rancherio, para medir de longe a tristeza flutuante nos olhos do Pablito, acocorado à sombra, falando sem querer falar com peão também embriagado. A tristeza dos olhos dele era a mesma que dos dela.

E o Aguará lembrou à menina indócil:

– Chê?! Mas você não sabe que é a Sexta-Feira Maior? Ou se respeita hoje Deus morto ou Ele não cuida da gente o ano inteiro! Fique quieta. Se não puder se aquietar abra distância pro bem do meu sossego.

Ela riu, aborrecida. Mas não havia de encontrar na festa homem melhor que o Aguará. Obedeceu.

9

Chegou o sábado. Com o sol, deram tiros, gritos, abraços. Gritaram Aleluia! Aleluia! Era o sábado festivo. Depois entregaram-se ao melhor da festa. Apareceram os galos campeões, deram a demão nos melhores cavalos.

Muito bebido, alegre mas firme, o Casimiro insistiu, tomando o Isaque pela mão:

– Você vai ser juiz de chegada. É preciso!

O Isaque não queria, mas o povaréu, temperado com bebidas desde a madrugada, vendo a insistência do Casimiro, rompeu em gritos que eram também ameaças:

– Tem de ser! Por que não quer ser juiz de chegada?

Pudesse e ele bateria o pé dizendo que não e não. Mas, ainda com raiva, pesou o desespero em que estava o Casimiro e entendeu que a recusa podia se tornar ofensa capaz de durar o ano todo. E o Curê e a Companhia não lhe perdoariam ter quebrado a alegria da Semana e a paz do erval, tendo a só desculpa de que precisava vigiar a Flora de perto.

– Está bom! – berrou. – Está bom! Mas já sabem como é isso de juiz, aqui comigo! Decisão que eu der é uma e única! Boca que se abrir em reclamação leva fecho de tiro. Certo?

A massa ululou, o Casimiro à frente:

– Olé! Juiz valente! Pois está certo! Certo!, sim senhor!

Desandaram em turbilhão para a raia. Era a corrida que selava o Domingo da Páscoa fecha-festa da Semana. O Casimiro foi apertar a mão do juiz e botou os seus olhos quentes, vermelhos e falantes, nos olhos frios, irritados, do Isaque. O Isaque entendeu e sacudiu os ombros: se a diferença não fosse grande daria decisão a favor do cavalo do amigo.

O Casimiro desceu aliviado mas o Isaque tomou a Flora pela mão, levou-a aos fundos do partidor onde se apertavam homens e cavalos como a escondê-la melhor numa nuvem de pó que logo a fez tossir. Nada ligando ao sofrimento dela, espalmou-lhe uma das mãos no tronco do partidor, avisando:

– Não demoro nem quinze minutos. É o tempo que você tem que ficar com a mão aí. Não quero um dedo fora de lugar.

Botou a outra mão dela sobre a primeira, afagou-lhe os cabelos a jeito de pedir desculpas pela rudeza e se foi que os homens gritavam por ele. A Flora encostou a cabeça nas mãos e oculta pelos cabelos, coberta pela poeira, pôde pensar em que pelau sem sanga ia dando a sua vida.

Ouviu o estouro da multidão ao sinal de partida. E logo um imenso, geral, grito de raiva e decepção: a saída fora viciada. O vozerio dos apostadores era raivoso, xingador. Eles não sabiam que existisse mundo para além da raia. Uma golfada de pó fez voltar a tosse e obrigou-a a respirar bem junto das mãos, quase entre os dedos. A poucos metros percebia o fungar e o manotear dos cavalos prontos para nova partida. Um silêncio quente abafou a agonia do povo. Por um segundo chegou da distância a grita de mulheres bêbadas em luta e um acordeão em combinação com a harpa índia. Mais perto, a ansiedade dos homens e o nervosismo dos animais contidos. O juiz de partida gritava a bom gritar o primeiro quinto da largada:

– Petei-póóó...! – e repetia em português, para a gente da cidade – cinco!

O silêncio dos homens se fez duro de apalpar e pois mais viva a chirinola das fulanas rusguentas. Emudecidos o acordeão e a harpa. Os cavalos trocavam posição de patas.

– Irundyyy...! Quatro!

Um dos cavalos atirou-se contra as varas laterais da seringa e o seu condutor disse-lhe xingos de mistura com agrados. Os assistentes ondearam sua ansiedade.

– Mbohapyyy...! Três!

Ela sentiu o silêncio fazer-se pesado sobre os apostadores. Todos estavam loucos de suor e de poeira. Foi quando sentiu a mão! Mão quente de homem pousando sobre as suas. Não só pela mão mas pelo modo como acariciava soube de quem se tratava. E teve medo pânico. Medo de que o silêncio dos homens e dos cavalos fosse tamanho que o Isaque, lá embaixo, feito juiz de chegada, pudesse ouvir como batia o seu coração. Medo de que o...

– Mocôiiii...! Dois!

... o Isaque voltasse naquele instante ou pudesse vê-los, o Pablito e ela, mesmo ali onde estavam, ocultos pela seringa alta, pelos animais e pelos assistentes. Mas principalmente medo de que o Pablito não tivesse vindo para ficar ou não a quisesse levar.

– Peteiii...! Um... eee...

Olhou-o por fim e ele tinha a boca aberta e os olhos úmidos.

– ... ããooo! – urrou o juiz de partida.

Os cavalos saltaram para a frente sob os berros dos montadores e os uivos da multidão. O atavanado saiu "escrevendo" nos primeiros metros mas o seu montador abriu os joelhos e o bicho endireitou a feição já no quinto metro. A poeira cobriu a seringa e a Flora ainda tremia quando o Pablito agarrou-se a ela, por trás, como a protegê-la contra a gritaria e o pó. Os corredores iam na atropelada, o flete do Casimiro quase voava – que era um alarife, mas o atavanado tinha peitos largos e força de reserva. A meio da raia não se sabia do vencedor. O povaréu se atirava endoidecido para o fim da quadra, aos bufos e arranques.

Teriam que gritar se quisessem ouvir-se. Mas não. Ele tomou a mão da Flora e arrastou-a, com pressa, caminho acima, direção contrária à da arraia gritadora. Também este homem a arrastava com violência. E ia afoita, com gosto, porque esta era uma violência que lhe fazia enorme bem.

Atravessaram o vazio do largo nos preciosos segundos em que os parelheiros cobriram as duas quadras e meia. A gente que não jogava ou dançava, fazia rodar com gritos de acoroçoamento as duas mulheres ainda engalfinhadas. Era um espetáculo! Indiferentes a isso e aquilo, os músicos retomavam o violino, a harpa, o acordeão e o violão e principiavam a tocar num baile onde não havia dançarinos.

Eles, só faziam fugir. Como tinham pressa não procuraram o caminho mais oculto e sim o mais rápido, colina acima. Até o cruzeiro. Um rouco estrugir de gritos e xingos marcou, atrás deles, o fim da carreira. Pararam para se olhar. Embaixo, a multidão turbilhonava e rugia, voltando a beber, comer e dançar. Parte fuzarqueava carregando o montador do atavanado vitorioso. Outra parte erguia em charola a briguenta mais valente.

– Você vem? – perguntou. – Diga sim ou não, mas diga já e de uma vez.

Ainda buscando o fôlego perdido na subida, a Flora lançou-se contra o peito dele. E gritou, pensando que gemia:

– Vou! Vou sim!

Recuou e esfregando as mãos nas coxas, quase feroz:

– Mas sabe? Não temos esperança.

De olhos fechados, espremida contra ele continuou gritando:

– Vou! Vou sim! Vou!

Riu nervoso. Alcançou-a e apertando-lhe os braços até curvá-la doloridamente:

– Bah! A gente vai tentar e isso é tudo, não?

Ela ainda dizia, aos gritos:

– Vamos então.

Tomou de novo a mão dela e recomeçaram a correr. Passos abaixo no lançante da colina, ele esgueirou-se para dentro de uma touceira de caraguatás de onde voltou com um saco cheio pela metade e o revólver que colocou à cinta. Fazendo-a tocar a arma como se a receber uma carga de confiança, explicou:

– Foi do Bopi. Eu estava com ele quando morreu. Por isso a Companhia nunca descobriu. Vamos, ninguém caiu no mato com esta vantagem.

Ela saiu na frente, corre-correndo.

10

Havia a multidão ao redor mas o Isaque e o Casimiro não davam trela senão à raiva recíproca. O peão montador entregou a espora ao Casimiro, murmurando, desenxabido, desculpando-se:

– Fiz o que pude! Ipo' a' yva, ipaué – má sorte!

– Não – gemeu o Casimiro. – Não foi só má sorte, não senhor.

E mais não pôde dizer porque a raiva e a humilhação lhe trancavam a garganta e umedeciam os olhos. Esperou que a ruidosa fração dos apostadores vitoriosos se afastasse na balbúrdia dos festejos. Os derrotados, os seus amigos e apostadores, dispersaram emudecidos.

Ficou o Isaque, a cabeça entre as mãos, as mãos espalmadas no tronco do partidor onde pusera as da Flora. Percebeu o Casimiro subindo o caminho e gritou:

– Ooô, danação dos quintos! E agora, o que me diz? Aonde foi a mulher? Por causa desse maldito cavalo ela me escapou.

Era demais para o Casimiro que fez um rápido torna-cara indo postar-se-lhe diante, pernas abertas, mãos na cintura, aos gritos também:

– Mba eré reína? E repetiu mais alto: – Que diabo de coisa está dizendo? Pois um patife é o que você é! Não quis, você não quis me dar a vitória! Com um tico de vontade fazia isso...! Neí, neí puí! Besteira, não sei por que lhe falo! Um patife que nem você! Fez perder o meu cavalo! Não sei por que lhe falo! Um ano levei cuidando do cavalo e um ano esperei que ganhasse! Raios de juiz que você foi, hein, Isaque?!

O Isaque encosta-se de todo no cercado do partidor. E mostra o tamanho de sua mágoa:

– Maldito cavalo, maldita corrida, maldito dono do cavalo! Você tem o cavalo e quantas corridas queira. Eu tinha só aquela mulher e nunca tive outra antes. Me desgracei diante dos homens pra levar a fulana pra minha casa e ela foge. Bem não queria ser juiz dessa joça mas você me puxou pela mão. E agora, aonde está a Flora? Você vai me pagar o custo da Flora pois a Flora está perdida!

Ao Casimiro aquilo soou como tinido agradável de vingança chegada no momento oportuno. Até pôde romper uma gargalhada quente, sacudida:

– E aonde imagina que ela tenha ido, hein, Isaque? Com quem? Com outro homem, não é? E me diga que outro homem levaria a Flora sabendo que era sua? Hein, Isaque, como se chama esse garrano rompedor de cercado?

Isaque sabia o nome do homem mas não quis dizer. O Casimiro entendeu que pronunciar tal nome era gozar melhor a sua vingança. E disse, gozosamente:

– Pablito! Não foi o Pablito, hein, Isaque?!

Dito isso, não havia mais o que saber. Apenas o Isaque foi de um pulo para junto do Casimiro. Uivando:

– Levou? Vá que tenha levado! Pra onde? Pro erval?

Não senhor, que é louco mas não é bobo. Sabe com quem lida, isso ele sabe. Está é no mato. De fugida.

Isso o Casimiro também sabia. Não parou de rir, antes gargalhou mais alto, descansando uma das mãos no ombro do enfurecido companheiro que continuava berrando:

– E se foi de fugida, sendo mineiro da Companhia, você tem que ir atrás dele. Ou não vai? Diga se vai ou não, ôôô Casimiro!

Também isso o Casimiro sabia. Todo fim de história, quando havia fugas, era ele quem contava. Sempre fora assim. Por isso o lembrete do Isaque não lhe tirou nem lhe aumentou a raiva em que se afogava com a derrota do seu cavalo. Continuou rindo porque era o modo de vingar-se do juiz de chegada. O Isaque porém já tinha onde se apegar:

– E você, Casimiro, você nunca perdeu pista nem trouxe fujão com saúde, não é? Pois o Pablito, hein, o Pablito você não vai deixar fugir, pos vai?

Agora, sim, era um desafio. Perdida que fosse a carreira, ficava por cima dela a sua fama de comitivero jamais derrotado. Era certo: seria mandado atrás do Pablito. Alcançaria o Pablito e o traria de volta – se trouxesse – arrebentado como homem para todo o sempre. A mulher, quisesse ou não, voltaria para ser mulher de todos. Conforme a lei do erval.

11

O fim da tarde acabou num abafador de tristeza e cansaço. Ainda havia muito de beber e comer. A harpa e o acordeão, com o violino e o violão, chamavam os dançarinos para o último baile. Mas as pernas eram arrastadas pesadamente. O jogo fracassava com os parceiros raleados. A bebedeira e os excessos de toda uma semana desabaram de repente e poucos tiveram forças para resistir e continuar. Estava finda a Semana Santa dos ervais. Era a tarde do Domingo de Páscoa.

A pouco e pouco a gente subiu para junto do cruzeiro. Surgiram velas a cercar o madeiro com chamas vacilantes pois o vento era o hálito morno da boca da noite. Homens e mulheres suavam o suor da embriaguez, do entorpecimento. Tinham as mãos untuosas da gordura dos últimos churrascos, da poeira dos últimos bailes e exsudavam os humores azedos de sete dias em abusiva promiscuidade.

Mas era o fim da Semana Santa! O velho rezador tomou uma das velas e botou fogo no curuzu-paño. O véu ardeu depressa, com uma labareda única, viva, rubra. O velho recuou e posse de joelhos. A multidão fez como ele. E nisto era já noite, com o imenso arranchado em silêncio, restos de fogueira se desmanchando em cinza, os colmados desfazendo-se ao vento.

O rezador começou, a voz pastosa:

Piedade, Senhor, piedade,
Piedade pra nossa ruindade...

Alguns de joelhos, outros sentados, muitos deitados clamaram:

Piedade, meu Bom Senhor,
Pr'este pobre pecadooor...

Acendiam-se as estrelas. Ninguém desceu a avivar as fogueiras. Ao pé da cruz começou a dispersão. Cada chefe de grupo ou família, de passagem, sufocava entre os dedos a chama de uma vela. Partiam em silêncio, cansados, insones. Feitas as contas, sobrara muita fadiga e umas quantas lembranças. Isso, a vida do erval. Só mesmo confiando na piedade do Bom Senhor!

12

Desceram os dois que eram só raiva. Mas nem assim foram tirar o Curê da madorna em que se enfadava depois das tracanadas de gualipola e mel com que enchera o nada fazer do erval em descanso. Encolhido na esteira, a um canto do rancho, gozava a umidade do solo contra o bafio da noite calorosa. O lenço colorido sobre o rosto valia como aviso para que ninguém o importunasse. Os dois viram o lenço, torceram a cara sentindo o cheiro de álcool e fumo fermentando dentro do rancho. O Casimiro desceu para a sua morada, mas o Isaque preferiu estender a esteira próximo da porta do Curê, apanhando a fresca da madrugada com que serenar a febre e a raiva. Nem pretendeu chegar ao sono. Tinha os pensamentos acesos por demais e o coração por demais agitado. Chegar ao seu rancho era lembrar a Flora e não queria passar por isso.

Antes do amanhecer o Curê acordou e buscando água tropeçou no hóspede:

– Arre! – bradou. – Por fim se acaba a vadiação! Bem bom! Agora é empurrar os homens no serviço.

O Isaque encolheu-se, abrindo o caminho, mas não deu palavra. Foi o que alertou o Curê:

– Se você veio entocar-se aqui em vez de estar aprontando serviço, é que houve danação. É sempre sim! Cada festa me dá uma safra de aborrecimentos. Diga logo o que foi, desta vez!

Já cara a cara, pôde ver a desolação com que o Isaque se apoiava ao batente. Só por isso não riu, como seria de rir, quando ouviu dizer:

– Pois o anhangá[1] do Pablito caiu no mato arrastando a minha Flora.

O Curê chegou à porta, coçou a garganta que lhe ardia, aspirou o ventito da quase manhã e vistoriou as cores do céu para saber que tipo de dia vinha nascendo. E só quando soube exatamente o que desejava dizer, sem ferir ainda mais o Isaque, foi que disse:

– Isso de ter levado a Flora é coisa que toca a você. A mim importa é que um mineiro fugiu: fulano tem contrato com a Companhia até o fim da safra e na certa deixou dívidas na comissaria. Não quero saber do nome. Diga logo ao Casimiro que saia atrás dele.

O Isaque viera e esperara para ouvir aquilo. Ouviu e

[1] Diabo; espírito do mal.

disparou rumo ao rancho do Casimiro. O Casimiro, à porta, tomava tereré, já vestido para o mato, gozando com o pé descalço o chão gostosamente úmido. Recebeu o visitante com um sorriso:

– Nem não diga! Até já ouvi o que veio me dizer. Sossegue que já mandei reunir os homens. Saio logo. Tome um mate e afogue a raiva.

O Isaque sentou-se e o esforço que deu ao corpo para ter o queixo sobre os joelhos mostrou ao comitivero o nervosismo em que ardia. O Casimiro não, nem se dava conta da jornada dura a que era mandado. Gozava o que podia a presença inquieta do Isaque.

– Hein, Isaque?! Você quer dizer o quê?

– Quem sabe eu podia ir?

– Por medo de que eu não justicie o homem?

– Neí, neí, pui! Ele é sua responsabilidade! A mulher é que é a minha chegança e o meu medo!

– Ainda quer a mulher de volta? Se ela não ficou uma vez, escapole de novo. Olhe lá, um pouco de brio não faz mal a homem algum! Depois, você querendo não lhe há de faltar mulher que lhe queira!

– Aha! Mas ela é ela! É a que eu quero e pronto! O querer dela não tem voga. Teve o que quis, não teve? Vai ter que voltar porque você liquida o Pablito. Eu fico com ela e já não preciso ser respeitador como fui.

Isso dizia querendo ser duro. Mas ao Casimiro não enganava. Havia tremura na sua voz e escondera o rosto entre os joelhos. Tamanho sofrer adoçou o Casimiro, que estendeu o pé indo tocar amistosamente o do outro:

– Deixe comigo, Isaque, deixe comigo. Os homens estão sempre fugindo e sendo presos. Ainda mais com mulher atrapalhando. O que lhe posso garantir lhe garanto: o Pablito não volta e não fica com a Flora. E trago a Flora de volta, seja como for. Até aí posso fazer. Depois dela estar aqui você sabe como se passa porque você mesmo fez cumprir o costume. Mulher que foge do erval, trazida de volta já não é de alguém. É de todos. Vai ser assim outra vez. Ainda serve pra você?

Esperou tempo pela resposta que não veio. Deitou água na cuia, refestelou-se e procurou reatar a flanação em que se deliciara. Até chegarem os cinco comitiveros. Puseram-se de cócoras, calados, aguardando ordens. O Casimiro calçou as botas, armou-se, e em tudo isso não perdia de vista o Isaque. De saída, tocou-lhe o braço. Só para confirmar:

– Sossegue! Será mesmo como lhe disse: liquido o homem e entrego a mulher na porta de seu rancho. Sem tocar nela. Mas lhe dou aviso: você perde um concorrente e ganha vinte.

Partiu. E logo nos primeiros passos, trilha acima, era outro Casimiro. Rápido, decidido, feroz. Começava outra caçada.

13

Agitado, desesperadamente insone, o Pytã viu todo o giro das estrelas e por fim a noite se desmanchar.

Dos seus lábios não queria ouvir as palavras que o dia nascente lhe trazia. Mas era como se as dissesse, tamanha agitação elas causavam.

Era o caso de maldizer o irmão pelo mal que fizera a todos, com seu amor despropositado e aquela fuga estúpida. Agora estavam os três perdidos. Certo como a certeza, também dele, Pytã, a Companhia cobraria o preço da fuga. E era fácil adivinhar de que forma ele teria que pagar o ser irmão do Pablito e haver dado abrigo à Flora.

Saiu do rancho como todos os dias. Ficou sabendo que não seria um dia como todos quando o capataz pediu:

– Deixe ver o seu machete.

Entregou, já se dando por liquidado. Começavam por lhe tirar o machete.

– Venha comigo, que temos um recado pra lhe dar.

Foi, o coração saltando, a vista turvada por raiva e medo.

O Curê gritou, ainda manso, só como aviso, da porta da administração:

– Achegue-se, homem. Vamos falar um pouco.

Encostou-se à porta, disposto a ouvir e concordar com tudo. Nada, nem isto e nem agora havia de atalhar o seu rumo: pagar as contas, e sair do erval, pra nunca mais, de cabeça erguida e nome limpo.

O Curê continuava sentado, um pano molhado sobre os olhos, a cuia de tereré nas mãos. E o Isaque sentou-se sobre o baldrame, fingidamente alheio ao que ocorresse dentro.

– Pytã – começa o Curê –, com duas cancheadas mais, engolimos este erval. Meio que estamos de mudança. Isso você sabe, não é?

Pytã fez que sim. Não era ainda aquilo o que lhe queriam dizer. Sabia o que era mas tinha medo de ouvir. Se soubesse rezar estaria rezando. Só pra não ouvir o que iam lhe dizer.

– Em assunto de erva esta mina nem foi boa nem ruim. Ruim foi ela por causa dos homens. Não trabalharam o que deviam.

O Pytã não disse que sim nem que não. Mordeu o silêncio. Olhou para as mãos calosas e chagadas. Concordava também com isso para salvar-se e ir embora, livre e de cabeça erguida.

– Já se sabe pra onde vamos fazer rancho novo. Vinte e oito quilômetros daqui, ribeirão acima. O seu irmão Pablito ajudou a encontrar aquela mina. Dizem que é das melhores e o lugar uma lindeza!

Que é que ele tinha a ver com isso? Pois estava com as contas quase feitas e nas duas cancheadas restantes pagaria o pouco ainda devido. O justo é que o deixassem ir embora. Só faltavam duas cancheadas para salvar-se. Trabalhara bem e bastante, sem nunca ter combinado encrencas. Era justo que tomassem suas contas e o deixassem partir.

– O rapaz seu irmão andou bem por lá, é o que me diz o Lucas que foi com ele. Mas agora fez o que fez e você conhece o mandamento da Companhia: escapou, se danou.

Era mesmo assim. Iam justiçar o seu irmão. Já se podia dizer sem irmão nenhum no mundo! A mãe que começasse a chorar porque o Pablito não veria mais! Era o mandamento do erval e esse mandamento eles nunca violavam. Bem por isso, mais por isso, não iria dizer uma só palavra em favor do irmão. Fugira e estava acabado! Importante mesmo era salvar-se, ele, que estava vivo e não tentara jamais, nem em pensamento, fugir de rancho algum.

– Nem por ele, menos pela mulher mas por causa do costume, você entende, é que lhe pergunto: pra onde lhe disse o Pablito que ia? Em que rumo?

O Pytã quase riu. Como é que podia saber? E a verdade era que eles não estavam interessados em ouvir isso! Queriam, isso sim, era enredá-lo, arruiná-lo, não tomar as suas contas e levá-lo para o trabalho no erval novo. Não diria palavra que fosse, tentando justificar o irmão ou a mulher. Se concordasse com tudo, sem dar motivo para a raiva deles, honesto seria que o deixassem ir logo para o trabalho. Trabalhando até à noitinha faria as dez arrobas do contrato. Com mais quatro dias de bom rendimento pagaria as dívidas. Pelos anjos de Deus, não podia falhar! Se soubesse rezar, estaria rezando.

– Não sabe?

Nisto o Curê arrancou o pano de sobre os olhos e o Isaque moveu-se para dentro. Estavam ferozes.

– Aposto como você sabe e bobamente diz que não sabe! Só para proteger aquele fujão! Não é?

Se diziam isso e diziam daquele modo é porque ele estava mesmo perdido. Só fez, com as mãos, gestos de não saber.

– Bom! – concluiu o Curê. – Então para hoje no rancho refrescando a memória. Vamos esperar até que se lembre.

Acabado que estava, o Pytã choramingou uma pergunta:

– Não me deixam trabalhar hoje?

– Aha! Está pensando nas suas dívidas? Esqueça delas. Mandei ver suas contas. Mesmo que o resto do erval fosse reservado como tarefa sua, você não poderia pagar tudo desta vez. Gastou demais, comeu muito e apresentou pouco. Não teve aquela mulher no rancho durante um tempo?! Custa muito sustentar mulher, não sabia?! Mas não vai lhe acontecer nada. Você é um bom macheteiro e a Companhia dá valor aos que trabalham bem. Vai com o resto do pessoal para o erval novo e lá há com que pagar as dívidas pois o lugar é bom e rico.

O Pytã escorregou para o chão. Isso era o que fariam. Não lhes interessava o irmão fugitivo e sim prender a ele, Pytã, por mais uma safra e depois outra e outra, enquanto pudesse cortar, sapecar, depinicar e carregar. Nada de nada poderia salvá-lo! Já nem culpava o irmão ou a Flora. A fuga dos dois era desculpa. Se não tivessem fugido a Companhia descobriria outra desculpa. Ele ficaria devedor e preso do mesmo modo. Nada que fazer!

O Curê e o Isaque olharam-se. Havia sido fácil. Tinham mais um mineiro para o erval novo.

– Bom, já ouviu. Se não diz coisa é porque está de acordo. Gosto que esteja de acordo. Sabe que a Companhia tem razão, não sabe? Isaque, passe um tereré para o nosso bom amigo Pytã.

Não quis. Nem eles insistiram. Ficou calado, imóvel, dentro da casa, até que o sol começou a descer. Não era mais hora de cortar. O dia estava perdido. Sem os duzentos quilos do dia, nem fazendo carga dupla nos dias restantes poderia pagar as dívidas. Estava na lista do erval novo.

Deixaram que saísse.

Rodou entontecido pela rancharia, sem saber o que o magoava mais: as orelhas ingurgitadas ou o ódio crescente.

O Curê voltou a esconder os olhos sob o pano umedecido. Mudando a masca de fumo de um para outro lado da boca, disse já calmo, amigável:

– Para alguma coisa serviu a malfazença do Pablito.

Seguramos legalmente mais um mineiro. Ele pode escapar mas o irmão nos paga.

Para o Isaque a fuga não era tão simples de resolver. Fitava a linha de colinas e de mato. Imaginava a velocidade com que ia e a que distância o Casimiro se encontrava dos fugitivos. O Curê, no fundo um administrador, punha em ordem as preocupações do cargo:

– Com esse e os outros que seguramos, temos seis mineiros. Precisamos de pelo menos outros nove para o erval novo. Amanhã, você busca um bom aconchavador e despacha o homem pra Ponta Porã. Adiante o dinheiro que for preciso mas diga bem dito que espero pelos homens no fim da primeira minguante. O encontro será aqui. Entendido?

– Tudo. Assim mesmo é que será feito.

Capítulo VI

1

De repente, com a tarde escorrendo calor e quietação, o vento assoprou um arrepio sobre a cidade. Vazio, silêncio e poeira nas ruas. No salão do cabaré as mulheres modorravam. Cuidavam do que ainda havia de bonito em seus corpos. E confidenciavam-se.

O vento entrou e buliu com elas levantando surpresas e xingos. Só a bugra Nakyrã entendeu o que o vento viera anunciar.

– Pois olhem aí! Deus meu, isto me põe em banho de urtigas!

As outras quiseram saber os porquês.

Não disse. Guardaria com ciúmes o segredo que era esperança doida. Pois aquele vento, àquela hora, assim buliçoso e quente, viera lembrar-lhe de que se aproximava o tempo de os changa-y voltarem a meter-se pela mata. Se o Osório fosse, ela bem que poderia ir outra vez com ele! Por mais longe se enfiassem nas entranhas do mundo, iria também, varada de satisfação, companheira para tudo! Isso mes-mo é que seria melhor do que bom! Quanto mais longe da cidade e mais perto das ranchadas da Companhia, melhor! Havia sido assim da vez passada e da outra ainda! Na cidade, o Osório não lhe passava pelos olhos. Vez por outra ela subia a rua e andava acima e abaixo, diante da casa dele, temerosa de vê-lo e receando não vê-lo. As companheiras vinham contar que haviam cruzado com ele, sabido que ele fizera isto ou aquilo, estivera aqui e ali. Mas nunca que o Osório lhe mandava dizer coisas ou vinha perguntar coisas! Na cidade ele não sabia que a Nakyrã era ainda viva, era mulher que ansiava por ele e por ele gemia de saudade e desejo.

Mas quando o tempo arrepiava, com o vento avisando que as árvores da erva estariam fechadas de folhas, ingurgitadas de seiva, então, sim! Vinha uma noite um homem e lhe dizia:

– Estamos de saída! Você vem?

Nunca dissera: "Você vem comigo?", ou então: "Quero que venha comigo!" Sempre mandara perguntar assim simples e secamente como perguntaria a um homem. A ela bastava isso. Nunca dissera que não. Porque sabia que uma vez no mato ele passava a tratá-la como mulher. E sabia fazer isso como ninguém!

Mesmo no meio da noite, e com freguesia rica animando o salão, deitando dinheiro graúdo em seu colo, deixava a mesa da bebida e o tablado das danças. E metia-se pelo mato com o Osório e os homens dele. Ah! Sim senhor, que sempre valia a pena! No mato tinha o Osório e nada mais lhe fazia falta.

Por isso se pôs em pé, os olhos quase cerrados, a boca engolindo o vento quente da hora quase noite. O vento bulia com ela, nos cabelos, no rosto, nos ombros desnudos, no vestido leve e curto. Chegava o tempo de ir com o Osório!

Nem queria pensar em que daquela vez, por isto ou por aquilo, o Osório não fosse se meter de changa-y nas distâncias do mate.

Já nessa noite botou atenção na porta esperando chegar quem lhe trouxesse o chamado.

Quem chegou foi o Isaque. Nem triste nem alegre que não vinha por gosto mas por obrigação. O querer dele estava mesmo no mato, onde imaginava o Casimiro cocegando os calcanhares do Pablito e da Flora. Para liquidar o Pablito e levar a Flora de volta ao rancho. Não fosse acontecer isso enquanto estivesse na cidade fazendo de aconchavador! Bem por causa desse receio vinha decidido a fazer bem e depressa o que devia fazer e bater um torna-estrada muito rápido.

Entrou raspando a bugra:

– O patrão?

Mostrou-o com o queixo, sem vontade de ajudar. O patrão sabia a que vinha o Isaque. Para ganhar é que tinha as portas abertas e ninguém lhe dava maiores ganhos do que a Companhia e os aconchavos dela. Esteve de acordo com tudo. Só quis saber:

– Recebi o recado. Os aconchavadores estão do outro lado da fronteira desde o domingo. De quantos homens precisa?

– Dez. Se vierem doze bons, levo os doze. Acha difícil?

– Nem tanto pelos homens. O que não tenho é mulheres pra empurrar os doze no mundéu. Bebida, fumo e música forneço pra um exército. Mas mulheres...

O Isaque não era novato. Sabia como funcionava aquela coisa. Sem mulheres era duro derrubar os recrutas. Os homens não se entregavam tão depressa que pudesse levá-los ao romper o dia.

– Bom, eu lhe pago e você me serve. Dinheiro eu trouxe, mulheres você arranja.

Assim é que o patrão queria o assunto colocado. Com dinheiro para ganhar não havia o que não fizesse.

– Adiante o que puder e vou caçar as fulanas e sicranas. Você sabe, as que não são da casa querem a prata antes do trabalho.

– Tudo o que precisar. Mas faço questão fechada de ter dez ou doze homens de primeiro corte. E comece logo a festa que não tenho vontade de alongar a noite. Um banho, você me arranja?

Enquanto ele se banhava, o patrão corria a buscar mulheres, mandar que se enfeitassem, perfumassem, cuidassem do sorriso, da voz, das mãos. E que, feito o que fizessem, ao amanhecer entregassem os rapazes inconscientes.

Noite fechada voltaram quatro aconchavadores trazendo quinze peões. E logo deram de valorizar as suas andanças e a colheita:

– *Patrón?* Não me serve mais este trabalho! Maldita hora em que recebi sua encomenda! Sabe, não há mais homens para aconchavar! Vê? Esses são quase meninos! Não faz muito que estão galados, não senhor! E tive que ir buscá-los naquele inferno de Sangapuitã. Nem sei quantos quilômetros pra lá da fronteira! Outros se enfurnaram até Naranja Dulce. O mate acabou com todos os homens deste canto do Paraguai. Ah! e as coisas que a gente precisa inventar para segurar esses tipos? Vê como é? Preciso receber um pouco mais, hein?

Os rapazolas foram tangidos para dentro, entre arredios e afoitos. Por fim caíam dentro de uma casa daquelas, de que sempre ouviram falar e desejaram estar. Casa como essa não conheciam outra. Muita luz e luz forte, tudo limpo, o patrão atencioso, bebidas a fartar e comidas... ah! que raio de comidas tinham ali! E o femeaço, então! Cada mulher apetitosa para os dezoito anos deles...! Era o sujeito virar pra cá ou pra lá e esbarrava em uma delas, limpa, cheirosa, risonha, convidativa... Aquilo era o mundo do mate! Estavam saindo verdadeiras as promessas do aconchavador!

Pois o aconchavador aparecera perguntando quem, dos pobres da vila, faria gosto em passar vida de rico e em ficar rico. E para quem quis ouvir, contou como eram os ervais. Comparou a miséria em que viviam e a fartura em que poderiam viver. Apontou as mulheres feias e envelhecidas que tinham ao redor e descreveu aquelas limpas, novas, cheirosas e bonitas que poderiam ter. Mostrou o vazio inútil dos seus dias no povoado natal e a vida trepidante vivida nos ervais onde as horas de divertimento eram pelo menos as mesmas que de trabalho. Que patrão ali na terra deles podia fazer como ele aconchavador fazia em nome da Companhia; dar um bom dinheiro adiantado só para o peão ir ver como seriam as coisas. Fossem com ele, logo à noite, para um divertimento debochado, sem freio, na melhor bailanta fronteiriça e vissem como era bonito e rico o portão dos ervais!

Vieram e estão vendo. Uma das mulheres, risonha, dizendo safadezas e doçuras, se lhes dependura no braço. Ela cheira bem, pode não ser bonita mas é melhor tratada do que todas as mulheres que o rapaz jamais viu. Vão para as mesas, aos pares ou grupos. Os empregados trazem bebida, as mulheres não lhes dão fôlego. É só falar e acarinhar. Dizem-lhes coisas doces e antecipam seus desejos. Os servidores vão e voltam com copos cheios e comidas pesadas – comidas e bebidas de entorpecer. As mulheres pedem mais copos e pratos gritando ordens aos atendentes que obedecem sem consultar o pagante. O patrão vai de um a um dizendo que não se arreceiem de gastar, pois vão para os ervais e quem vai para os ervais tem crédito a mais não poder porque todo mineiro é um futuro milionário.

Os músicos conhecem a música neutra que não irrita nem aos liberais nem aos colorados. Tocam para que todos estejam satisfeitos e bebidos.

As mulheres querem dançar, rir, acarinhar e beber a noite inteira.

Então eles fumam, acarinham, bebem, cantam, são acarinhados, dançam e bebem. A noite toda têm as mulheres penduradas nos seus pescoços e braços, querendo mais e mais bebida e carinho.

Nakyrã roda para lá e para cá com o rapazinho que lhe coube. Ela não gosta mas cumpre a obrigação. O mocinho quer ser homem e acredita que logo estará rico nos ervais. Ela faz como as outras e arrasta o moço ao som de risadas, gritos, polcas, risadas, quebrar de garrafas, risadas, canções obscenas, galopas, risadas...

Quando amanhece, as carretas são trazidas para a porta. Os aconchavados estão bêbados, empanturrados, entontecidos, exaustos, endividados. As mulheres desaparecem. Os músicos silenciam. Num de repente tudo muda. Vem o Isaque e grita que se ponham em pé. Vem o patrão, que já não ri nem oferece coisa alguma, e lhes grita que gastaram demais, beberam demais e abusaram das mulheres, que além de bêbados e farristas eles quebraram tanto e devem tanto. Quer receber em seguida e pelo sim pelo não chamou a polícia. Diz o Isaque que assinem logo a caderneta de trabalho, recebam o adiantamento e paguem ao patrão porque a polícia vem vindo e é muito braba com gente que atravessou a fronteira e gastou em farra o dinheiro que não ganhou ainda.

É só o que podem fazer. Assinam ou marcam seu nome na caderneta. Os que podem andar sobem para as carretas. Os inconscientes são empilhados pelo patrão e os empregados, debaixo dos gritos do Isaque. A carreta sobe o caminho e toca para o tapê-guaçú.

O patrão fez as contas do lucro, pagou discutidamente aos aconchavadores, pechinchou os serviços dos músicos e das mulheres e disse-lhes que fossem dormir.

Nakyrã vem à porta ver o dia nascer e o vento morno acordar as bocaiuvas. Está no tempo! Se o Osório tenciona sair de changa-y, esta semana mandará notícias. Se ele não for, será um ano ruim como quê!

2

O vento e o dia se aquecem esfregando a luz avermelhada contra o farfalho das bocaiuvas. É o tempo de o vento descer dos morros e acossar a gente e os bichos com o cheiro das frutas e do capim cacheado. Corre pelas ruas dormentes levantando a ciscaria dos rodamoinhos. Entra pelos ranchos pondo a vibrar os nervos das criaturas. Depois, faz cantar as árvores num bailado de bruxedos e penetra o sertão pelos tapês esborcinados das últimas chuvas. Faz saltar as tibacas[1] ingurgitadas do ventre redondo das palmeiras e empurra a seiva do mate das raízes e troncos para as folhas de verde novo.

Os homens ouvem o vento passar e dizem:

– Ah! este ano sim, me palpita uma ranchada daquelas! De se ficar rico!

As mulheres sentem no ar e no chão amornados a vida jacente nos meses do vir depois. Arrepiadas, confessam:

– Chiii! me parece que este ano vai ser o meu ano bom!

Todos os anos é assim. Eles dizem aquilo e sentem aquilo. E ao fim da safra, feitas as contas, todo ano foi bom e foi ruim. O importante é estar vivo e ter forças. O vento morno e cheiroso há de voltar, empurrando os homens para o mato, no rumo das minas. Cada vez mais para o fundo da selva.

Tão fundo estão agora buscando a erva que as carretas rodam semanas antes de encostar na fronteira. Então, a Companhia, que punha pressa em receber a erva, fez construir uma estrada de ferro. Até uma estrada de ferro o mate estendeu no coração da América!

Os homens que lidavam com as arrias e os que conduziam as carretas nas pontas das picañas[2] foram ver os trens e cuspir nas fitas de aço. Aquilo não era coisa de homens! A vida de erval começava a ficar definitivamente ruim para eles. Já não era preciso suar o suor fedido do macho para lidar no transporte da erva!

Nos tempos de primeiro o serviço era para os melhores homens.

---

[1] Bráctea floral das palmeiras.

[2] Aguilhão.

Arrancavam os atacados – por caminhos que o diabo em pessoa abrira com os cascos – até Capivari e dali a Cerro-Corá, depois a Aguerito, em seguida a Passo Mbuti e por fim à Vila Concepción onde jogavam as bolsas para o bojo das barcas. Diziam os entendidos que isso era ruim para o Mato Grosso, que muita erva saía do país sem pagar os direitos. Vai daí que o Governo mandou torcer todos os caminhos e fazer os tapês correrem para o Porto Murtinho onde fiscais e soldados estavam dia e noite de olhos abertos e lápis na mão. A Companhia, que precisava da erva com muita pressa, esticou a estrada de ferro até a boca dos depósitos. Porto Murtinho virou cidade. Mas foi triste para os carreteiros e arrieiros que não passaram mais para os lados gostosos das terras paraguaias.

3

Pablito sentou-se ao lado, dizendo:

– Se preciso, vai no meu colo.

Mas a Flora sabia que não. Deitada de bruços, chorando de mansinho, repetiu:

– Sei que era capaz disso. Muito mesmo! Isso porque sei que gosta de mim. Daí que lhe peço: vá sozinho! Vá!

Ele olhou o potrero além do mato. Deserto e silencioso. Ainda dispunha de algum tempo. Curvou-se para beijar-lhe a nuca descoberta. Teimando:

– Sozinho não vou. Se não se levantar e continuar andando, me deito também. E deixo que me peguem.

Aí sim, bateu na Flora um desespero sem medida. Se ele dizia assim, assim é que faria. E os comitiveros dariam cabo dele mal e mal chegassem, e de modo bem demorado e doloroso. Só muito depois é que cuidariam dela. Como se ela não fosse coisa de importância. Isto estava bem! Fugira com um mineiro. Passava a ser coisa! Como gente não valia mais nada. Pensava em que sofreria menos padecendo sozinha, com o Pablito longe e salvo. Pediu-lhe que continuasse. Enquanto entretivesse os comitiveros, fosse lá como fosse que eles a quisessem castigar, o Pablito estaria cobrindo chão.

Mas o Pablito teimava:

– Ou se levanta ou também fico.

Suspendeu o choro e acomodou a cabeça no colo dele. Era bom. Mas não podia ser por muito. O Pablito olhava o potrero. Desassossegado. Por ali viriam os perseguidores. Estariam perto.

– Foi bom, não foi, Pablito?

Em vez de responder, acarinhou-lhe os cabelos.

Ela continuou:

– Só que não deu certo! Agora que vejo as coisas do lado de cá, peso a loucura que foi esta fugida. E se você diz que não continua pra se per-der comigo, não foi só loucura, não. É o mesmo que suicídio.

Deixou-a falar, enquanto rodava as mãos e os lábios pelas faces, os olhos, as orelhas da mulher.

– Pra mim não deu certo e acabou-se. Mas eu queria que você escapasse. Assim, a nossa fuga não acabava aqui e eles não podiam rir da gente. Se você escapar, quando eles se lembrarem da Flora e do Pablito, hão de lembrar que ao menos um de nós chegou ao rio e deu risada dos cuidados deles.

Pablito estava repartido entre o que ela dizia e os sons chegados com o vento. Sobressaltou-se. Ela percebeu e apressou:

– Você me daria um gosto grande, se fosse. E quando pensar em mim, só pense no que aconteceu antes disto. Até a noite passada foi tudo bom e bonito. Depois me machuquei e já não teve remédio. Agora, vá! Depressa, faça o que lhe peço!

Chegou do outro lado do potrero o primeiro mbureo:

– Fiii... juuuu...! Ijuuu...

Ele não quis mas teve que estremecer. E ela com ele.

– Vai, Pablito!

Abaixou a cabeça e mordeu o braço dela, tanto que quase fez sangue. A mulher não se queixou. Entendeu que recebia a última carícia. Levou a mordedura para os lábios e as faces.

– Adeus, então.

Sem correr, mas andando rápido, ele se afastou. Deu num valo molhado pelo fio de um córrego. Pulou para a água e seguiu a favor dela, sem deixar rastos. Ainda pôde ouvir a série de mbureos com que o Casimiro localizou a Flora. Não parou. Já não odiava nem ao Casimiro nem aos comitiveros, nem à Companhia. Continuava a fuga porque a Flora quisera assim. Era o jeito de mostrar a ela e a si mesmo quanto bem a queria. O riacho espraiou-se numa terra fresca e, logo mais, pantanosa. Havia troncos e tufos. Saltando sobre eles ganhou o meio da aguada e fez alto. Para ver quanto se haviam modificado as coisas.

Ouviu o grito final do mbureo e soube que os homens haviam chegado até a Flora.

Ela esperava o pior. Mas, um tanto surpresa, não se viu maltratada. O Casimiro descobriu-se, limpou o suor da face e da nuca, compôs a roupa e a cinta, percorreu com o olhar a meia-lua do cerrado para ver em que direção o Pablito havia partido. Só então, disse:

– Guardou suas forças e andou com juízo. Só nisso! Porque fugir foi asneira.

Mandou, com gestos, que os homens descansassem. Sentou-se, ensalivou demoradamente um charuto guarani que acendeu com vagar. E nisso tudo a Flora não se movia, deitada de bruços, choro leviano. Os comitiveros continuavam calados, os olhos acesos sobre ela. Pelo costume seriam os primeiros a usá-la. O Casimiro deitou aviso para a Flora:

– O que vai ser de você, você também sabe. Enquanto estiver comigo está segura. Quando chegar, não é do meu poder evitar que lhe aconteça o que manda a usança.

Quase delicadamente deitou sobre a cabeça dela o lenço ramado com que se enxugara. Ela aceitou. Suspendeu o choro e começou a se arrumar. O Casimiro quis que ela soubesse mais:

– Não tenha pressa não senhora, que não voltamos sem o Pablito. Nossa parada não é bastante pra lhe dar escapula. Já vamos atrás dele.

A Flora estremeceu pelo Pablito. O plano de retardar os perseguidores não dera certo. Tentaria outro. Propôs, alto para ser ouvida pelos comitiveros:

– Casimiro, comigo faça de tudo e não solto um pio! Aqui ou lá. Com esses homens ou com outros. Mas você bem que podia atrasar o andamento, não podia? Não lhe basta voltar comigo? Eles ficam sabendo que você trabalhou o seu trabalho!

Os homens alvoroçaram-se. Mas o Casimiro sugou e baforou regaladamente o guarani, encolheu e distendeu as pernas, esfregando-as uma na outra. Assim fazia escoar o momento pior:

– Mulher, você, como fêmea, nunca entrou nos meus quereres. Nem vai ser agora. Digo isso sem intenção de ofender mas assim é que é. Não guardo raiva nem pena de você ou dele. Mas é que fui mandado, sabe?! Fui mandado e vou dar conta do que me mandaram fazer. Pra isso me pagam!

Ela mordeu o lábio e deitou a sua mão sobre o braço dele. O Casimiro baforou de novo, descansou a sua mão livre sobre a dela. E concluiu:

– Mas também isto quero lhe dizer: bom seria se qualquer mulher deste mundo fizesse por mim o que você fez por ele. É por isso que lhe faço uma promessa. E é só o que posso. Quando apanhar o seu homem e entregar a encomenda que trago pra ele, prometo enterrar. O Pablito não ficará de fora, dando comida pros bichos e aves, como é o costume. Isso prometo, isso eu faço.

Ela apertou-lhe o braço:

– Por isso ao menos, obrigada, ouviu, Casimiro?!

O Casimiro encostou o charuto num dos homens, recomendando:

– Vamos buscar o fujão. Você fica cuidando dela. Mas não lhe ponha em cima mais do que os olhos. Entendido?

4

Com os olhos metidos no vão da porta, o Aguará perguntou como é que ia passando o seu mestre uru. Não sabia dele desde a Semana Santa. No fundo lhe doía o ter demorado tanto com a Anaí em doce vagabundagem pelo cerrado, sem cuidar como devia do Curãturã, seu mestre e quase pai.

A Zola enxugou as mãos no vestido, caçou os fios rebeldes do cabelo e isso fazendo respondia ao rapaz pondo para fora e para baixo o lábio inferior. O Aguará entendeu: o uru batia as últimas.

Ficaram os dois um tempo comprido nesse faço-não-faço. Até que passando o olhar pelo huayno, a mulher compreendeu que ele perguntava: "Bem, se é assim que estão as coisas, como é que a gente se arruma?!" Deitou-lhe a mão ao ombro e conduziu-o para o quarto onde o Curãturã arfava entre gemidos.

A Zola sentiu a mão do Aguará procurar a sua. Deu-lha e apertou a dele. Sentiram-se bem. Era um modo de entenderem melhor o uru.

– É mesmo que não se pode fazer coisa que preste por ele?

Afagou-lhe a mão. Cariciosamente, apesar de tudo.

– Não se mortifique por isso. É como é! Chegou o minuto do Curãturã. Nunca soube de uru que acabasse tão tarde e de modo melhor.

– Pois é mesmo como ele pediu a Deus de encomenda. Mas o que me põe azedume na saliva é ver que ninguém da Companhia se importa com o fim do uru. Ele se acaba que nem uma das mulas da arria.

– Puuu! Vi isso tantas vezes que não me encalistro pelo Curãturã! A Companhia não sabe de outra coisa que não seja a erva. E o Curãturã já não sabe nem pode nada com a erva. Acabou-se. É só o que é!

– Mulher! Você diz isso com um sossego!

– Ah! filho! É que você é menino, tem o sangue quente. Eu sou mulher que arrastou o calcanhar pelas terras de meu Deus! Vi malfazença de todo tamanho! Assim é que assim não me faz mossa de doer o que faz a Companhia. E olha que ela perde só um bom uru e você fica sem o mestre. Mas eu... Eu vejo escapar o único homem em quem podia me encostar. Não era capaz de me pôr animação nos nervos mas vem vindo comigo muitos anos bons e ruins da minha vivência. Amanhã enterramos o Curãturã e pra onde me pincho, você sabe me dizer?

O Aguará não sabia. Tinha pena da pobre, mas não sabia mesmo. Olhou as pernas da Zola, marcadas de varizes, o rosto flácido, os cabelos desgrenhados. E teve certeza de que ninguém a havia de querer para companheira certa. Dos três o pior pedaço era o dela. O Curãturã se enterrava e pronto – não havia o que perguntar. Ele podia escolher entre muitos ervais para continuar sua vida de huayno ou começar a de foguista. Mas ela, não tinha escolha. Os outros – se houvesse outros – iam decidir o que seria dela.

Chegou-se à porta a ver como ia o tempo. As colinas mansas corriam para o vale. O vento soprava contra elas, encrespando as linhas coloridas do capim, do sapé, dos pindós e bocaiuvas. Mas só havia o vento. Nem mais alma viva! Nem rancharia, nem barbaquá, nem cancheador. Os homens deram fim nas erveiras. Estavam de mudança para o erval novo. Léguas e léguas ao redor, só o uru morrendo, a Zola sofrendo o seu amanhã e ele, o Aguará, ontem huayno, hoje não sabia o que, esperando enterrar o seu mestre-uru. Sentiu o vento, ouviu o soluço da Zola, lembrou da Anaí e do que conhecera com ela. Sentiu-se homem. No dia seguinte subiria o novo tapê-guaçú e iria dizer alto e forte ao Curê que aceitava ser foguista. Apanharia a Anaí para morar no seu rancho. E com mais duas safras seria um uru.

5

O Osório respondeu que sim senhor!, eles podiam vir. Chegaram na hora marcada.

Sentaram-se. Dois no primeiro degrau da escada, o outro no gramado, os joelhos tão próximos do rosto que rosto e joelhos recebiam por igual a sombra do chapéu.

O Osório chupou goladas do chimarrão enquanto tomava leitura do que diziam as feições dos chegadiços. Percebia uma hesitação e um medo que o deixava preocupado: e se não quisessem ir este ano? Deitou um tanto de água e passou a cuia para o mais velho. Que chuchurreou seus goles, lento e silencioso, enxugou os lábios com a língua, despejou outro tanto d'água e passou a cuia para o mais próximo. E quase gritou, quando quis dizer:

– Pois, companheiro Osário, estamos aqui!

Os outros só olharam. E com isso diziam estar de acordo.

O Osório sossegou e se pôs orgulhoso. Apreciava aquilo por demais. Lhe fazia um grande bem ao ânimo ter de volta os companheiros. Queriam dizer com isso que confiavam nele e esperavam que lhes desse ordens. Ele os conhecia também. Quisera conhecê-los com mais cuidado que aos filhos. Porque eram seus companheiros no fazer de changa-y, trabalho onde cada homem devia ter outro homem leal às costas. Sabia os defeitos e os valores dos três. E que não encontraria melhores em parte alguma. Haviam sumido, Deus sabia onde! Durante meses, fazendo coisas que não interessava saber. Agora estavam ali! Mal o vento morno e buliçoso começara a fazer passeios vespertinos pelas colinas, eles voltaram. No tempo certo. Sentados à porta de sua casa esperavam que lhes dissesse que ia ou não ia para o mato tirar erva feito changa-y.

– Ééé... estamos aqui! – repetiu o velho, retomando a cuia, movendo a bomba, deitando água.

O rapaz sentado no gramado distendeu as pernas e deitou-se, descansando o corpo num cotovelo. O velho passou-lhe a cuia e ele friccionou lábio com lábio antes de acomodá-los na bomba. Mas só olhava para o Osório. Era o mais ansiado dos três.

O Osório queria gozar mais tempo o bom que era ter os homens ao pé da escada, esperando que ele falasse da erva e lhes desse ordens. Olhou o céu para distinguir o tipo das nuvens e medir a firmeza do tempo. Ficou olhando isto e aquilo até perceber que os dois da escada se preocupavam com o rapaz. Então decidiu:

– Você, rapaz, está com muita pressa, hein? Sabe?

Quem tem pressa não carrega pote nem faz mundéu! Menino, está me parecendo que você se meteu em trapalhada, estes meses, não se meteu?

Os outros romperam em gargalhadas enquanto o rapaz encabulava. O velho engatinhou até o rapaz e deu-lhe uma palmada na coxa, bradando:

– Trapalhada?! Só trapalhada?! Ele está mas é num enrosco de todos os diabos! Ah! esse sim é que é um enrosco! Ah! que enrosco dos diabos é aquela mulherona!

E desceu na coxa do rapaz outra palmada violenta. Então o moço também explodiu, gargalhando, rolando pelo gramado. E riam-se os três. Riam-se de arrebentar. Interminavelmente. Osório deixou-os rir porque rindo e rolando mostravam os estragos que a miséria e a vida largada daqueles meses havia feito neles. Estavam a nenhum! Podia contar com os três fosse em que raio de inferno se fosse enfiar naquela safra. Bem bom, porque de cada vez a empreitada era mais dura.

– Eu avisei, bem que avisei o menino! Com mulher encalhada não se faz boa liga. Elas têm pouco que dar e muito que tomar. Aha! que raio de mulher é aquela! Aha! que raio...!

A lembrança da terrível mulher diminuía a vontade do rapaz gargalhar. Mas os outros babavam-se de rir. E caíam-lhe sobre, de tapas nas coxas e nas costas.

– Mas ele? Aha!... Foi só ela arriar e já o menino de engarupar. Pimpão como só ele! Pensou gozar o melhor do que é bom! Em vez disso... a danada, mal lhe deitou a mão, virou de quina querendo botar freio e barbela, mostrando a balda que trazia de nascença! Ah! que ele penou o pedaço dele! Puxa vida, se penou!

Osório desceu até o gramado, chaleira na mão, tomou a cuia do velho, deitou água e sentando-se no primeiro degrau ocupou-se com o chimarrão. Pararam de rir, em seguida, temendo que o Osório tivesse se aborrecido com a história da mulherona. Mas ele deu-se pressa em pedir que continuassem:

– E daí? Pois esse machinho não foi homem pra pialar a dita mulher!

O moço encolheu-se, metendo a cabeça entre os joelhos e batendo com as mãos nas pernas, como a castigar a cabeça sem juízo. Os outros ajudavam-no, aos gritos. O velho explicava:

– Ah! Um raio de mulher daquela é o mesmo que praga, fogo e inundação. Não dá sossego pra cristão nenhum! Pois o menino aí, nem podia respirar que ela estava a vigiar o respiro dele a ver se não era por amor a outra fulana. Neí, neí! Quando ficou mesmo demais, ele vestiu o puitã e abriu o pé no mundo. Apareceu em meu rancho. A diaba veio atrás e ergueu o pó do terreiro. Puxa! como gritava a fera! E pra mim, o que não disse?! Credo!

O Osório continuava fazendo-se interessado. Por isso, o velho seguiu:

– Então me deu enjoo de ver a sicrana ciscar de peru na minha porta, brabejando contra camarada meu. Cortamos um tanto de fumo de corda, na mesma altura dela e desancamos a diaba pra lhe tirar a coceira. Aha! Aí foi o nosso gozo! Nas primeiras lambadas berrou valentia, depois jurou vingança, e por fim gemeu dolorido. Quando desabou, calou. Mas batemos nela até o fumo desfiar inteirinho porque senão era desfeita pro fumo e pro braço da gente.

Calou-se. O outro se aquietou. O moço olhava para o Osório.

– Agora – concluiu, soturno, o velho –, um irmão e o filho dela, com mais a polícia, estão querendo encontrar a gente.

Então era isso? Bem bom, pensou o Osório. Estes não teriam pressa em voltar nem se aborreceriam afundados no mato. Agora sabia tudo a respeito deles. Botou mais água na cuia e passou-a ao velho, perguntando:

– Sabem, a Companhia vai usar lanchas. Vão subir e descer esses rios, mais rápido do que a esperteza da gente. Os rios eram a salvação dos changa-y. Agora, não. Mesmo nos rios carece andar de olho arregalado e ouvido destapado.

Estão sérios e atentos.

– De rio a rio os guardas podem trançar o mato, estourando de repente onde houver fumaça ou barulho de ranchada. Isso de trabalhar como changa-y nunca foi fácil, mas agora será difícil como subir ao céu! Cada ano vai ser pior até que se acabe o monopólio.

Olhou-os. Estavam atentamente serenos. Esperou, recebendo a cuia de volta. Perguntou por perguntar:

– Vamos?

O moço levantou-se e cutucou com um pé as costas do velho. O velho falava por eles. Falou:

– A lua vai nascer um pouco tarde. Noite boa pra viajar no mato.

Osório podia dizer muita coisa. Mas ofereceu a cuia ao mais quieto dos três, pedindo:

– Me faz uma coisa? Desça ao cabaré e avise a bugra Nakyrã.

6

– Fiii... ijuuu...

Vinha de longe o mbureo. Mas vinha de onde ele estivera. Sabia ser à toa e até perigoso olhar para trás, enquanto cruzasse o campo.

Estranhava não sentir, mas o certo é que não sentia remorsos por haver deixado a Flora. Fizera-lhe a vontade. Ela pedira, com teimosia até. E bem pensando, estava certa: se um dos dois escapasse, era o mesmo que os dois terem escapado! Boa mulher, a Flora... Pena que não tivessem podido viver muito tempo juntos e em paz. Seria bom mulher que nem a Flora, dia e noite, tempo e tempo pra gente querer bem e ser querido...

– Fiii... ijuuu...

Nem mais perto nem mais distante do que da primeira vez. Mas sempre atrás dele na trilha por onde viera. Comitiveros chefiados pelo Casimiro não perdiam pista.

Afoitou-se no escuro guiado pelo clarão do descampado à direita e o rumorejar do riacho à esquerda. A treva inteira estava perfumada à chivataguaçu que o vento trazia do vale. Noite fresca, quase livre de mosquitos.

Na cabeceira da água o mato raleou. Tomou o leito mais fundo atendendo a que o caminho das águas descia feito esconderijo e o leito de pedras não denunciaria a pressa de suas passadas. Por vezes, pontas de raízes batiam-lhe no rosto e no peito. Sentia na face e na boca o gosto e o quente do sangue. Correu assim um bom tempo.

Só com a Flora ao lado, na esteira, compreendera o porquê de os homens quererem filhos. Um homem pode apreciar muitas das mulheres que encontra, mas só com umas poucas gostaria de ter um filho. A Flora é que lhe ensinara essas coisas...

Deu fé em que ia chapinhando. O leito do riacho se transformava em brejo. Procurou subir, porém as margens eram altas e lisas. Não teimou. Gastaria forças e tempo se teimasse. Continuou por dentro d'água até que o chuá-á-á dos pés se tornou o único ruído da noite. Decidiu esperar pela lua. Meteu-se numa touça de canas, lavou a cabeça e parou. Acocorado, descansou os braços nos joelhos e a cabeça sobre os braços. Num pronto foi coberto pelos mosquitos. Achou bom. Não o deixariam dormir. Não podia pegar no sono. Se pegasse no sono estava liquidado. E com o rio tão perto...

... fariam o diabo com a Flora. Fariam assim! Ela sabia disso quando fugiram e sabia quando pediu – ela pediu tanto! – que ele continuasse correndo para o rio. Não entendia bem por que, mas sentia que a teimosia em não se deixar prender soava como o único conforto que podia dar à Flora. Mesmo no pior da judiação, sofrendo nas mãos de qualquer diabo, ela saberia que o Pablito estava cumprindo o prometido: não se entregaria...

Pouco a pouco uma luz fria e clara detalhou as sombras. E nisso, o vento sossegava. Esperou a lua pontear sobre o charco. Milhares de vozes, de asas e de pequenas luzes também esperavam pela lua. Banhou a testa e os pulsos, enxaguou a boca mas não engoliu daquela água. De entre a camisa e o peito tirou um naco de carne salgada e lascou-a, sem fazer ruído. Estava salgada, e sede em homem fugido vale o mesmo que bala de comitivero. Mascou sem pressa, mais atento ao vento e aos ruídos do que à comida. Ouviu o que procurava:

– ...ijuuuu... – bem à sua frente, para além do charco.

Pela esquerda, entre o mato e o riacho, chegou a resposta:

– Fiii... ijuuu...

Praguejou. Depois, sorriu. Valia a pena lutar contra aquela gente. Não davam descanso, não descansavam, não perdoavam. Que é que teriam feito com a Flora?

Andou por algum tempo sobre terra enxuta. Os músculos da face iam de tal forma tensos que podia senti-los. Depois o chão elevou-se resultando em colina. Ainda dentro do mato não receou a lua, bem por cima dele. Marcou o ponto do céu onde ela boiava e o sítio onde desapareceria, horas depois. À frente alargava-se um campo batido pelo luar, compondo uma ferradura de grama ao redor da colina. Além, no fundo, entre colinas e matos, o rio esticado e ondulado pelos caprichos da lua. Bastava atravessar o campo e cair no rio! Chegar ao outro lado do rio queria dizer estar a salvo. Só uns quantos passos para salvar-se e vingar a Flora! Faltava cruzar o campo. Avançou dez passos e voltou-se. Andando de costas observou o ponto de onde saíra do mato. Para voltar com segurança ao terreno conhecido se precisasse recuar.

Foi quando caiu. E era de cascalho o fundo da soroca. O ruído da queda irritou-o mais do que os ferimentos sofridos na perna e no lombo. De imediato, ouviu, mais forte, quase um sobre o outro:

– Fiii... ijuuu...

– Juuuu...

Esqueceu das feridas, querendo localizar os comitiveros. Pelo som do mbureo mediu mais de cem metros adiante deles. Mas tinha também uma dor violenta na perna esquerda. Quebrada não estaria, mas arruinada o bastante para impedir a travessia do campo na corrida.

Pensou que a ele só lhe doía o machucado. Mas a Flora, se soubesse, ficaria dorida e triste. Muito triste mesmo ficaria a Flora! Porque além dos sofrimentos que naquele então a ela estariam doendo, haveria mais o de saber que o Pablito não chegara ao rio. O preciso, era evitar que a Flora soubesse...

– ... ijuuu...

O chamado vinha da esquerda, rente ao mato. O comitivero seguia pé sobre pé a trilha que ele abrira:

– Fiii... – respondiam de mais longe.

Decidiu: "Gasto meio minuto para a dor esfriar e medir os estragos da perna. Meio minuto quer dizer trinta metros no avanço deles. Enquanto isso, cuido de outra coisa." Livrou-se da carne metida entre o peito e a camisa. Não precisaria mais dela. Esfregou o cano e o tambor frios do revólver pelas faces e a testa. Provou a docilidade do cão e do gatilho. Não se preocupou com o sangue escorrendo pelas costas. Soubera de homens andando quilômetros com o lombo em carne viva. O ferimento da perna, sim, era ruim! Talvez pudesse arrastá-la até o rio, apesar da dor aumentada. Apoiando na margem, pôs-se de pé. Meteu a cara entre a moita para espiar o campo e o rio. A lua, plantada acima dele, aclarava a encosta e a boca do mato. Não enxergava o comitivero, mas sabia onde este surgiria. Esperou.

"... bom, o importante é acabar a tristeza desta aventura, de modo a que a Flora não fique sabendo que dei em fracasso. Quero pensar nisso! Preciso pensar depressa e claro! Quero pensar bem por causa da Flora! Coitada da Flora, não pode imaginar nem ficar sabendo na porcaria em que deu a minha escapada. Antes tivesse ficado com ela! Ao menos a gente acabava junto!"

O comitivero estaria perto. Tão perto que não ousava mburear. Também aquele comitivero pensava claramente. E sabia onde a caça se entocara. Pablito apanhou um pedregulho. Esperou um escurecer de nuvem sobre a lua e atirou a pedra para dentro do mato, perto uns quantos passos. Olhando para o caminho da colina. Deu resultado. Naquela direção foi que o homem moveu-se. Pablito disparou contra ele e em cima do tiro jogou-se fora do desbarrancado. Não precisava olhar para saber que acertara. O farfalhar agitado cobriu os primeiros gemidos do homem. Pablito rastejou o depressa que pôde, para junto do ferido. Era para onde iriam avançar os outros. Dali poderia abater mais um ou dois. E, tendo-os derrubado, ter o que oferecer. Com mais de um cadáver poderia negociar com o Casimiro o silêncio sobre o seu fim.

"... a Flora bem que merecia outro destino. E eu mesmo gostaria de dar outro fim aos dias da Flora. Ir morar com ela numa fazenda de gado, longe dos ervais. Bobagem pensar nisso! Importante é ela acreditar que eu consegui atravessar o rio..."

Como doía a perna, pelos diabos! Mas chegou ao arvoredo antes do que os comitiveros. O ferido virara de peito para cima querendo respirar melhor. E cessara de gemer. Para atrair os outros, Pablito precisava de que o padecente continuasse gemendo. Mesmo a contragosto deu-lhe um pontapé. O morrente chorou, chamando pela mãe. E gemia de novo quando o Pablito repassou o frio do revólver pelas faces e a testa. Doía aquela perna! Puxa vida, como lhe doía! Passou a mão pelo ferimento de alto a baixo e encontrou sangue por toda parte. Começou a sentir uma fraqueza quase gostosa subindo da ferida para o coração.

"Não tem importância não chegar até o rio! Nenhuma importância mesmo – se a Flora não ficar sabendo." Dizia-se essa coisa para não pensar na fraqueza, não entregar-se a ela e morrer antes de haver negociado com o Casimiro a compra do silêncio dele.

Um dos comitiveros dera volta à colina. O Casimiro puxava os demais pela abertura manchada de areia entre o mato e o campo. Pablito não quis alvejar o Casimiro. Somente com ele podia negociar o segredo sobre o seu fracasso e fim. Confiou num avanço mais rápido daquele homem solitário. O ferido choramingava entre esforços para respirar. O que descia ganhou terreno. Chegou tão perto e tão confiado que o Pablito apontou quando e onde quis. Não teve dificuldade em acertar.

Este não gemeu. Rolou um trecho, depois imobilizou-se num afofado de capim. Pablito não se moveu. Era noite e o relâmpago do tiro mostrara o sítio preciso onde se encontrava. Nem assim o Casimiro deixou que disparassem. Estava gostando daquilo. O homem acuado já não lhe podia fugir. Fazer mais estragos sim, podia. Mas estava cercado. Agora era acabar com ele – calma e divertidamente. Rodeou a moita com seus homens e, deitado, chamou:

– Pablito? Verdade verdadeira que você me saiu dos bons! Acho que você é um homem, ouviu, Pablito?!

Apesar da fraqueza que já lhe havia fechado os olhos, o Pablito gostou de ouvir aquilo. Pois era exatamente para ouvir tal disposição no seu perseguidor que vinha manobrando desde a queda na soroca. Respondeu, para seguir com o plano:

– Aha!... Casimiro! Esse não é ainda o meu amém, não senhor!

O Casimiro delirou com a bravata do adversário:

– Estou vendo que não foi desespero. Decerto que estou vendo! Você pensou bem em tudo. Mas acabou. Está liquidado! Você sabe, é vespa sem ferrão!

Era mesmo. Não havia por que esconder. Nem mais o que fazer. O fim seria ali – nem mais adiante nem mais tarde. Ali e logo. Perto do rio tão desejado.

– Pablito? Gostei de me pegar consigo. Você foi homem pra valer! Agora saia. Não há de preferir acabar deitado, hein?

Era o momento de dizer:

– Ah!... não vou lhe pedir a bênção, não, Casimiro! Tenho ainda o que fazer, sabe?

Casimiro entendeu que o perseguido tinha proposta. Pediu:

– Vá lá, se tem coisa a dizer, diga.

Pablito fez questão de que o ouvissem engatilhar a arma. Fazia acreditar que não tinha pressa. E rodeou o seu assunto:

– Raio de coisa boa fez o velho Bopi quando me deixou sua arma antes de entregar as canelas ao diabo.

O comitivero avaliou por aí que a proposta era de alto custo! E decidiu não ter pressa. – Muito bem, se o Pablito queria brincar, brincasse! O perdedor era mesmo o Pablito – galo com esporão quebrado teimando em continuar na rinha. Não poderia escapar. Faria dele divertimento por um quanto de tempo.

– Aha! Aha! Nem desconfiamos de que você tinha a arma do Bopi, hein?! Verdade o que digo, Pablito, seria bom ter camarada que nem você do lado em que a gente está.

Os gemidos do homem baleado fraquejavam. Podia-se ouvi-lo desesperando por um pouco mais de ar. Perdia forças a cada momento.

– Então, Casimiro? Falamos?

– Podemos falar – concordou o Casimiro. – Venha para fora.

Pablito não se podia mover. E não queria que o outro percebesse a desvantagem. Arriscou jogar:

– Casimiro, gosto de ver os olhos do compadre com quem converso. Apareça!

Casimiro saiu. Calmamente. Somente vivo valeria alguma coisa para o Pablito. E bem podia suceder que encontrasse oportunidade para liquidar sozinho o caso. Se o Pablito lhe desse uma brecha, teria o que contar, de volta ao erval.

– Vamos ver, rapaz, qual é a sua fala?

– Você ainda tem palavra de honra, Casimiro?

– Tal e qual sempre se ouviu dizer.

– Pois sabe que posso lhe dar mais trabalho e cobrar

caro a pele que vocês me tiram. Meu lance, nesta parada, é este: desço o gatilho e estendo as mãos.

O Casimiro assustou-se. Não fosse o Pablito pedir que o poupasse! Isso não, não poderia!

– Em troca do quê? O costume, você conhece. O mandado da Companhia você sabe qual é!

– Bom, você cumpre o mandado e o costume. Só me promete não contar à Flora como foi que acabei. Não precisa mentir. Mas não lhe conte a verdade.

Casimiro segurou a resposta na garganta apertada. A fala do Pablito lhe dera coisas no peito. Precisou de tempo e de morder o lábio.

– Não serve, ôôô Casimiro?

– Mitã?! Tenho uma raiva desgraçada da burra da vida! Veja você como é! A gente passa o mundo cuidando de criaturas sem brio nem eira. Quando topa homem ou mulher de valia, estão do outro lado da nossa estrada. E a encomenda que a Companhia me deu é aquietar de uma vez com você. Isso me dá amargor na boca, acredite!

A fraqueza em que o Pablito afundava obrigou-o a deitar-se. Não se ocupava em estancar o sangue porque não esperava saída da situação. Estava acabado. Bom que acabasse depressa. Mais fraco, menos sofrimento.

– Acredito. Mas sua resposta é sim ou não?

O Casimiro atirou o chapéu para o chão, furioso. Bem que gostaria de poupar o rapaz. E dar-lhe um abraço e chamá-lo amigo. Porque homem assim não encontrara muitos nas andanças e malfazenças de comitivero.

Pablito sofreu a primeira tontura. Tinha a perna insensível. Perderia os sentidos dentro de segundos. Antes, precisava ouvir a resposta. Chamou de novo:

– Casimiro? É sim ou não?

Casimiro levantou sua arma. E deixou ouvir o ruído distinto de baixar o cão sem disparar. Mais gemeu que disse, quando confessou:

– Rapaz, se eu tivesse tido um irmão, gostaria que fosse você. Que seu anjo da guarda esteja aqui por perto!

– Amém! – suspirou o Pablito, estendendo-se a fio, mergulhando no alheamento de um quase desmaio.

Casimiro voltou-se, apanhou o chapéu e já andando chamou um dos seus homens pelo nome. Desceu a colina até o meio e procurou concentrar-se na lua que começava a descer. Ouviu o tiro. Esperou o eco afastar-se na trilha, para além do rio. O eco de tiros, sim, sempre chegava ao rio. Os fugitivos do erval, jamais.

Os homens vieram para o seu lado. Quando estavam reunidos, começou:

– Andei e voltei por esses fundos e furos de mato caçando bichos e caçando homens. Vi muitos corajosos, alguns valentes! Poucos como esse. Vamos lá que ele merece respeito par a par com os nossos dois camaradas que derrubou. Comece você, homem!

O que fora apontado descobriu-se e começou:

– Santo Anjo do Senhor, ó zeloso guardador...

Os outros seguiram conforme o aprendido na igreja da infância:

– ... nas mãos tomai e nas de Jesus pousai as almas que andam por aqui. Amém!

Cobriram-se. O Casimiro suspirou um fundo de mágoa que era tomada de consciência e grito de rebeldia:

– Preciso andar um pouco. Vocês esperam aqui o amanhecer. Vamos enterrar os companheiros. E esse rapaz com eles, como se fosse dos nossos. Homem assim é homem em toda parte.

Eram gente simples, um tanto orgulhosa do seu ofício. Haviam feito o que lhes fora ordenado. Só isso. Sempre havia sido assim: estavam descansados e tranquilos. O chefe, alongando o passo para o campo enluarado, pediu:

– Quero isto de vocês: nunca digam pr'aquela mulher como foi que o Pablito se acabou. A vida do mate tem destas coisas.

7

Disse o Luisão manhosamente:

– Agora vai você. Faz de conta que não sabe de nada e obriga o homem a dizer outra vez quem é, de onde vem e o que quer.

O filho foi. Voltou e repetiu tintim por tintim o que o peão destacado para a guarda havia informado:

– Diz que é jonialista, que veio de São Paulo para saber histórias da erva. Que lá e também no Rio de Janeiro os jornais e os políticos deputados estão falando da erva, querendo que o Governo providencie, acabe com o monopólio, mais isto e mais aquilo. Quer ouvir do senhor mesmo...

Ainda assim o Luisão não se convenceu. Conhece por demais o mundo em que vive e os inimigos com quem lida. Os três homens que falaram ao visitante estão diante dele.

– Bom, o que pensam do sujeito?

– Tem modos de homem da cidade.

– Não quer dizer nada. Assassino pago também mora em cidade! E que mais?

– Disse o que quis dizer e os olhos não mudaram de cor, nem a voz tremeu. Me parece que está bem.

– É uma opinião boa essa sua. Mas tenho sabido de muitas criaturas liquidadas com visitas de gente citadina. Por mim não tenho agora o medo que nunca tive antes. Mas estou na guia dos ervateiros independentes. Se me põem fora do jogo, os companheiros terão que recomeçar do zero e a Companhia fica sossegada por uns quantos anos mais. Quem sabe, até que algum Governo corajoso ponha fim no monopólio.

Um dos rapazes vai espiar o visitante. Os outros esperam a decisão do chefe. Que é:

– Bom, vamos fazer assim: boto a visita de esguelha e vocês ficam um na porta, outro comigo e o terceiro na janela. Todos são vividos o bastante para antecipar-se a um homem que faz movimento de sacar armas, hein? Não cochilem, se a coisa correr para isso.

Disseram que sim. E foram para seus lugares.

– Mande entrar.

O visitante entrou e pôde ver como se punham as coisas. E então preocupou-se em fazer com muito vagar e largueza de movimentos todos os gestos que era preciso fazer. Só os gestos necessários. Nenhum de que os homens pudessem não gostar. Anunciou ao que ia, mostrou papéis, citou nomes e fatos.

Não entendia daquilo. Fora mandado para ver, ouvir, escrever. Em Cuiabá, no Rio e em São Paulo, aquele era um assunto que andava apaixonando. Na Câmara, no Senado, na imprensa, muitas vozes cuidavam do que começava a ser um escândalo nacional. Vozes que se chocavam, se combatiam. Algumas clamavam a necessidade de limitar os direitos e os poderes de uma potência particular legislando e governando por sua conta, submetendo homens e árvores a tratamento despótico. Outras vozes afirmavam, citando números e nomes de cidades, de rios e de estradas, que de outra forma o sul do Mato Grosso seria um deserto, belo mas improdutivo, extenso mas inútil. Estas vozes contavam como as cidades haviam nascido, os rios navegados, os portos construídos, as riquezas exploradas, as estradas abertas e conservadas, a terra conhecida e povoada, aumentada a renda do Estado, enriquecidos os fazedores de erva.

Alguns jornais e grupos políticos aceitavam uma versão dos fatos. Outros partidos e outros jornais defendiam a versão contrária. O seu jornal queria ficar com a verdade. Estava ali para conhecer a verdade.

O Luisão riu-se. Gostosamente. Alto. Mais alto e mais demoradamente do que costumava rir. Mas porque o visitante se inquietasse com a risada, cortou-a, pediu chimarrão para dois e deu-se pressa em começar a explicação pedida. Interrogando:

– Já fez muita pergunta por aí?

– Bem, disseram-me que o senhor representa os nacionalistas, os independentes. Já tenho minhas opiniões mas não quero voltar sem ouvir as suas. Há uma semana ando olhando e perguntando...

Luisão não o deixou continuar:

– Uma semana de perguntas e vem à minha casa em pleno dia?!

E sobre o susto do visitante:

– O senhor é um homem na marcação. Ninguém que haja feito metade disso saiu da região com saúde. Em todo caso lhe digo o que veio para ouvir.

Contou o que tinha para contar a respeito da Companhia, dos changa-y, da vida e da morte na selva. Ao fim, quando o moço preparava-se para sair, o Luisão, fazendo-se grandemente alarmado, num grito, segurou-o:

– Onde pensa que vai?! Andou curiosando por aí uma semana, vem à minha casa e fica três horas chimarreando e conversando comigo! Aí fora estão pelo menos dez olhos vigiando o que o senhor faz e onde vai. Agora é um homem na marcação. Eles vão controlar até o ar que o senhor respira. Não senhor, não pode voltar ao hotel! O hotel é da Companhia, não sabe? Ai do senhor se aparecer por lá ou em qualquer comedor da cidade. São controlados pela Companhia. Hão de encontrar modo de brigar ao seu redor e no meio da briga de fazer sobrar para seu lado alguma coisa que faça ferida. Entende?! Depois dirão que foi acidente, que um forasteiro se meteu em questão de gente da terra. Sabe como é?! Agora, o de que o senhor precisa é de coragem bastante para ser um bom covarde enquanto estiver na região. Mando aprontar um quarto aqui em casa.

O rapaz pusera-se palidamente assustado. Mas o Luisão, que gozosamente jogava o seu melhor trunfo, completou, seguro de assustá-lo mais:

– Fica em minha casa até amanhã à noite que é para despistar. Depois de amanhã, pela madrugada, meus homens lhe fazem escolta até o rio Brilhante. De lá, Deus é que tem de olhar pelo senhor.

Bateu-lhe no ombro. E havia simpatia nos olhares do

genro e do filho que o Luisão conservara na sala.

O visitante encontrou em tudo mais razões para medo do que para conforto. Mas agradeceu. E acompanhou o guia ao quarto que lhe davam.

Mal saídos, o genro levantou os olhos para Luisão. O Luisão acendeu o cigarro esfriado, relaxou a fingida tensão em que viera e respondeu ao olhar do genro:

– Tá, tá, tá! Eu sei que não é tanto assim. Decerto que exagerei. Que você quer? É preciso defender o nosso lado, não é?! Veio para escrever no seu jornal o que viu e ouviu. Então terá que falar contra alguém. Milhares de pessoas lerão e acreditarão no que ele publicar. Estando seguro aqui em casa não ouvirá nada contra nós. Acho que depois disto não poderá falar mal da gente. Hein?

O genro sorriu. Também aquele era um modo de lutar na luta da erva.

Capítulo VII

1

O Lucas ia à frente. Dos que haviam descoberto o caminho para o rancho novo, só ele restava.

Monteador veterano, guiava-se pelo instinto, como se galho e chão lhe fossem anunciando: "Por aqui você passou da primeira vez." Nenhum dos companheiros de então – o Bopi e o Pablito – estavam ao lado para conferir o rumo. "Ah! Foi aqui que aconteceu isto e foi ali naquele pindobal que quase sucedia assim..." Ia fechado com seus pensamentos, quase esquecido da gente que vinha nas suas abertas, rompendo o mato no rumo da nova mina.

O Curê era o segundo na fila. Sempre que enfiavam por uma grota sombreada e podia abrir os olhos de todo, lembrava-se de que era o administrador e para que os outros não se esquecessem, rompia aos gritos:

– Ó Isaque?! Ei, Isaque?! Pois você é um demo, Isaque! Já lhe disse que não apalpe esses homens. Não vê que vamos em passo de enterro?! Assim, ficamos duas semanas em mudança? Ó Isaque...

Saíam da sombra para uma clareira ensolarada e ele se preocupava em proteger os olhos de onde escorria remela.

Era nesses momentos de silêncio e sossego que o Isaque tentava suavizar a fúria do administrador:

– E quê? Devo desancar o lombo dos homens? São quase todos meninos de primeiro aconchavo!

Mas o Curê punha à mostra outra preocupação:

– Mayordomo? Óó mayordomo?! Onde se meteu esse diabo?

Vinha o homem do fim da coluna onde acompanhava, vigilante, os mineiros veteranos levados à força de artimanhas e engodo para o erval novo. Vinha arfando, irritado, ofendido na sua hierarquia:

– Que é que manda?

– Já lhe disse, olho vivo nesses velhacos. Eles sabem todas as safadezas, hein? Se um só deles escapar você me deve contas...

– Senhor, sim! – berra o mayordomo.

– Agora, escute: olho vivo em todos, mas no Pytã pontaria feita também. Esse, não pode nem pensar em fugir. E olhe lá, me palpita que vai tentar!

– Senhor, sim! – insiste o mayordomo.

Arrastaram-se pelo campo e mato, mato e campo, sem parada nem sesteada.

Ao fim do dia, chegaram. E o lugar nem era melhor nem pior do que os ervais já vistos e explorados:

– Isaque! Mande desmanchar o bando. Que se arrumem como puderem. Sem festa nem arrelia, pois no pontear da manhã começamos pra valer.

O Isaque grita as ordens aos capatazes e estes aos mineiros. A fadiga é tamanha que a gente senta-se ou deita-se onde se encontra. Sem canções nem palestras. Homens e mulheres tomam tempo largo a recompor-se. Só no desmanchar da tarde é que reúnem forças para acender fogo e cozinhar o milho e a carne.

O Curê fez um passeio a ver como se comportavam todos. Depois encosta-se a uma árvore, bebe até esvaziar a garrafa, estende a mão ao Isaque pedindo um naco de fumo. E para cumprir obrigação continua o levantamento:

– Perdemos o que, na viagem?

O Isaque resmunga a informação buscando modos de apresentar uma pergunta:

– Onde estará metido o Casimiro, que não me traz a Flora?

O Curê, não tendo resposta, insiste, e ele, também excitado pela viagem e pela aventura principiada no erval novo, quer saber, roucamente discreto:

– Veio alguma mulher de sobra?

– Qual o quê! Mas temos uma, nova e bonita que é um gosto. Casada, o marido se chama Morocho.

Espreguiçou, alegre, pois com o escuro podia manter abertos os olhos:

– Pois mande o tal Morocho fazer o contorno da mina. Cuide que ele fique empenhado nisso umas quantas horas. E diga à mulher dele que tenho umas coisas pra lhe contar.

É quando o Isaque insiste, afinal encorajado:

– Que me diz dessa infame demora?! Pois o Casimiro não traz a Flora! Será que se escaparam, ela e o Pablito?

2

O huayno Aguará espiava da porta. Nada de humano no taperal da ranchada velha. Tinha pressa em voltar as costas para aquilo. Ali, nada vivia a não ser o seu passado. Este sim, assoprava-lhe memórias tristes. Ardiam-lhe os olhos da vigília ao moribundo que fora seu mestre e quase pai. Esforçava-se por não admitir o que havia de aborrecido em perder tantas horas com um defunto. O Curãturã a quem devia gratidão e de quem gostara não era aquele corpo comido pela febre. Acabara-se o velho e com o Curãturã o melhor de quantos urus manejaram forquilha. As recordações de um Curãturã que cantava no serviço, ensinava como trabalhar e apreciar as coisas boas da vida, eram as únicas recordações que desejava guardar. Não lhe era cômodo nem fácil admitir, mas não encontrava nada de comum entre o uru que aprendera a querer bem e aquele corpo estendido na esteira, morre-morrendo, lavado pela tristeza da Zola.

Pensar no Curãturã acabado, inerte, era pensar também na buliçosa e morna alegria da Anaí. Ainda alguns dias e ela já não estaria à sua espera, à porta do rancho paterno num porto de rio acima. Ela tinha pressa em tomar da vida o que a vida lhe queria dar. Assim é que era a Anaí e ele não a queria diferente. Queria era correr a apanhá-la, ao encontro do Curê, no rancho novo e pedir trabalho de foguista. Em dois anos seria uru, um uru que tinha por bem aprendido os segredos da lida com a erva. Havia de ser mestre na forquilha e teria a Anaí pra seu consolo, gabo e regalo.

Estava nesse gostoso cismar quando a Zola avisou de

dentro, medrosamente, a modo de não violar o mistério da morte:

– Pois meu filho, o Curãturã se foi! Justo justo neste agora!

O Aguará sabia. Gostava do uru. Mas estranhamente sentiu-se libertado. Não se entristeceu, que esse era o fim dos urus. Um dia, mais adiante, esse também seria o seu. Nem o velho nem ele quereriam outro fim.

Teve, sim, pena da Zola. E um pouco também por isso, decidiu que partiria no dia seguinte. Coçou o peito por onde andava uma leve inquietação. Precisava correr, viajar dois dias e duas noites no mato, para chegar à Anaí. Morto o mestre, já não era o huayno, o aprendiz. Já não havia quem pudesse rir lembrando seus erros passados, indiscretando aos outros aquilo em que ele era menos bom. Vinha-lhe um alvoroço com esse sentido de libertação! Duas safras mais e seria um uru, forquilha nas mãos, tendo o seu próprio huayno, gozando o respeito da administração, a inveja dos mineiros, a simpatia das mulheres, o crédito do mayordomo. Morto o uru, era então já um homem, pois não era?

– Não vem? – perguntou a Zola. – Vamos vestir camisa limpa no pobre.

Mas ele advertiu, como se todo o tempo estivesse esperando para lembrar:

– As orelhas, Zola, as orelhas! O Curãturã queria ir pra terra com as orelhas limpas.

Do fundo da sua mágoa ela quase pôde sorrir:

– É isso! Pra ter certeza de ouvir o demônio chamar o seu nome!

3

O primeiro dia foi ocupado com os ranchos para o pessoal.

Ainda com o sol dentro da noite os pindoceiros saíram a cumprir seu ofício. Cortaram montes de folhas de coqueiro para a cobertura e as paredes dos ranchos.

O lugar era seco. Puderam ralear a tacuaipi lateral pois os biriguis bebedores de sangue não seriam tantos. Em troca, careciam de um reforço entrelaçado nos baixos por medo às cascavéis.

À tardinha o Isaque dividiu os homens pelas moradias. Dois solteiros iam para o mesmo rancho, mineiro com mulher em rancho bendito que é o de cobertura em duas águas. Se quisesse, por capricho dele ou dela, um rancho rabo-de-pato – o de três águas – havia que fazer a melhoria sozinho ou com os compadres, nas horas de descanso e de dormir.

O mayordomo distribuiu rações de milho, sal e carne seca. Comeram o que bastou e sobrou, naquela primeira tarde. Os que tinham dívidas na administração contentaram-se com o prato de todo santo dia. Mas aqueles a quem a Companhia desejava ter um pouco mais endividados receberam porções de farinha de milho, cebola e queijo crioulo. Suas mulheres mexeram-se em alarido preparando as chipas, as tortas dos dias festivos, e que são engolidas com abundância de gualipola.

Já noite, o Isaque veio perguntar, bebido o suficiente para fazer-se cínico:

– Por amor àquela mulher de ontem, quer que mande

o marido de vigia?

O Curê pusera-se sentimental pela muita bebida e as saudades do seu tempo bom. Mandou, entremeio a suspiros:

– Neí, neí! Vá lá, não vê? Hoje é festa! Deixe os dois juntos para o que quiserem. Fumo, você tem?

Era pouco mas repartiram. Ensalivaram as mascas e passaram à bebida. Estavam tristes e sabiam-se detestados pela gente ao redor. A sua tragédia era maior do que as vizinhas – e não tinham quem os consolasse da canseira e da solitude.

– Traga um lampião. Fazemos um joguinho?

– De paradas curtas que preciso dormir. Amanhã começamos, hein?

– Decerto. Não amoleça com os reclamos dos homens. Manda espanar essa mina um pouco com a foice e um muito com o facão. Quero os nhandu-puiçuns bem limpos de mato e de paus. Pelo amor de Deus! Vamos começar bem pra terminar bem. Fico aborrecido que nem jacaré velho quando perco homens no serviço por causa de limpeza mal feita.

– Pois sim, pois sim. Dou as cartas? Sabe, ôô Curê, sinto que vou ganhar. Você não teve aquela mulher ontem? Pois tenho as damas comigo, hoje!

4

Por fim a notícia! A grande notícia que consideravam atrasada de muitos anos. Mas sempre a que esperavam. Daí o entusiasmo com que os ervateiros independentes, os clandestinos, os que tinham contas a ajustar com a Companhia, os que a odiavam por patriotismo apenas, correram ao encontro do Luisão.

Alegres a ponto de não cuidar da segurança do grupo. Mas o Luisão – satisfeito também, era mesmo um chefe. Cuidava de seus problemas e de seus homens.

– Mas que é isso? Vocês chegam como quem vem pra pescaria? Puxa vida! Não aprenderam nada de nada nestes anos? Isto é o que a gente da Companhia gostaria de ver: todos os escorpiões num buraco só. É botar água fervendo no rabo de todos e pronto! Fica sossegada!

Puseram cara de espanto. E o mais saído deles quisilhou:

– Deixa pra lá, ó Luisão. O escalda-pelo, eles é que levaram! Você acha que ainda querem cocegar a paciência da gente?!

Tamanha ingenuidade dissipou a raiva do Luisão. Sorriu e melancolicamente aconselhou:

– Que nada! Bom seria se fosse como vocês pensam que é. Mas qual! A Companhia é o mesmo que cobra d'água: pode levar muita pancada, mas só morre se tiver cortada a cabeça.

Eles caíram do seu entusiasmo um pouco ressabiados. Porque as notícias ouvidas não pediam cautela. Acreditaram que todos os receios tivessem acabado. Esperaram e o Luisão explicou:

– Uma luta deste porte não começou ontem nem pode acabar hoje. Durou tempo, engoliu muita gente, enriqueceu uns poucos e desgraçou milhares. Começou com a regulamentação da poda, coisa que ninguém obedeceu. Agora, mandaram dizer que o Governo decretou a extinção do monopólio. Todos vocês podem pedir concessão e tirar a erva. Isto custou dez anos de espera. Não pensem que com isso – esse papel do Governo – os apuros se acabaram. O Governo está longe, tem a vista fraca demais para enxergar o que se passa no meio do mato. E a erva está no meio do mato. Não nos jardins do palácio do Governo. Agora vamos lutar contra outro tipo de poder: o dinheiro, a política, o suborno, a malícia.

Aquele mais esperto insistiu:

– Mas pelo menos podemos respirar e andar por onde quisermos.

– Isso sim. O mato agora também é nosso.

– E os changa-y? Acabam-se os changa-y?

– Isso também sim. Acabam-se os changa-y. Mas os que estão com a Companhia não se livram fácil – ela vai segurar esse povo até onde puder esticar os contratos.

5

Pytã sabe que cheira mal, por fora e por dentro. Ainda não se banhou desde a viagem. Não fez nada para ser ou sentir-se melhor. Nem procurou dizer-se uma palavra de conforto ou de alívio para o ódio que lhe cozinha a saúde e o sossego. Não lhe ouviram um som, que não fosse "sim" ou "não", quando muito necessário. Mas nem precisavam ouvi-lo para saber o que fervia por trás dos olhos sanguíneos, dos lábios cerrados, das mãos trementes.

Nem arrematou como se deve o seu rancho bendito

onde dorme sozinho. A vermelhidão do rosto e o ingurgitamento das orelhas assustam os companheiros. O que é bom. Nem de dia nem de noite precisará dizer a este e àquele as palavras que o costume manda dizer: – "Bom dia." – "Boa noite." – "Tem uma lasca de fumo?" O dia todo estão a vigiá-lo, o Curê, o Lucas, o Isaque. Porque a gente murmura:

– Doente sempre foi. Agora está louco de vez!

– Não demora e apronta um estrago na rancharia!

– Não sinto gosto nenhum quando ele está por perto.

O Curê ouve, sabe que é assim, mas insistiu:

– Ó Isaque, ponha esse fulano debaixo de pontaria. Não vou dizer que foi erro segurar o bicho e arrastar até aqui. Veio porque a gente precisa de homens. Mas me faz mal ter um sujeito envenenado, em erval de meus cuidados. Olho nele. Triste obrigação essa minha de segurar trabalhador a qualquer preço!

O Isaque senta-se à porta do rancho, ensalivando o seu charuto paraguaio, e consulta, mansamente:

– Você sabe? Não é porque ele seja irmão do sicrano que me roubou a Flora, isso não. Mas é que seria um sossego pra todos e lucro certo pra Companhia se a gente lhe desse acomodação de vez. Não custa... Se você disser que sim, amanhã mesmo... Mando usar faca pra não haver barulho e falatório. Nem seria o primeiro que...

Mas o Curê é administrador e um machete manejado por homem triste é melhor do que um machete parado:

– Nada disso! Pois se com todos eles ainda não se faz bastante erva!... Não posso perder homem nenhum. Só se ele fizer alguma asneira. Aí sim, é sua obrigação acomodar as coisas. Entendido?

Isaque fez que sim. E desceu o caminho pensando em quantos modos havia para levar o Pytã a fazer uma asneira.

A lua encontrava passagem pelo céu coalhado de nuvens. Era uma lua triste, deitando tristezas de noite sem voz nem perfume sobre a rancharia abafada, zumbidora de embaguaris, derreada sob o calor.

Pytã continuava imóvel, coberto pelos mosquitos zumbidores. Olhando a lua. Não comera, não poderia dormir. Só esperava. Que viessem dizer onde e como o irmão fora morto durante a fuga. E o que fariam com a Flora. Então saberia em que direção odiar. Porque tudo quanto lhe sucedera de mal começara por culpa do irmão. E acontecera quando lhe faltavam só três – únicos e miseráveis dias que o diabo lhes lamba! – e acertadas as contas no velho erval diria adeus e teria partido sem volta marcada. Para isso engolira o ruim e o pior durante os meses da safra. Mas o Pablito inventara de fugir, ainda por cima carregando a Flora. E toda a Companhia se encarniçara contra ele, o pobre Pytã, enquanto caçava o Pablito. Todos tinham pecado contra ele: o irmão, a mulher, o Isaque, o Curê, o Casimiro. Odiava a todos: Companhia, Curê, Isaque, Pablito e Flora. Ninguém pensara nele – em que seu plano era pequeno, simples, sem causar prejuízo ou malefício a ninguém. Ninguém... Odiava a todos.

6

Três dias arrastaram a Flora, na ponta de uma corda, rumo do novo rancho. Ela, por ela, não daria um passo. Cairia, simplesmente, e sem dizer dos seus porquês, morreria. Depois de ter visto o que vira, nada de nada havia a ser feito. Nem adiantava dizer ao Casimiro que sentia assim e queria morrer. O Casimiro bem lhe conhecia as intenções. Vivendo de caçar gente, sabia quando e o que marombava homens e mulheres. Sentia pena da pobre. Estivesse sozinho e faria algo para ficar um tempo grande a lhe dizer palavras boas, doces, passando levemente a mão pelos seus cabelos. Mas seus homens iam de olhos e narinas grudadas na Flora. E havia a Companhia. Trabalhava para a Companhia e até muito bem pago era para fazer aquelas coisas conforme os desejos da Companhia. Jamais pelo querer dos fugitivos. A ordem, nesses casos, era arrastar a fujona de volta, sem agrados nem cuidados. Devia ser vista e penalizada pelas outras mulheres da rancharia. Para lavar da cabeça de todas a ideia de abrir caminho, abandonando o rancho.

Na primeira noite o Casimiro fora apenas o chefe-comitivero. Botara um maneador pesado nas canelas da mulher. De modo que o acordasse ao tentar esforço ou movimento. Mas ela esteve quieta, como se a comprida da noite fosse um isto de rápida. Tanto que, manhãzinha, ele estranhou:

– Mulher! Você ainda é deste mundo?

Olhou-o, só.

Na segunda parada, por pena, deixou-a sem o maneador que lhe rustira a pele fina das canelas. Amarroulhe os pulsos porque pena e dó ele bem que sentia – mas risco demais não queria tomar. Pensou em que se ela se pusesse a chorar, ou se tivesse medo da noite, do escuro, da mata – e, pior do que tudo isso, do pedaço ruim que a esperava no rancho –, poderia ir para mais perto, tomar-lhe a mão e assoprar-lhe coragem por entre os cabelos desgrenhados.

Mas nada! Quieta e muda, a Flora atravessou a noite. Sem nem parecer molestada pelo calor e os pernilongos. E o Casimiro, que bem a lembrava a fêmea mais desejável de muitos ervais, não teve coragem para estender a mão e tocá-la, ao de leve que fosse. Antes, o que sentiu, bem no fundo, bem satisfatório de se sentir, foi um começo de consolo por não ter, naquele mundo venenoso da erva, nem mulher sua de quem gostasse, nem mulher de sua família por cuja honra estivesse obrigado a zelar.

Ao fim de três dias puderam ouvir os ruídos e perceber os cheiros da ranchada nova. Com a mão no cotovelo dela Casimiro quis ser bom:

– Que tal? Não se arruma um pouco?

É que ela vinha suja e ferida, enfeiada e emagrecida, mostrando pelos rasgões do vestido o corpo judiado pela selva e a tristeza.

Permaneceu calada, alheia.

– Olha que estão à sua espera. Quem tem olhos neste rancho, vai querer olhar você.

Não se comoveu nem falou.

– *Bueno!* – aceitou o Casimiro, que havia parado mesmo para se alindar na roupa e na barba. – Vamos, então!

E rompeu de gritos, com os seus homens a lhe fazer eco, chamando a gente do rancho.

Era o fim do dia, com os mineiros novatos curtindo as primeiras mágoas e os veteranos contando-se as experiências da jornada. Um rapaz amaciava a sua guitarra e duas mulheres brigavam, aos desaforos berrados.

Fizeram alto junto à comissaria, onde o Casimiro ia entregar a Flora.

Primeiro o Curê mandou reunir ali a gente toda. Então veio para fora cobrindo os olhos pois havia um resto de sol entre as árvores. E o Isaque, caneca na mão, bochechava goladas de canha disfarçando o nervoso, querendo ver e receando ver a Flora. Pois a Flora viera de volta e ele a queria desde logo em seu rancho. Mas precisaria tomá-la aos quinze outros homens que também tinham direitos a reclamar sobre ela.

O Casimiro mostrou a mulher como se nesse gesto se desfizesse de uma responsabilidade incômoda. Foi sentar-se à porta, junto aos pés do Isaque, e mostrou-lhe a palma da mão aberta:

– Faz um tempo danado que não masco fumo. Você tem?

Já o Curê perguntava, alto para que a gente ouvisse e não pensasse nem dissesse outra coisa:

– Bom! E o homem?

O Casimiro tombou a cabeça para trás desejando que só os dois chefes ouvissem o que não deveria chegar até a Flora:

– E quê?! Pois ficou lá! Bem morto, ficou.

– Pelejou?

– Que nem um danado! Lhe digo que fez gosto caçar aquele tipo. Derrubou dois dos meus acompanhantes antes de encostar o peito no chão.

Ao Curê bastava saber disso. Fez sinal e os comitiveros lhe trouxeram a Flora. Correu os olhos pela ruína de mulher em pé à sua frente. Ela não parecia nem cansada nem interessada. Preocupava-se apenas com o seu passado.

– Que faço com ela? – quis saber o Isaque.

A pergunta, ele gritava alto e claro, para que os homens não murmurassem, quando em serviço, que dispusera por sua vontade de mulher agradável a todos.

Ao Curê desagradava mais ainda a responsabilidade da resposta. Cabia-lhe justiçar a Flora – uma peça na engrenagem da Companhia, peça que caíra em falta máxima – a fuga. Gostar, não gostava do que devia fazer. Por seu querer, desceria os degraus, botaria as mãos nos ombros dela e diria que no seu entendimento mulher mesmo mulher era a que fazia doidice daquele tamanho por amor do homem amado. Que estivesse em paz e tranquila pois ganhara sua amizade. Mas isso não podia fazer nem dizer, que a sua obrigação era muito outra. Achou de tentar uma saída:

– Pois eu até nem havia de querer coisa de ruim pra ela. Olhem, já vem acabada de vez.

A gente não se movia e a Flora não dava sinal de que tudo aquilo – gente, gestos, palavras e olhares – tivesse a ver consigo.

O Curê saltarelou os olhos pelos homens e entendeu que tinham pressa. Uns queriam comer, outros descansar. Só uns quantos, os muito jovens ou velhos, iam disputar a Flora ao Isaque. Os outros sabiam que o Isaque era bem capaz de complicar-lhes a vida. Continuou:

– Mas a Companhia tem seus mandados pra estas coisas. Nem posso nem quero fazer ao contrário desse mandado. Isso vem desde os começos da erva, por estas bandas.

Todos sabiam que era assim. Mas tinham que esperar e ouvir. Não diriam mal nem bem do Curê pelo que ia fazer e pela hesitação com que fazia. Era assim, simplesmente era assim que acontecera das outras vezes e aconteceria no futuro.

Suspirou, e com as duas mãos tapando o sol:

– Pois entregue a mulher ao pessoal.

O fato de ele não haver pronunciado o nome dela e sim dito "a mulher" aumentou o sobreaviso dos homens e o sossego do Isaque. No entanto o Isaque desejava tudo bem claro diante dos homens:

– Pra qual deles? São oito solteiros.

– Como é o costume? A sorte decide. Ou então, um por vez.

Dito isso não havia mais ali fora tarefa para o administrador. Entrou, gritando ao mayordomo que lhe mandasse três garrafas. Os velhos, as mulheres e os muito rapazes gostaram de ver acabado o ritual e fizeram torna-volta para os ranchos.

Casimiro cuspiu a masca, arrancou com os dentes uma outra, moveu-a deliciado de uma para outra bochecha. O regalo maior era sentir os desesperados olhos do Isaque pedindo seu auxílio quando percebeu um princípio de nervosismo entre os oito homens que podiam ter consigo a Flora aquela primeira noite. Cuspinhou a saliva gosmenta e sorriu para o Isaque, acenando que sim, estava disposto a ajudá-lo no atemorizar os rapazes.

Levantou-se e foi para o lado do amigo. Os comitiveros deram-lhe volta pois o Isaque, manhosamente, começava a distribuir toletes de fumo. Enquanto tivesse consigo o Casimiro e os comitiveros ninguém ousaria botar a mão na mão da Flora. Os oito rapazes viram a cerca de homens armados entre eles e a Flora. E quando o Isaque começou a afagar os braços e os cabelos dela, morderam o lábio, engoliram os xingos e partiram. À noite sairiam pela ranchada, tornados anônimos pela escuridão, gritando desaforos ao Isaque, aos avós dele e até aos seus netos futuros. Agora, ali, nada podiam fazer. Dispersaram.

Então o Isaque gritou, para que os retirantes, mais do que o Curê, ouvissem:

– Óóó Curê! Ninguém quis levar a Flora! O que é que diz o costume? Devo cuidar dela, não é?!

O Curê preferiu responder gritando os nomes dos dois auxiliares. O Casimiro foi à frente e recebeu com as duas mãos a caneca oferecida pelo chefe. Não olhou! Sabia que em vez de canha o Curê lhe dava dinheiro, explicando:

– Hoje pago os homens. A sua parte vai em conta corrente. No fim da safra acertamos.

Casimiro sopesou a caneca, entornou o conteúdo no chapéu, foi até a porta chacoalhando as moedas para reunir os homens:

– A quantia tratada e mais a dos dois companheiros que não voltaram. Decidam se mandam para as famílias ou repartem entre vocês. E desapareçam!

Entregou-lhes o chapéu e voltou. De novo a sua caneca estava cheia. Agora, de canha. Os outros dois esperavam. Juntos, todos os três despejaram um gole para o chão, anunciando como se rezassem:

– Pras almas dos que morreram com sede!

E de um hausto beberam a primeira canecada.

Fora, os homens partiam, recontando o dinheiro,

dizendo gracejos à Flora imóvel, quieta. Idos eles, ficou só, pela primeira vez, em muitos dias. E então pôde chorar.

O Curê ouviu o choro. Servindo a segunda rodada, teve tremuras:

– Pois você, ó Isaque, quer sempre ficar com essa criatura?!

Em vez de dizer que sim o Isaque emborcou a caneca. Era uma resposta. E o Curê, cuspindo o último gole, confessionou:

– Eu não quero, do que Deus me livre! Seria como sentir o morto entre mim e ela.

7

Ainda é a Zola – a mulher de muitas histórias e de passados encantos. Agora está só. O Curãturã acabou-se. Numa terra onde as mulheres são instrumentos de trabalho ou de prazer, ela já não é forte para o trabalho nem moça para o prazer. Só o velho uru a quisera sem raciocínio e sem perguntas, mansa e gostosamente. Mas o Curãturã se acabara!

Agora está só. Desde que raparam aquela mina, ninguém, homem ou mulher, veio à sua casa. O vento corre acima e abaixo pela encosta, harpejando canções vadias nas folhas descabeladas e largas dos pindós. Os animais e as aves já se arriscam no terreno limpo pois não flutua no mormaço das tardes o cheiro do homem, o ardido do barbaquá, o bom-tam-bom do cancheio, o fermentado da erva abandonada. Não há vozes humanas, nem guitarras, harpas ou violinos pelos fins de tarde. Só o vento que passa e repassa, os cheiros do mato e o peso da solidão.

Não tem quem lhe valha! O destino das mulheres que não têm quem as cuide é um destino triste nos ervais. Só fazem sentar-se à porta dos ranchos e botar no rosto e nas mãos o sorriso e os gestos convidativos da quilombera. Mas os mineiros veteranos padecem um permanente cansaço, querem apenas comer e dormir. Os novatos fazem contas querendo sair logo do erval ou têm mulheres, ou voltam à mina cortar um segundo raído, o juruacuá. Quase sempre nenhum homem lhe dá o que lhe falta.

Disso a Zola tem medo! Queixas, não, não tem contra ninguém! Aconteceu assim para ela como poderia acontecer diferente. Foi isso e acabou-se! Nos outros tempos, a muitos homens disse que não e fugiu. A muitos murmurou talvez e os evitou. Para alguns, não disse nada, dizendo que sim. E nisso gastou o seu tempo bom. Agora está só e nenhum, de todos aqueles, virá ao seu encontro. Não que tivessem sido falsos. É que sobre eles terá pesado também o peso do erval e todos estarão liquidados ou quase e de nada lhe poderão valer. Os novos querem as novas. Sonham com o melhor e não haverão de chamá-la para a sua esteira. Se tanto hão de aceitá-la para repartir o caldo. Fácil perceber o amargo que é o locro dado por caridade a quem se acostumou a recebê-lo conquistado por amor.

O vento contornou a colina entrando pelo vale. Era a tarde se fazendo noite. A Zola deu o laço na rede onde entrouxara os pertences, cuspiu três vezes para dentro da casa velha a fim de prender na tapera a miséria e a lembrança dos pedaços ruins vividos ali. E ganhou a estrada.

8

Madrugada ainda. Os mineiros, já mergulhados no sapezal, abrem com o corpo os tapê-poí e demarcam as suas tendidas – os limites da área de colheita confiada a cada homem.

Lembram-se histórias:

– No erval do Carpincho, num ano seco muito seco, o tapê-hacienda era de quilômetro e meio, um estirão só. Arrebentou o costado de seis homens. Deus me livre de coisa igual!

– Pior do que isso, eu é que sei! Foi no erval do Capiiguaçu e num ano chuvoso. O tapê-hacienda volteava pela barranca do rio. Meu camarada de rancho rodou para dentro d'água com o raído e tudo. Foi coisa de minuto, não mais, e as piranhas lhe limparam os ossos que só vendo como ficaram brancos!

A gente do mato não sabe de histórias alegres. Mas quando as tristes ameaçam emudecer os homens, o capataz está ali para lembrar uma quadra imaginária, num lugar incerto, onde todos tiveram lucro e gozo:

– Não sei bem o porquê mas este lugar me lembra o Murcielago, mina estreita e funda entre dois espinhaços de serra. Foi ano rico como nenhum! Todo mundo se fez boa massaçora e na Semana Santa gritamos "Capilla Salsa"! Rodamos pra Assunção e pouco faltou para a gente perder o fôlego...

Essa é história que os mineiros ouvem inteira, bêbados de gozo, quantas vezes ela for repetida. É uma história que todos gostariam poder contar:

– ... foram oito dias de garrafas cheias e de sais bufantes! Vocês acreditam. Até deu pra gente enjoar de tanta bebida e tanta mulher. Tivemos louras, morenas, bugras e negras. Bebemos bebida de índio, de brasileiro, de gringo e de americano. Ah! meu santo padrinho, que foi a coisa mais gostosamente doida que já fiz na burra da vida! Sim, senhor, foi essa vez lá em Assunção!

Vão adiante, já com o sol pela nuca, espanejando de machete o caminho recém-aberto. O pensamento, esse está vadiando pelas ruas bulhentas de bairro alegre onde as pernas dos homens não se embaraçam em sapé e cipó mas apenas em saias coloridas de mulheres casquilhantes. Capilla Salsa é o paraíso onde os mineiros afortunados gastam o dinheiro recebido pela venda do seu trabalho, mas onde compram, num giro de mão, as coisas mais obstinada e sentidamente sonhadas durante os duros meses do inferno abafante do erval.

Só agora, no abrir da manhã, nos primeiros dias de um erval, eles sabem cantar.

– Aquela, amigo, cante aquela de Santo Tomás!

– *Si, si.* Aquela de como o santo abençoou a erva.

O que sabe essas histórias jesuítas do Paraguai, contadas pelo velho padre Gay, repete como foi que o santo do mate abandonou para sempre os ervais levando consigo o que havia de bom na erva. Pois logo vieram os homens brancos e se acabou a paz dos ervais:

Santo Tomás les responde:
"Os tengo que abandonar
Pues que Cristo me ha mandado
Otras tierras visitar.

En recuerdo de mi estada
Una merced os he de dar
Que es la yerba paraguaya
Que por mi bendicta está."

Isso disse o santo e um só homem, de cada vez, pode repetir, cantando, as suas palavras. O que vem depois é o começo triste da escravidão do homem à erva. Pois todos, então, podem cantar:

Santo Tomás entró en el rio
Y en peana de cristal
Las aguas se lo llevaron
A las llanuras del mar.

Los índios, de su partida
No se pudieron consolar,
Y a Diós estan siempre pidiendo
Que vuelva Santo Tomás.

Estão chegados às tendidas. Antes da primeira machetada, repetem como se rezassem:

Que vuelva Santo Tomás
P'á no sufrirmos mááás...

O sol punha-se afogueado, grimpando o azul profundo do céu.

9

O Curê desdobrou o mapa sobre a mesa, prendendo cada ponta com o peso de uma caneca cheia de boa canha. O Lucas, conhecendo o significado da usança, molhou o dedo indicador que o administrador lhe dizia:

– Esse canto é o seu.

Agiu conforme o uso: levantou a caneca e espalmou a mão sobre o canto do mapa que lhe coubera. Emborcou uma golada generosa. Separou os dedos perquirindo o que aparecia entre eles: as cabeceiras do rio. Terra seca, braba, sertão fechado! E o Curê lhe reservara aquele pedaço?! Então sim, não escondeu o desagrado. Pinchou para as traves da porta o gole de canha devido às almas dos que morreram com sede. E rosnou a desaprovação:

– Puxa, Curê!? Tem mesmo que ser sempre assim?! Em toda monteada toca pra mim o pedaço amargo!

Disse e bebeu de tragada. Com quase raiva. De olhos fechados. Quando despegou a caneca dos lábios, já o Curê estava pronto para enchê-la. E explicava, sorrindo amistoso:

– Se é o gole amargo, não sei. Sei que é o gole maior. Pois comigo é assim: o melhor trago para o melhor homem. No trabalho de montear o melhor homem aqui é você. Beba comigo à saúde disso.

Beberam. E logo, enquanto o Lucas enxugava o queixo engolindo fatias de ar, o Curê indicou a ponta do mapa onde descansava a caneca do Casimiro:

– Palavra que não gosto de sacar você do rancho. Só com estar por aí você acalma o nervoso desse povo. Mas a ordem veio dura, pra ser cumprida. Daí que você também vai de monteada. Beba comigo à saúde disso.

Casimiro levantou a caneca, espalmou a mão onde ela estivera e olhou a porção de mapa que aparecia entre os dedos: a serra. Um fim de mundo, distante e feio. Quase nada era o que se sabia da serra. Olhou os olhos do Curê, riu o seu riso nervoso, e bebeu. Com gozo e pressa, derramando canha pela barba e o queixo. As últimas gotas, atirou-as para as traves da porta, pedindo para a monteada a companhia das almas de quantos ervateiros houvessem morrido com sede.

O Lucas continuava a olhar o mapa, sem maior entusiasmo. Coisa em que o Curê botou reparo. Deu-se pressa em tentar encher de novo a caneca mas o Lucas botou-a de borco sobre a mesa. Anunciando:

– Um amigo que andou por essas cabeceiras me disse como é. Terra de cerrado! Ruim, seca! De mais ou de menos só umas croas[1] de longe em longe. Quem é que pensa encontrar erval povoado por ali?

– Não é coisa minha, não senhor! Mandaram dizer isso de Ponta Porã. Por mim, deixava vocês aí no gostoso do nada fazer. Mas esta mesma noite apareceu aqui o correio da Companhia e me trouxe as ordens. Já lhe digo que ordens são essas.

Desvirou a caneca do Lucas, encheu-a até transbordar. Chamou o Casimiro, para quem fez o mesmo. E tendo-se servido também foi à porta atirar para o pátio a garrafa vazia. De costas para os amigos, começou:

– Parece que levantou vento de feição má, lá no Rio de

[1] A parte alta, úmida e aproveitável de certas colinas estéreis do cerrado.

Janeiro. Fizeram correr um papel com voz de lei e a voz chegou até aqui rápida, clara e firme. Repito pra vocês: a Companhia já não vai estar sozinha a descobrir e cuidar das minas. Acaba-se o monopólio. Todo mundo vai poder correr o mato e trabalhar a erva. Isso, logo mais, amanhã ou depois de amanhã. Então a ordem da Companhia chegou rápida, clara e firme. Repito para vocês: devem sair a bater quanto mato exista nas suas bandas pra conhecer onde estão as últimas minas. Todas as minas! Dessas, ela ainda pode requerer direitos de extração. Por isso, gostem ou não, é preciso ir e dar com elas. Mais depressa e mais longe do mais longe que já tenham ido. Estejam prontos ao amanhecer. Escolham os peões que quiserem. Gente boa, briosa e de confiança. Vamos beber à saúde disso!

Já estava cara a cara com eles.

Beberam o quanto puderam, num fôlego só.

– Quem aceita mais um gole?

Quando perguntava – em vez de obrigá-los a aceitar – era que não desejava servir mais. Preferia que saíssem. Eles entenderam.

– Você vai ver! É o dia chegar e eu sair.

– Deus lhe acompanhe, Casimiro. Vá e volte, depressa, bem e bom.

– Amém, compadre. Deus more em sua casa!

– Adeus, Lucas. Sem malquerença, não é?

Mas o Lucas saiu sem dizer coisa de bom ou de mau agouro.

10

Fizeram conforme o Curê mandara. O dia chegado encontrou no mato as tropilhas do Casimiro e do Lucas.

A notícia correu.

Pytã ouviu e decidiu:

– É agora! Dê no que der, hão de suar por minha causa.

Por cima das chamas estalejantes da tatagua escorreu o convite ao homem debruçado do outro lado:

– Hein, Morocho? Dois desgraçados é o que somos os dois! Você sabe como fui roubado! Só faltou me encostarem arma na barriga! Com você não fizeram melhor. Pois foi só pra abusar da sua mulher que o Curê lhe mandou medir a fundura do erval naquele primeiro dia.

O homem olhou-o, de boca aberta, engolindo o suor manado das têmporas. Ao pé da tatagua podiam falar sem perigo.

– Ah! Pois todo mundo viu como foi! Ainda bem que meu pai é morto, porque vergonha dessa em nosso nome não houve desde que o nome existe.

Pyta apanhou nova arrastra[1] e, trabalhando-a na curva do braço, continuou:

– Pois assim é que é! Não vê como são as coisas no mato? A lexiguana tem rabo comprido e pernas ligeiras. Descobre a morada da abelha e vigia hora em que a abelha sai de casa pra meter o rabo nos favos e sair com ele lambuzado de mel. Disso é que tira seu gosto maior. Mas em abelheiro que se dê valor o rabo não sai como entrou:

[1] Galhos cortados arrastados para o sapeco.

sai inchado e dolorido, paga bem pago o seu gosto por mel.

Era a vez do Morocho passear a sua braçada de erva pelo fogo. Rosnou a recuar, com a braçada crepitando:

– Bati na mulher até os ossos dela estranharem a carne.

O Pytã curvou-se para a tatagua, oferecendo a ramada às chamas:

– Bobagem! Acha que assim se limpou? Que nada! Ela não podia resistir ao Curê, fazer mais do que fez. Então não foi o mesmo o que sucedeu pra mulher do meu irmão?! Na mulher você não devia dar pancada!

Disse e se afastou com a sapecada. Enxugou o suor da testa, do peito, das costas, e sacudiu a mancheia para o fogo. Ouvindo o Morocho.

– É fácil de se dizer. Mas como é que posso ir à forra com o Curê? Você nunca soube de quem tenha feito isso, não é? Abusam das que querem abusar. Posso pisar na sombra dele? Não, não posso.

Recuou seu passo. O Pytã avançou seu passo para o fogo, garantindo:

– Pode.

Afastou-se do fogo, acrescentando:

– Isso... se quiser!

O Morocho nem cuidou de curvar-se para a tatagua. Gritou:

– Nem que seja com o rabo do diabo! Me ensine como!

Mas o Pytã sabia guardar calma. Fazia tempo que odiava. Não se perderia por uma palavra ou um minuto. Depinicando a última arrastra, convidou:

– Esta noite eu escapo. Não pode haver noite melhor. O Casimiro e o Lucas saíram pra monteada. Não ficou quem possam mandar atrás da gente. Preciso de companhia. Com um camarada é mais fácil. Eu e você temos fôlego e tiramos sustento do ódio. Ódio dá forças! Você vem?

O homem pensou e pensou. O Pytã cuidou que ele recuasse. Já outra vez curvado ao fogo, insistiu:

– Isso se ainda lhe dói no brio de homem o que fizeram com a sua mulher.

– Nunca mais tive nada com ela. Nem quero. Pra mim não é mais minha mulher.

O Pytã riu.

– Que é que espera então? Esta noite, que tal?

11

Olhou a Flora e sentiu um aperto no coração ao lembrar de como a desejara semanas atrás, da malfeitoria em que se desmandara para tê-la e segurá-la.

– Vem! – disse, mais pedindo do que mandando.

E antes que ela manifestasse obediência ou rebeldia tomou-lhe a mão. Achou a mão quente, mas áspera, inerte.

Ia o Isaque no meio escuro da noite, metido com uns pensamentos que começaram por verrumar lá nele. A Flora seguia muda e mansa, sem rebiques nem lamúrias. O homem deu para afrouxar a andadura e pelejar com os tais pensamentos. Voltou os olhos para a mulher. Não para recorrer a ruína em que ela descambara. Mas tentando rever o que ela fora e as razões por que os homens dos muitos ervais pagavam um trago e um bocado pra poder ciscar ao redor da saia dela. Ele mesmo, sim senhor, pintara o sete e borrara o oito para ter a Flora no giro dos seus quereres!

A andadura, que saíra raleadita, suspendeu de vez quando frontearam o rancho. Nem acima nem abaixo, pelo caminho, havia de fora quem os vigiasse. E a mão da Flora, largada na sua. Experimentou puxar a mulher para dentro e ela não deu mostras de recusa. Então o Isaque se alvoroçou de vez e já com as mãos nos ombros dela plantou-a no centro da casa. Empurrou-lhe um tripé para junto das pernas, pedindo:

– Sente, que traz cansaço criado! Não é?!

E para ser atendido pousou-lhe de novo as mãos nos ombros e obrigou-a a sentar-se.

Buscou água, sacou as abas da camisa para dentro da cuia. E com mais cuidado do que jeito, amorosamente, com as abas da camisa, lavou as faces, a nuca, o pescoço da Flora. Ela deixava fazer, não dizendo se era bom ou se não gostava. Tremia, isso sim, quando ele passava a mão por um machucado mais aberto. Os machucados eram muitos pelo corpo. Coisa que o Isaque não sabia. Pois surpreendeu-se com isso e decidiu cuidar também deles. Apanhou a cumbuca onde tinha guardado o óleo de capivara, deitou a Flora para o catre, arrepanhou-lhe a roupa onde fosse preciso e por cima de cada machucadura estirou maciamente um pouco de gordura e um muito de carinho. E nesse bem-fazer continuavam mudos como se inimigos de tempo e tempo. Só quando acabou o trato é que descobriu os olhos da Flora abertos e postos nele. Como uma pergunta. Então, um pouco porque carecia mesmo de dizer e outro pouco porque tinha a boca junto ao ouvido dela, disse:

– Já está! É o que sei e o que tenho. Posso e quero fazer

mais por você, mas só se você quiser que eu faça. Pra mais e pra já, um conselho tenho e lhe dou: seu homem morreu e você vive. Quem vive tem precisões...

Mais não disse que a Flora rompeu primeiro nuns gritos medonhos de doloridos e depois num choro tamanho que sacudiu também o Isaque.

Levantou-se e foi pra fora onde a noite acabava de se acomodar, quente, perfumosa, zumbidora de embaguaris e pernilongos. Escuro que estava e ele alegre como quê! Sentou-se, ensalivou um charuto guarani com meticuloso cuidado, buscando entender o que se diziam o vento e o negrume a respeito do dia seguinte. Por cima do choro da Flora ouviu os ruídos dos mineiros na rancharia e tentou reconhecer e acompanhar a guarânia saltada dolentemente de uma harpa índia. Isso, só pra não se confessar que o seu interesse de fato estava no choro da Flora. Gostava de que fosse assim mas não queria admitir que era assim. O choro continuava e ele ia se pondo de alma lavada e arejada. Pois o choro – depois do sofrido silêncio – quebrava o encantamento da mulher. Amanhã ou depois, na próxima lua ou no próximo rancho, a Flora seria de novo mulher. Demorasse o quanto demorasse, valia a pena esperar pela Flora. Imaginava como não haveria de ser gostoso ter ao lado, nas andanças ao deus-dará, uma boa mulher que nem a Flora. Na primeira lua nova, depois das chuvas, mandaria ao campo um homem experiente colher um tanto de jasmim novo para lavar e perfumar os cabelos dela.

O cabecilha[1] tomou coragem e mostrou:

– Olé, Dom Casimiro?! Neste tranco os homens arrebentam!

Era mesmo! O Casimiro jornadeava com aflição e raiva. Olhou os peões perrengueados pela andança despropositada e concordou:

– Pois não é que me descompassei! Na primeira água a gente para e sustenta uma parolada larga, na frescata.

– É o que serve, Dom Casimiro.

– Sim, mas até sair numa aguada é ir furando mato. Mande o olheiro grimpar na primeira árvore jeitosa.

O cansaço e as insatisfações de muitos anos, despertados quando dera fim ao Pablito, açulados pelas notícias do fim do monopólio, desabavam sobre o seu ânimo. Assim, de repente, nas primeiras passadas daquele último montear por conta da Companhia. Isso era certo, o monopólio se acabava! Quem quisesse poderia entrar no mato e fazer erva. Bastava levar experiência e coragem. Experiência lhe sobejava. E coragem, nem se fala! Voltando daquela monteada gritaria adeus à Companhia. Aconchavaria uns quantos homens e se meteria em seu próprio nome a encontrar e fazer erva.

O cabecilha gritou, mostrando:

– Está lá em cima o olheiro! Subiu o que pôde!

Olhou. O peão subira para o mais alto da bocaiuva. Era tamanho o calor para além das copas e do arvoredo

[1] Chefe de grupo.

que o homem parecia metido num véu de névoa seca. Balançava perigosamente, pela finura do galho e pelo vento que ao meio da tarde soprava com aviso de chuva. Erguia uma das mãos sobre a testa olhando a direção em que o sol baixava. Pela primeira vez o Casimiro sentiu pena de alguém ao seu mando e assustou-se com a soma das judiações que impusera à gente, durante muitos anos, para servir à Companhia. O homem colava-se à ramagem balouçante, ameaçado de queda a cada balanço.

O cabecilha inquietou-se de novo:

– Vai vai e ele despenca! É duro, lá em cima!

O Casimiro como que acordou. E apressou as perguntas:

– À direita?

– Mato alto! – berrou o homem, mão sobre a testa.

– À esquerda?

– Mato alto.

– À frente?

– Mato alto! Depois uma baixada e depois não vejo mais nada. Muito calor, muita névoa!

Era onde estava a última mina, com certeza. Casimiro levantou a ponta do machete e mostrou a direção. Fez aos outros sinal para que esperassem o olheiro a deslizar pela galharia. E ao cabecilha mandou que lhe seguisse nos calcanhares.

– Vai me dizer aquilo, agora? – perguntou o cabecilha, excitado.

O Casimiro ia mesmo abrir a conversa que vinha guardando a viagem toda, mas preferiu prolongar o interesse do camarada. Mostrou o olheiro tocando o solo e murmurou:

– Podia até quebrar o pescoço. Ninguém ia sofrer por ele. A ordem que tenho é de não parar nem pra fazer enterro. A Companhia está assim: peão morreu, bicho comeu, que ela, por ela, quer saber é de descobrir e requerer ervais novos. Tem pressa. Diz que vem muita gente por aí fazer erva, logo que vigore a lei acabando o monopólio. Você, o que acha disso?

O cabecilha vinha sondando a intenção do Casimiro desde a partida. Arriscou:

– É tudo um raio de vida cocegado pelo rabo do diabo!

Dizendo isso não disse mesmo nada, porém ao Casimiro, que também falava aquela linguagem, significou que tinha o homem temperado para receber a proposta. Ao sair na baixada, com pontas de sapezal trabalhadas pelo vento e lagoas esparsas e sujas, botou a mão no ombro do companheiro:

– Amigo, quer me repetir o seu nome?

Estavam havia oito dias batendo mato lado a lado e ouvira aquele nome um sem-fim de vezes. Mas perguntava para meter o homem em brios.

– Tomás! Me chamo Tomás e meu pai era da família Romero.

– É um bom nome esse, Tomás? Nome de gente honrada?!

– Ninguém tem nome mais brioso. O país do mate assopra limpeza no meu nome, de ponta a ponta. Pode contar comigo, que o entusiasmo é bom que nem o nome.

– Homem de lidar com a erva como se deve, também você é?

– Desde que engatinho, Dom Casimiro. Pode contar comigo.

– *Bueno!* Pois lhe queria perguntar, por amor de um

plano que venho fermentando neste caminho: que tal ganhar o seu por sua conta, de sociedade comigo?

– Pela Virgem de Caacupé, Dom Casimiro! Não quero outra coisa, nem mesmo ser tenente da guarda em Assunção!

Beiravam a lagoa maior. O Casimiro deixou que a ansiedade e a esperança tomassem conta do Tomás e o trabalhassem como ele o queria trabalhado. Ficou atrás, esperou pelos homens e mandou:

– Pois é aqui onde paramos. A água é um vermelho tapado. Venenosa pra beber mas fresquita que dá pra banho dos bons. Nada de mergulhos que serve só pra levantar o lodo. Entrem com vagar e não se apressem. Enquanto eu estiver dentro ninguém esteja fora d'água.

Dizia, se despia e olhava o Tomás. Molhando os pés, depois os pulsos e a nuca, interrogou:

– Cabecilha bom e velho, comitivero ao gosto da Companhia isso você foi por uma enfiada de anos. Você deve estar rico, não é, Tomás?

Para responder, o Tomás atrasou a sofreguidão com que descalçava a bota:

– Rico de cicatrizes e de malquerenças, que outra coisa não tive pra guardar.

Então o Casimiro aluiu o corpo na frescura da poça e mostrou o seu jogo:

– Pois se guarda tamanha mágoa, é homem de brio, sabe lidar com a erva e tem coragem, a minha proposta é esta: num mapa que vamos traçar e fica em seu poder, marco duas das cinco erveiras que levantamos. No mapa que devolver pro Curê e a Companhia, apago essas duas minas. Quando a safra do ano que vem começar, não existindo o monopólio, você passa a fronteira e aconchava uns quinze mineiros. Enquanto isso fico montando rancho na primeira das nossas erveiras. Fazemos pra nós um pouco do que cansamos de fazer para os outros. Que tal? Está por isso?

Tomás não pôde dizer depressa que sim, tão doida era a sua alegria. Cuspiu a masca de fumo e meio despido meio tanto foi até a poça onde Casimiro mergulhava e bateu-lhe por vezes, forte, nas costas. Estava sim, estava por aquilo!

– Aha! O Curê é que vai se ralar com isso!

Foi a vez do Casimiro cuspir a sua masca. Num gesto de pouco caso. E para mostrar bem claro como tomava a sério a sua proposta, terminou:

– Bem bom que você aceitou.

– E se dissesse não?! – provocou, surpreso, o cabecilha.

Casimiro mostrou, com a mão no peito, a fundura da poça. E rosnou:

– Vê que raio de água?! Feia e suja o bastante pra guardar no fundo, caladinho, um fulano que dissesse não sem jurar segredo.

A algazarra dos outros peões caiu sobre eles e a noite, tombada de vez, escondeu o pasmo do cabecilha Tomás.

13

– E quê?! – estranhou o Curê. – Pois é o mitã Aguará!

Dizia assim, mas olhava a cuña Anaí. Ela agarrava-se ao rapaz para resultar mais provocante. Moça, a carne morena, macia, brilhante. Nenhum vício ou excesso conseguira ainda deformá-la ou manchá-la. E o despudor com que se vestira para atravessar o mato garantia aos olhos do Curê que não tinha defeito ou cicatriz a esconder.

O Aguará não gostou de como o outro olhava a sua

mulher. Deitou o braço ao redor da cintura dela, largou o saco de viagem aos pés e disse ao que ia:

– Eu mesmo, sim senhor. Homem da erva querendo trabalho de homem.

O Curê riu, entendendo que o Aguará não queria ser chamado menino. Resolveu ser amistoso. Por nada de nada deveria espantá-lo:

– Pois serviço pra homem não falta. A paga é a do costume, o trabalho você conhece. E essa, quem é, se posso perguntar?

A Anaí sustentou o olhar do Curê mas passou a mão pelas costas do Aguará e apertou-se contra ele.

– Esta é a Anaí. Veio fazer vida comigo.

O Curê fez trejeito de aprovação. No primeiro dia, todos os moços diziam-se donos das mulheres levadas ao rancho. Depois aprendem que não podem ser donos de nada, e sofrem por causa disso. Mas no primeiro dia é bom respeitá-los:

– Bem, de huayno você não há de querer e de uru não tenho lugar que lhe dê.

– De foguista, então. E no rancho que vem, me passo pra uru.

– Está conforme. Por mim é ajuste que serve.

Não tirava os olhos da Anaí e a Anaí não lhe fugia ao olhar. Ele sabia que seria assim. Sempre assim, em todos os ervais. A princípio ela se recusaria. Acabaria entendendo que no erval a sorte de todas elas era a mesma. Precisava de jeito e de tempo. Mostrou a rancharia:

– Começa amanhã. Por hoje tome dois peões e faça um rancho. Rancho rabo-de-pato que você tem mulher nova. Mando abrir conta na comissaria. Ela pode ir ao mayordomo encher a bolsa enquanto você fala ao uru. Chê, Aguará, você está trabalhando pra mim!

O Aguará puxou a mão da mulher e de saída avisou:

– Sabe, o Curãturã morreu!

Mostrou o lábio, como resposta. Que é que tinha com isso?! Fora mesmo um bom uru. Lembrava-se da erva preparada pelo velho. Mas se morrera não havia o que fazer. E depois outro uru andava lá embaixo, traçando o barbaquá. E agora vinha pedir-lhe trabalho o Aguará, que sabia todo o sabido pelo Curãturã.

Olhava a Anaí e pensava coisas. Foi quando rompeu o Isaque com a notícia:

– Que uma cascavel durma com ele todas as noites! Pois o danado do Pytã fugiu. Fugiu e carregou com o Morocho, você sabe quem é o Morocho!

– Olé! Pois esse também teve coragem?!

Isaque sossegou. Até pôde sorrir. O Pytã fizera a asneira esperada: fugira. Cometera o pecado para o qual não há perdão nos códigos do erval. Dando fim ao Pytã, um fim de acordo com as usanças, fazia apagar-se de vez a sombra e a lembrança do Pablito. Então a Flora seria sua sem mais defesas nem remorsos. Quase alegre foi dando os detalhes:

– É! Foi o que fez. Aproveitaram a saída do Lucas e do Casimiro. Mas já cuidei deles. Não tinha comitiveros bons mas nem o Pytã é caça que precise caçador qualificado! Mandei quatro comitiveros pra apanhar o infeliz!

O Curê esfrega os olhos. Senta-se e desaba a cabeça, desanimado, sobre a mesa. Suspira a queixa:

– Você sabe por que é que não posso ter um dia de sossego? Essa é uma verdade certa como o Cristo: nunca tive um dia inteiro de sossego desde que me atolei na vida do mate.

Ao Isaque, isso não interessa. Pensa em que logo mais não haverá Pytã a lembrar-lhe o rival. E sem nada que a fizesse recordar o Pablito, a Flora estaria mais perto de aceitá-lo.

– Bom, prometi ao cabecilha dos comitiveros uma bolsa inteira se trouxer o Pytã até o amanhecer. Não é tempo curto, não! O Pytã se acaba depressa, desabalado por essa mataria. Se para os fortes é duro furar a selva, que não será pra uma criatura assim judiadita! De mais a mais não sabia que eu sustentava um homem dos meus, dia e noite no cangote dele. Foi quem me avisou. Agora está guiando os comitiveros nos rastos dos fujões.

Curê levantou a cabeça, coçou os olhos. Riu. Gostava de espertezas assim:

– Ahaa! Veja o que pode fazer uma sicrana! Você nunca foi esperto. Precisou cheirar o cheiro dessa mulher pra pensar pelo melhor. Bom. Garanto o tal prêmio de bolsa inteira. Mas vai esperar aqui comigo a volta dos seus comitiveros. Lhe ofereço canha, jogo e conversa.

14

Gozavam a modorra da tarde tomando tereré e espiando o tempo passar. Ao lado do Osório, a Nakyrã destrançava os cabelos luzidios de gordura perfumada e observava como ele se esforçava por dormir. De cada vez em que pernilongos pousavam em maior número no rosto do homem, ela descia a cabeça e assoprava mansamente. O Osório movia a cabeça, ou agradado ou agradecido. Ela sorria e esperava, alisando os cabelos e vigilando a apatia do Osório.

Os outros três homens jogavam e bebiam, com a tarde resvalando, calorosa e longa no céu desbragadamente azul.

Aí, então, cantou perto um taiaçu-ira macho. O Osório,

desperto, fê-la deitar-se, girou de borco e com as mãos chamou os três homens surgidos à porta do rancho, calados e surpresos.

O taiaçu cantou de novo, um pouco mais perto, desviado para a esquerda. Como se ave costumasse andar em trilho mateiro.

– Vai, velho – mandou o Osório mostrando a parte alta do rancho. – E responde de lá.

O velho deslizou para a ponta superior do terreno, de onde cobria a entrada com a sua arma. Era do plano. Chamaria para ali a atenção do intruso. Acomodou-se e assobiou duas vezes o canto do taiaçu-fêmea. Em cima do seu, piou de novo o pássaro macho, repetidamente.

Levantaram-se todos, aliviados. O Osório gritou:

– Venha de vez!

O mensageiro entrou no rancho, um braço erguido, em giro de saudação geral.

– *Bueno,* amigo – respondeu o Osório. – Temos um tereré prontito! Mas diga antes o que veio dizer.

No rosto do moço dançava a alegria de portar boas notícias. O Osório percebeu. Foi pendurar-se nele, num abraço forte e longo, insistindo:

– Diz logo, mitã. Que passa?

Recuou e gritou, para ser ouvido, tão longe quanto houvesse ouvidos para ouvir:

– Chê, Osório! Ôôô, pessoal! Pois é notícia das grandes. Manda dizer o Luisão que passou a tal lei! Acabou-se o monopólio. Ninguém mais é dono da erva. Acabou-se o changa-y! Todo mundo pode procurar as minas...!

Era a melhor notícia que podiam esperar. Custaram a reagir.

Nakyrã não custou. Sentou-se e recomeçou a desemaranhar os cabelos. Olhando o Osório que se pusera tonto de alegria. Para ela a notícia era mais ruim do que boa. Sem changa-y afundado no mato, não teria mais o Osório. Era voltar ao cabaré e esperar que a vida de mulher do mundo lhe desse um fim. Não esperava outra coisa da tal vida mas bem que podiam esperar mais um pouco com a tal lei! Infeliz dela!

Os cinco homens pulavam, dançavam, abraçados, gritadores. Felizes!

15

Sem entusiasmo. Mas passaram a noite esperando, jogando e bebendo. Agora, amanhecia, com o levantar do vento, os confusos e distantes ruídos da mata e das águas, o zumbir dos biriguis. Já não havia do que beber. O Curê atirou as cartas para a mesa, espreguiçou-se e resmungou o que era suspeita e desafio:

– Pois olhe para trás, lá fora. A noite se acabando e os seus comitiveros sem trazer o Pytã. Ninguém mereceu aquela bolsa de guaranis colorados. Que é que declara nos registros? Que o Pytã fugiu? Vai ser vergonha pra você!

O Isaque recolheu as cartas e concentrou-se nelas. Para não responder. Pois era mesmo assim que pensava. Continuou mudo, remoendo as coisas que desejava ouvir. Vai o Curê, espia as cartas do adversário, ri, e provoca:

– Parceiro bom você nunca foi. Agora, então, com rabicho comprido pela Flora não põe atenção em nenhuma jogada. É desgosto jogar com você!

Chegou-se à porta. Com o sol ainda abaixo das bocaiuvas e dos pindós, manchas roxas e vermelhas acomodavam-se na linha do nascente. Era o só instante em que podia fitar o céu, as árvores, as lonjuras. A suavidade das cores e a fresca da manhã puseram-no alegre. Apanhou o fumo, arrancou com os dentes a primeira masca do dia e, porque era o administrador, avisou:

– Já vê?! Não posso sustentar com os seus comitiveros aquele trato de bolsa inteira. Pois não me trouxeram nem deram notícias dos fugitivos!

Dia claro de vez. Quente, quase alegre com o ventito bulindo manso na folhagem. O Isaque sentiu que era um dia novo e bom. E descobriu que o calor, a luz, as vozes, o doidejar de mosquitos, o cheiro de mato e de frutas, não tinham nada que ver com o Pytã fugido e o Curê doente sem remédio. O seu dia era o que era, sem dever coisa que fosse ao Curê, ao Pytã, aos homens e à erva.

Recusou o fumo para a masca, postou-se na porta ao lado do administrador e gozou no rosto e no peito desnudo o vento e o sol. Ele podia gozar aquilo! O Curê sofria com aquilo. O novo dia lhe dava contas de como era bom estar vivo, mesmo no fundo trágico do país da erva. O dia era de trabalho mas disse com a convicção de quem não carece pedir:

– Tenho lá em casa a mulher que sempre andei buscando. Não foi fácil levar a fulana até lá. Já venho lhe dizer se valeu o custo que me custou.

– Nem precisa! – bocejou o Curê. – Pensa que não conheço de longe o que vale cada mulher? Me faz um agrado, hein, Isaque? Passa na comissaria e manda que tragam duas botijas. Quero me embriagar. Não sei o que me faz mal, num raio de dia como este. Não sei, mas quero me embriagar.

16

Demorou para abrir os olhos. Estava aturdida. Continuava deitada, abandonada às fazenças cuidadosas do Isaque.

As machucaduras e o corpo todo respiravam o alívio odoroso da gordura balsâmica que ele estendera com a ponta dos dedos. O óleo de capivara mandado buscar e perfumar rio abaixo, ao rancho de um mboeva sabedor do ofício, desfazia-se em vapores sobre a sua pele. Era capaz de sentir-se bem se os pés e os pulsos não acusassem os sofrimentos dos três dias arrastados pelo mato.

– Agora se aquiete – mandou ele, cariciosamente. – Já lhe passo um tereré.

Cobriu-a com sua manta de festa. E foi cuidar da cuia e da bombilha. Pela fresta da porta ela pôde olhar o caminho, ouvir os sons da rancharia, os gritos dos homens construindo o barbaquá, o canchador e o atacador. Nada lembrava o outro rancho. Nada despertava os ecos do rancho onde vivera com o Pablito. O Pablito era o passado. Sentia que, se se esforçasse, lembraria a cor e o brilho dos olhos dele e de como, ao rir, entortava um tanto a boca para o lado esquerdo. Também, se insistisse em recompor frases ditas e escutadas, ouviria de novo o timbre de voz e as palavras de que ele mais gostava. Em tudo isso, no entanto, intrometia-se a certeza de que houvera um fim, de que o Pablito se acabara. E de que ela fizera o melhor, exatamente como o Pablito quisera. Quando o Casimiro voltara da perseguição, ela tivera pressa em perguntar: – "Você fez o que com o Pablito?" O Casimiro estivera um minuto indeciso. Por fim, num gesto: " – Quê? Pois se nem vi que fim levou o Pablito!"

Agora, sentindo no corpo e na alma o bom que era ter quem a cuidasse, não sabe ao certo se o Pablito fugiu até o rio ou foi enterrado em alguma encosta de colina. Nem era de sua conta. Fizera a sua parte e fizera pelo melhor.

Cerrando molemente os olhos, gozando paz e doçura ao fim de muito padecer, percebeu, surpresa e não magoada, que isso já não tem maior importância para o dia-a-dia que há de viver. Por mais voltas que o mundo dê, o Pablito não encontrará mais o caminho do rancho onde ela esteja. Até as árvores podem se encontrar: a Flora e o Pablito nunca mais. Seja o que seja que sucedeu ao Pablito, ela fez o melhor que pôde para que ele se saísse bem. Se ele pudesse ter notícias de como andaram as coisas saberia que ela fizera tudo por amor dele e nesse quefazer andara com amor.

Percebe a volta do Isaque para o seu lado. Cerra os olhos e espera. O Isaque descansa no chão a cuia e a bombilha. Passa-lhe os dedos pela testa e os cabelos.

Ela sabia que este a amava e faria por ela o que ela mesma fizera pelo Pablito. Não o amava, é certo. Mas o carinho com que fora cuidada e a atenção que o Isaque punha nos gestos e no olhar lhe diziam que poderia contar com ele.

O futuro era o que era – não o que gostaria que fosse. E se o mundo rodava nesse rumo, asnice era entestar no contra-rumo. Melhor seria acertar o passo com o passo do mundo. Vivia no país da erva e assim era a vida por ali. Sentiu o Isaque deitar-se ao lado e procurar a sua mão. Não se esquivou.

NOTA DO EDITOR: HERNÂNI DONATO E SUA OBRA

Hernâni Donato nasceu em Botucatu, centro ferroviário no interior de São Paulo, a 12 de outubro de 1922, em uma família de imigrantes italianos. Sua origem humilde (é filho de um operário) e interiorana não o impediu de tornar-se um intelectual com sólidos conhecimentos e um publicitário metropolitano bem-sucedido, merecendo ser chamado de "o homem dos sete instrumentos". Aos 89 anos de idade, membro da Academia Paulista de Letras, é autor de mais de 70 livros, nos mais variados campos da atividade humana, indo da literatura infanto-juvenil à biografia, da historiografia aos costumes, da pesquisa à divulgação científica.

Entre as numerosas traduções que realizou, destaca-se a da *Divina Comédia*, de Dante Alighieri, em prosa e para divulgação entre o povo.

Mas foi no romance que se deu a perfeita combinação do observador minucioso, na linha do cientista social, com o escritor de estilo claro e elegante. É o autor de *Selva Trágica*, *Chão Bruto*, *Rio do Tempo*, *O Caçador de Esmeraldas* e *Filhos do Destino*, sucessos editoriais nas décadas de 1950 e 60.

Selva Trágica, que a LetraSelvagem ora reedita, trata da situação dos trabalhadores da erva-mate na região da fronteira Brasil-Paraguai, reduzidos à condição análoga à de escravo, assunto até então não abordado na literatura brasileira, verdadeiro massacre de trabalhadores brasileiros no início do século 20.

Lançado em 1960, *Selva Trágica* impactou a crítica e os leitores, esgotando cinco edições. Em 1963, foi filmado em preto branco por Roberto Farias, com a estreia de Reginaldo Farias como ator. Ganhou o Prêmio Saci, promovido pelo jornal "O Estado de São Paulo", e representou o Brasil no Festival de Veneza. O filme é considerado um divisor de águas

– um clássico – no cinema brasileiro, após o sucesso internacional alcançado. "Nesse filme, uma das maiores sequências do Cinema Brasileiro, o momento em que o personagem de Reginaldo Farias (o mineiro Pablito), com um peso muito acima de suas forças, apoia-se nos pés do feitor para levantar-se. Junto com *Menino de Engenho*, os maiores filmes do Cinema Novo" (do livro *Dicionário de Filmes Brasileiros*, do professor de cinema Máximo Barros).

Para escrever esse impressionante romance-documento, Hernâni Donato empreendeu minuciosa e persistente pesquisa, à maneira de Flaubert ou Zola (sem a obsessão do "naturalismo", como observou o crítico Wilson Martins em "O Globo"). Consultou documentos e ouviu histórias terríveis de antigos trabalhadores das minas de erva-mate, como a do homem que teve de lutar de garrucha em punho e viu seu filho morrer, porque ousou escrever sobre o que se passava na cultura do mate; ou a história do peão que trazia no corpo sinais de 18 facadas, com cortes que haviam sido costurados com agulha e barbante de costurar saco.

Até 1938, período do primeiro governo de Getúlio Vargas, manteve-se o monopólio da Companhia Mate Laranjeira, argentina, que realizava a extração do mate nos ervais do Mato Grosso. Mas, quando Hernâni Donato embrenhou-se nos ervais, no final da década de 1950, em busca do material com que construiu *Selva Trágica*, ainda havia – segundo informação colhida em entrevista concedida pelo autor à jornalista Cecília Prada, publicada na Revista Problemas Brasileiros – cerca de 5 mil homens e mulheres trabalhando em condições extremamente precárias, sem descanso, durante 14 horas diárias, das 3 da manhã às 5 da tarde, na colheita e no transporte da erva – entre a "mina" e o acampamento o mate tinha de ser levado, pelo meio da selva, em fardos de 150, 200 quilos, amarrados às costas dos trabalhadores. "Qualquer passo em falso causava a quebra da espinha do carregador. E então... os próprios companheiros, na falta de outro recurso, sorteavam entre si, jogando cartas, quem daria um alívio ao acidentado... um tiro na cabeça!"

Os leitores urbanos, que talvez imaginassem que a erva-mate fosse cultivada em belos jardins, horrorizaram-se com os fatos narrados em *Selva Trágica*, como, por exemplo, a brutalidade com que era tratado o "uru"', o homem responsável pelo "barbaquá", espécie de forno de madeira onde a erva era preparada para o consumo, o qual tinha de trabalhar dia e noite e sem parar, remexendo as folhas sob um calor atroz. Depois de algum tempo desse trabalho infernal, todos os pelos do corpo do uru iam secando, caindo, e o homem ia ficando esturricado e se transformava num feixe de ossos.

A crítica foi unânime em considerar *Selva Trágica* um alto momento da ficção brasileira; um livro capaz de colocar seu autor entre os maiores escritores do Brasil. "Romance másculo, forte, bárbaro, como bárbara era a selva, como bárbaro era o trabalho nos ervais. É esse de Hernâni Donato" (Temístocles Linhares, no livro *História Econômica do Mate*, José Olympio Editor, RJ, 1960). "*Selva Trágica* é uma história como nunca foi escrita em nossa terra" (Arthur Neves, in Revista Anhembi, SP, 1961). "Documento eloquente, de notáveis revelações, de alto poder comunicativo, obra de grande valor estilístico. [...] Em suma: constitui um dos mais altos momentos da novelística de conteúdo social no Brasil" (Fábio Lucas, in *O Caráter Social da Literatura Brasileira*, Ed. Paz e Terra, RJ, 1970, Prêmio Jabuti da Câmara Brasileira do Livro).

Alguns críticos, como Abdias Lima ("Correio do Ceará", 2/2/1977, Fortaleza, CE), aproximaram Hernâni Donato de Erskine Caldwell e John Steinbeck, a geração norte-americana da revolta, o Caldwell de *Chão Trágico* e o Steinbeck de *As Vinhas da Ira*.

Por seu poder comunicativo e eloquência como documento, *Selva Trágica* é um dos livros que melhor representam o caráter social da literatura brasileira.

Taubaté, 30 de julho de 2011.

N.S.

Esta obra foi impressa pela Gráfica EME, Av. Brig. Faria Lima, 1080, V. Fátima, Capivari-SP, para a Associação Cultural LetraSelvagem, em julho de 2011.